www.polaria.ch

Luca C. Heinrich
Die Zeit der Hochkönige

Erster Teil: Treue
Erstes Buch
Zweites Buch
Drittes Buch
Zweiter Teil: Ehre
Viertes Buch
Fünftes Buch
Sechstes Buch
Dritter Teil: Freiheit
Siebtes Buch
Achtes Buch
Neuntes Buch

Treue – Drittes Buch

Bibliografische Information der Deutschen Nationalbibliothek: Die Deutsche Nationalbibliothek verzeichnet diese Publikation in der Deutschen Nationalbibliografie; detaillierte bibliografische Daten sind im Internet über dnb.dnb.de abrufbar.

Erstauflage
© 2016 Luca Heinrich
Herstellung und Verlag:
BoD – Books on Demand, Norderstedt

ISBN: 978-3-741-28245-4

Die Zeit der Hochkönige

Treue

Drittes Buch

Inhalt

Karten

Areyiticä 7

Koboldien 8

Caibreyiärea 9

Cammal 10

Prolog

Frühlingsspäher 13

Geschichte

Erstes Kapitel - Wintermeldung 29

Zweites Kapitel - Frühlingsschlag 47

Drittes Kapitel - Wasserflucht 56

Viertes Kapitel - Morgenboten 70

Fünftes Kapitel - Nachtschatten 85

Sechstes Kapitel - Verfolgungsnebel 101

Siebtes Kapitel - Waldgrenze 116

Achtes Kapitel - Sonnenschlösser 142

Neuntes Kapitel - Nebelfeindschaft 158

Zehntes Kapitel - Nebelaktion......................167

Elftes Kapitel - Rückkehrsflut 181

Zwölftes Kapitel - Sommerflucht 194

Dreizehntes Kapitel - Sonnenweg 208

Vierzehntes Kapitel - Sonnenstadt................220

Fünfzehntes Kapitel - Schattenschlucht........234

Sechzehntes Kapitel - Treueruf 254

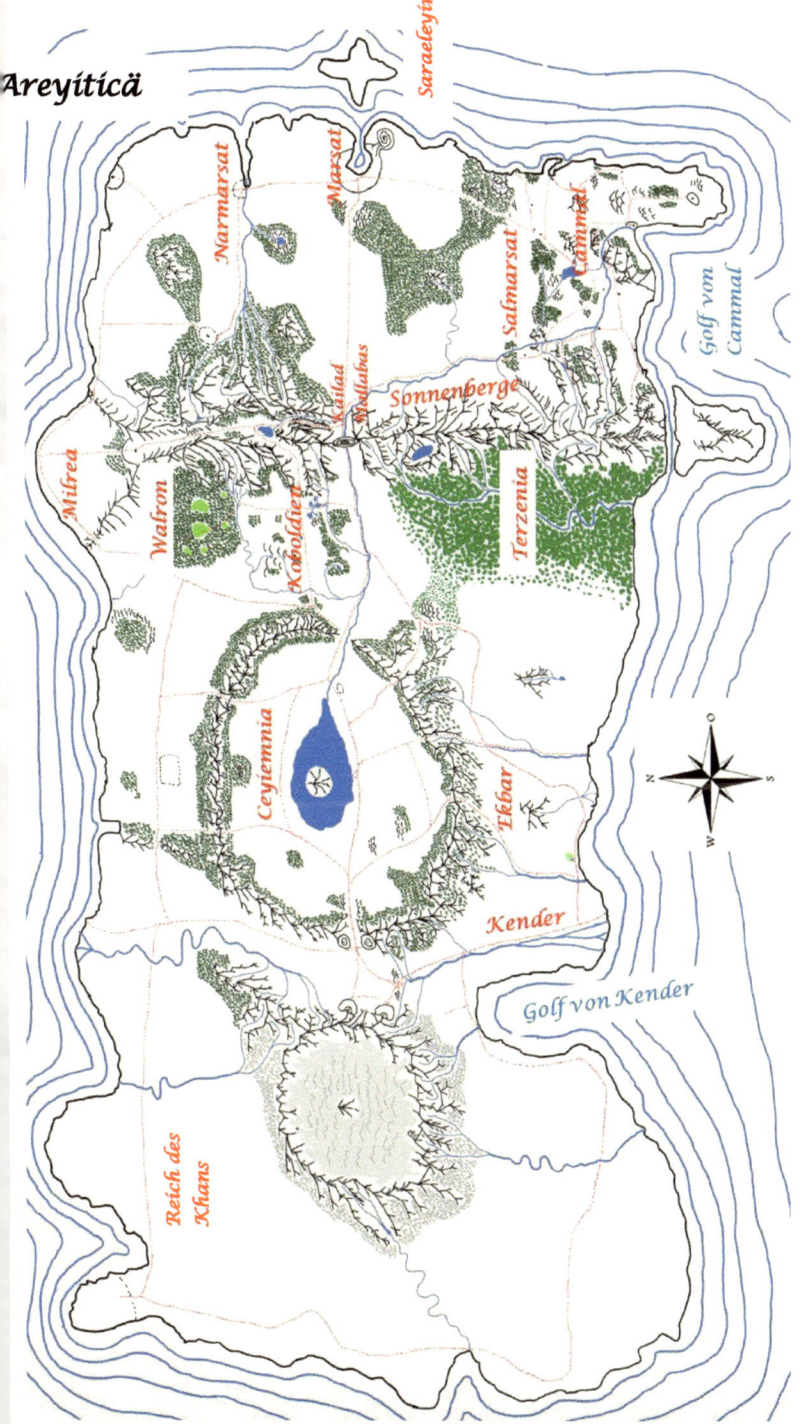

Koboldien

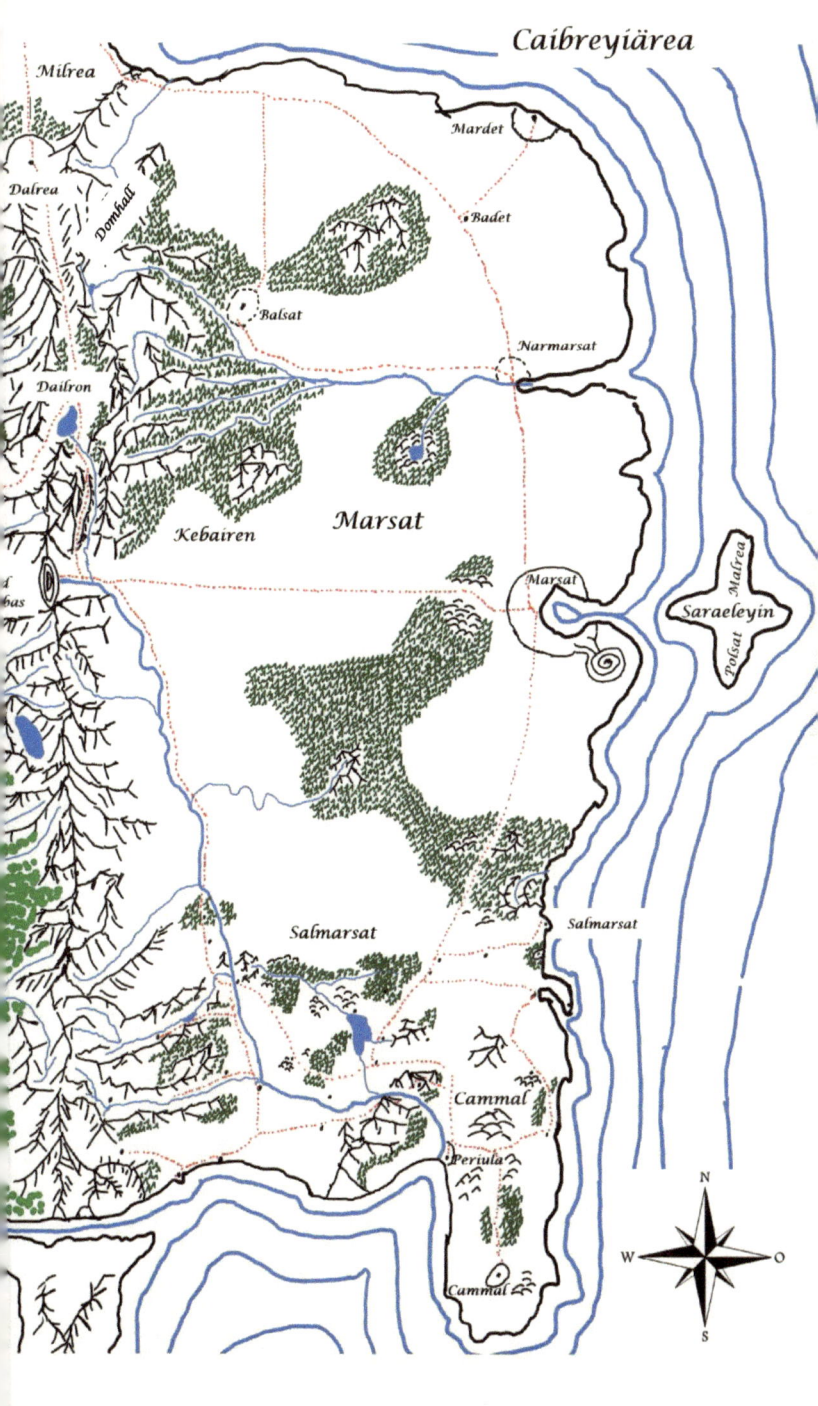

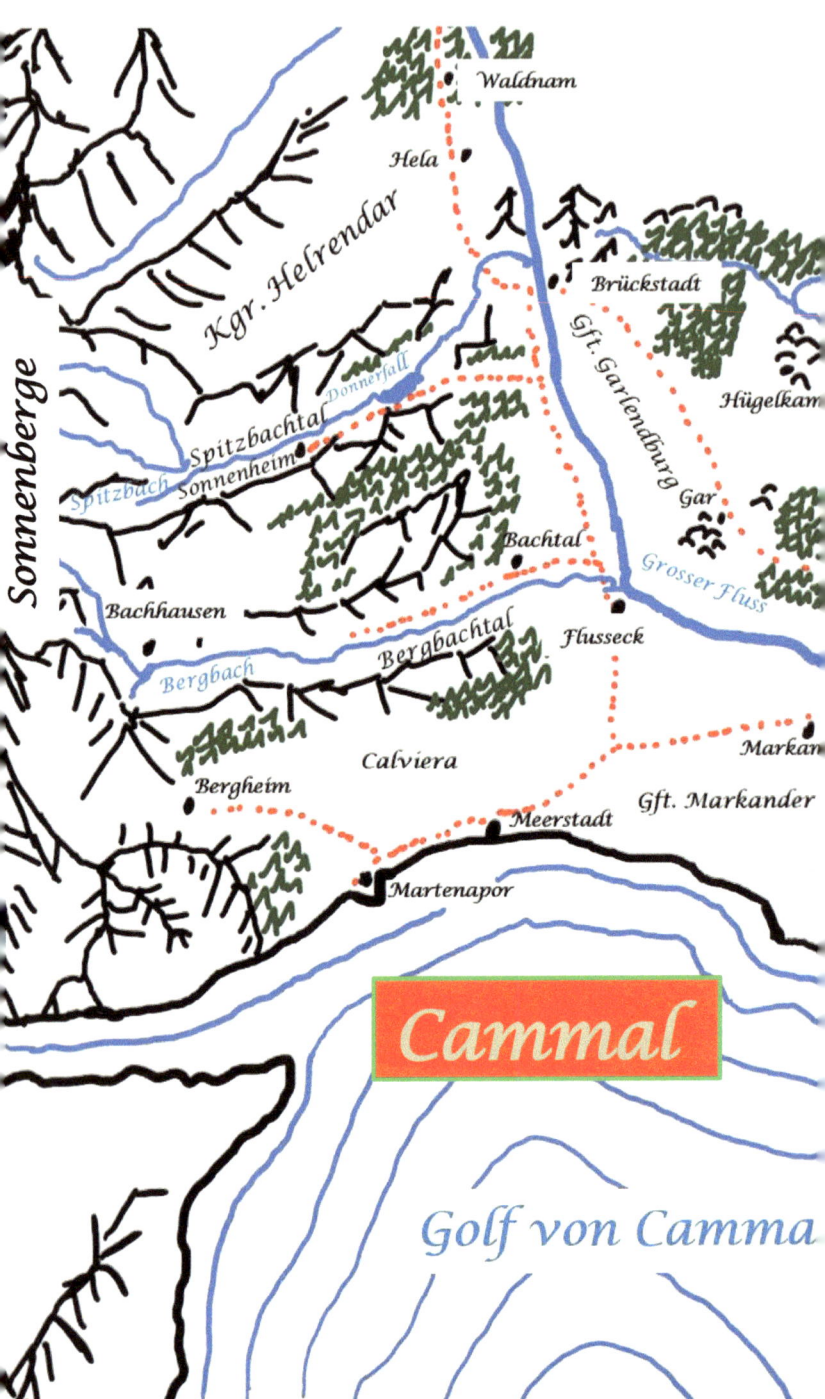

Treue

Drittes Buch

„Es gab noch nie einen guten Krieg oder einen schlechten Frieden."
(Benjamin Franklin)

Prolog

Frühlingsspäher

„Ich erwarte von dir und deinen Männern, dass ihr mir jedes kleinste Detail schildern werdet", meinte Krebold Salzmann schroff, „ich will wissen, wo sie ihr Lager haben, woher sie kommen und möglichst auch noch den Grund ihres Kommens. Sollten sie sich vermehrt in Richtung unserer Grenzen bewegen, müssen wir bereit sein."
„Natürlich", antwortete Theophil Korbflechter, „wir werden alles tun, was Ihr verlangt."
„Das höre ich gerne", entgegnete Oberbataillonär Salzmann, „doch seid vorsichtig. Was euch die Menschen damals vor mehr als vier Jahren geschildert haben, kann für euch durchaus gefährlich werden. Diese Bestien sind ein ganz schlimmes Gesindel, so glaube ich. Seht zu, dass ihr mit heiler Haut zurückkehrt."
„Habt keine Sorge, Herr Salzmann", erwiderte Theophil, „meine Männer und ich werden Euch die Informationen bringen, ohne dass uns etwas geschehen wird."
„An der Grenze werden wir auf jeden Fall einige Männer postieren, die euren Rückzug sichern werden, falls ihr flie-

hen müsst", wollte Salzmann Theophil beruhigen, doch dieser schien wenig besorgt zu sein und erwiderte: „Wir werden uns morgen auf den Weg machen. Ich habe gehört, die Bestien seien einige Kilometer von Holzheim entfernt gesichtet worden. Einige Banditen sollen sich gemäss Berichten aus der Stadt ebenfalls bei ihnen aufhalten."

Der Morgen des nächsten Tages war angebrochen und Theophil sattelte gerade seinen Esel. Iario stiess ein lautes „I ah" aus, während ihm sein Herr die Riemen umschnallte, und legte seine Ohren gemütlich nach vorne, als Theophil seine Mähne kraulte.
„Na, mein Guter", flüsterte Theophil seinem Esel ins Ohr, „bist du bereit für unser nächstes Abenteuer?"
Der Esel rieb zustimmend seine feuchten Nüstern an Theophils Wange. Der Kobold streichelte darauf zärtlich Iarios Nüstern und flüsterte dem Esel zu: „Wir werden wieder viel zu tun haben, doch irgendwann gehen wir zusammen nach Heidenburg, kaufen uns dort ein Gehöft und verbringen dort unseren Lebensabend. Was meinst du?"
Theophils Esel stiess erneut ein gemütliches „I ah" aus, was der Kobold als Zustimmung auffasste. Während Theophil noch das Fell seines Esels bürstete, ging plötzlich die Stalltür auf. Theophil drehte sich rasch um und sah Fredi Gurbert verwirrt in der Tür stehen, der junge Kobold schüttelte müde seine verschlafenen Ohren, gähnte und fragte dann: „Ist Johann noch nicht hier?"
„Ich glaube nicht", entgegnete Theophil.
„Er sollte doch bereits hier sein", meinte Fredi daraufhin noch verwirrter und strich sich durchs zerzauste Kraushaar. Plötzlich hörte man ein Gähnen aus der Box nebenan, dann einen lauten Knall und einen Schmerzensschrei. Kurz da-

rauf ging ein lautes Gezeter los und man hörte Johann Frehnrich fluchen: „Ich hasse diese Querbalken, jedes Mal, wenn man aufsteht, schlägt man seinen Kopf daran an."
Die Querbalken waren in allen Boxen genau einen viertel Koboldkopf über der Durchschnittsgrösse eines Kobolds angebracht worden, doch Johann war einen halben Kopf grösser als alle anderen und bekundete mit einigen Koboldkonstruktionen seine Mühe, so auch mit diesen Querbalken.
Theophil und Fredi brachen in lautes Gelächter aus, als sie in die Box hineinsahen, wo sich Johann im Heu mit schmerzverzerrtem Gesicht seine Stirn rieb. Allerdings schien das nicht das Einzige zu sein, was seine Gedanken trübte.
„Hast du hier geschlafen?", fragte Theophil grinsend, der ahnte, was geschehen war.
„Ja", antwortete Johann, „nach einem Feierabendbierchen wollte ich noch mal nach meinem Eselchen sehen und schlief dann hier ein."
„Ein Bierchen?", meinte eine Stimme lachend hinter Theo und Fredi, „wohl eher mehr."
Es war Ekbrand Hausmeier, seine spitzen Ohren legten sich mit seinem Lachen nach hinten und er meinte: „So wie ich dich gestern aus der Kneipe torkeln sah, waren es etwa zwanzig Bierchen."
„Nein, nein, zwanzig waren es bestimmt nicht, es waren gerade mal achtzehn im blauen Habicht", antwortete Johann kurz zögernd, „vielleicht doch mehr, bin nachher noch mit jemandem in den Frischen Frosch auf ein Trünkchen gegangen."
Er versuchte seine Bierchen an den Fingern abzuzählen, doch immer wieder schüttelte er verwirrt den Kopf und

begann von neuem, bis er es schliesslich aufgab. Nun brachen alle wieder in schallendes Gelächter aus, so dass sich der arme Johann die Ohren zuhalten musste.

Es war keine Seltenheit, dass ein Kobold zwanzig oder mehr Mass Bier trank. An einem langen Abend konnte diese Zahl über dreissig steigen. Johann rühmte sich mit seinem Rekord unter den Kameraden, an einem Abend mehr als fünfzig Mass gekippt zu haben. Allerdings hatte er, wie sie alle wussten, den letzten Krug erst in den frühen Morgenstunden des nächsten Tages in sich hineingeschüttet, ehe er mitten auf dem Hauptplatz von Kobelstein einschlief.

Kurz darauf kamen auch noch alle anderen Boten, es waren dieselben wie jene, die damals nach Kailad Mallabas entsandt worden waren, um die Menschen des alten Volkes aufzusuchen. Der Anführer war Theophil Korbflechter. Ebenfalls wieder dabei waren Johann Frehnrich, Fredi Gurbert, Ekbrand Hausmeier, Gilbert Hofheimer, Richard Gabelmeier, Hans Gilbsenn, Karl Trastelmann, Heinz Waldener und Grif Ebenhart.

Sie alle sattelten nun ihre Esel mit den einfachen Sätteln, an denen zu beiden Seiten eine goldene Sonnenblume befestigt war. Ihre Säbel steckten sie in die Scheiden an den Sätteln, ihre Armbrüste schnallten sie auf die Rucksäcke auf ihren Schultern und hängten die Köcher um.

Bevor sie losreiten konnten, trat noch einmal Krebold Salzmann ein und sprach zum Abschied: „Viel Erfolg auf eurer Mission. Sorgt dafür, dass ihr alle heil und mit möglichst vielen Informationen zurückkehrt. Versucht, nicht allzu auffällig zu sein, sobald ihr Koboldien verlassen habt, doch da mache ich mir bei euch weniger Gedanken. Aber ich bitte euch alle, vor allem einen, den ich hier nicht nen-

ne, auf eurer Reise nicht zu viele Kneipen und Gasthäuser aufzusuchen. Derjenige, den ich meine, weiss es schon, ich war letzte Nacht hier im Stall."
Johann sah beschämt auf seine Stiefel hinab und lief unter seinem schwarzen Kraushaar rot an. Salzmann musste grinsen, zwinkerte dem beschämten Kobold zu und verabschiedete daraufhin jeden einzeln, als letzten Theophil, dem er ins Ohr flüsterte: „Was du mir damals von den Menschen erzählt hast, deutet an, dass hier etwas Grosses geschieht, sorge dafür, dass ihr wirklich möglichst unentdeckt bleibt, schliesslich wissen nicht mehr viele von unserer Existenz, und vielleicht wäre es auch besser, wenn es so bleiben würde. Dennoch wüsste ich gerne, was an den Grenzen unseres Landes abläuft. Macht's gut."
Theophil verabschiedete sich ebenfalls, bevor er allen voran seinen Esel aus dem Stall hinausführte und in den Sattel stieg. Ihr Weg würde sie bei Theos Onkel in Blauteichen vorbeiführen. Ob er ihn wohl sehen würde, fragte sich der Kobold. Daraufhin ritten sie über den gepflasterten Platz davon, hinaus aus Kobelstein mit seinen Steinhäusern und grossen Baumhütten in Richtung Westen, hin zur Grenze. An manchen Orten lag noch Schnee, doch waren viele Wiesen bereits grün. Dort standen Bauern und verteilten den Mist aus ihren Karren mit ihren vierzackigen Gabeln. Wieder andere pflügten ihre Äcker mit Maultiergespannen oder streuten Pfeife rauchend die Saat aus. Überall schwirrten Spatzen und Raben umher, die sich gleich auf die Samen stürzten, doch mehrere von ihnen wurden von Steinen getroffen, die von den wütenden Bauern geworfen wurden. Nicht einmal jene Felder, auf denen Vogelscheuchen standen, waren vor den gierigen Schnäbeln sicher, auch wenn die Vogelscheuchen noch so gruselig aussahen

und furchteinflössend mit ihren zerfetzten Kleidern inmitten der Äcker standen und in die Gegend starrten.
Sie ritten an den bunten Heiden und tiefgrünen Wäldern vorbei, vorbei an den Bächen, die milchiges Schmelzwasser mit sich führten und an den hellen Teichen, die sich hinter den vielen Hügeln gebildet hatten. Immer wieder sahen Koboldfamilien aus ihren Baumhütten herunter und winkten ihnen zu, als sie an ihnen vorbei galoppierten. Bald schon ging der Tag zur Neige, als sie in der Ferne die Umrisse Teichheims mit seinem blaugrünen See erkennen konnten. Schon sahen sie den kleinen Turm mit seiner Glocke auf dem Postgebäude. Auf den Hügeln rund herum standen viele einzelne Bäume, von denen Rauch aufstieg, überall schienen es sich die Kobolde in ihren Kobeln, ihren Baumhütten, gemütlich gemacht zu haben. Die Boten kamen immer näher und hörten bereits die Musik aus der Kneipe am See.
„Was ist heute wohl im Gelben Fisch los?", fragte Johann sich selbst zuflüsternd mit einem schelmischen Grinsen.
Theophil, der gerade neben ihm ritt, hatte die leise Frage gehört und entgegnete darauf: „Wir essen zuerst und gehen dann schlafen, Johann, heute wird nicht mehr gefeiert."
Überrascht drehte sich Johann zu Theo um und sah ihn schuldbewusst an, sagte jedoch nichts und richtete seinen Blick daraufhin wieder in Richtung Teichheim. Allerdings sah er bereits sehnsüchtig auf das Schild des Gelben Fisches, denn es zeigte einen Bierkrug mit einem Fisch, wobei der Kobold nur Augen für den Krug hatte.
Das Licht aus den Fenstern des Gelben Fisches spiegelte sich im See und beleuchtete die kleinen Boote, die an einer niedrigen Hafenmauer mit dicken Hanfseilen festgebunden

waren. Die kleinen Wellen liessen das helle Licht auf den Mauern des Gasthauses tanzen. Aus dem Kamin der Kneipe stieg dunkler Rauch auf, der sich in der Landschaft verteilte und vom Wind davongetragen wurde.

Als sie vor dem Eindunkeln zwischen die Häuser hineinritten, waren die Strassen bereits menschenleer. Auch die Poststelle war schon geschlossen, und weder Junior noch Senior Schreiber waren irgendwo zu sehen. Einzig der Scheriff drehte noch seine Abendrunde. Angalbold Schneider trug einen Säbel an seiner Seite, in seinem Mund steckte eine Pfeife, aus der er Rauchwolken ausblies. Er schien nicht besonders aufmerksam zu sein und hing seinen Gedanken nach. Seine Stiefel klapperten auf den Pflastersteinen, und er machte ein mürrisches Gesicht. Sie kamen immer näher zum Gelben Fisch und hörten das Gelächter und die Musik immer besser. Bald schon erreichten sie den See, wo ihre Esel gleich den Durst stillten. Johann konnte ihnen nur zu gut nachfühlen, doch was das Getränk anging, so wäre ihm der eine oder andere Krug Bier schon lieber gewesen als geschmackloses Seewasser.

Die Tür der Kneipe ging auf, und der Wirt schmiss einen jungen Kobold raus auf den gepflasterten Platz. Während sich dieser aufrappelte und fluchend das Weite suchte, schrie ihm der Wirt nach: „Lass dich hier nicht mehr blicken, oder ich versenke dich mit Steinen an den Füssen im See."

Das rote Gesicht des dicklichen Wirtes schien beinahe zu explodieren, seine Wangen waren bereits purpurrot und sein schwarzer gerollter Schnurrbart bebte wie seine Lippen heftig auf und ab. Als er die zehn Boten sah, beruhigte er sich und meinte höflich zu ihnen: „Ah, Ihr müsst die Boten aus Kobelstein sein. Eure Zimmer sind bereit, und

ich werde Euch gleich etwas zu Essen auf den Tisch zaubern. Kommt doch herein in die gute Stube."
Er hielt den Kobolden die Tür auf, und während sie hineingingen, rief er zwei Stallburschen: „Garmbold, Febro, kommt, bringt die Esel in die Ställe, sorgt gut für sie, sie müssen morgen wieder bei Kräften sein!"
Es waren die Söhne von Heinz Salderling, dem Wirt, einem alteingesessenen Teichheimer, dessen Familie seit Generationen den Gelben Fisch führte. Er selbst machte sich sogleich daran die Mahlzeit vorzubereiten, und seine Frau Merida half ihm dabei. Sie war eine etwas rundliche, freundliche und gutmütige Kobolddame. Heinz ging inzwischen zum Tisch, an welchen sich die Boten gesetzt hatten und fragte nach, was sie zu trinken wollten. Neun der zehn zögerten vorerst, doch Johann konnte nicht warten und sagte mit leuchtenden Augen zum Wirt: „Gern einen ganz grossen Krug helles Teichheimer. Ich habe gehört, dieses Jahr soll es besonders gut sein und dazu eine saftige Bratwurst mit gebratenen Kartoffeln."
Als der Wirt von allen die Bestellungen aufgenommen hatte, wandte sich Hans Gilbsenn an Theophil und fragte ihn leise: „Wohin geht unsere Reise dieses Mal genau?"
Daraufhin senkte Theophil seine Stimme und flüsterte: „Immer wieder wurden Skralgas im Westen und im Süden unserer Grenzen gesichtet. Wir sollen sie nun beobachten. Zudem meinte Salzmann, sollten wir, wenn es sich ergebe, die Menschenstädte im Westen aufsuchen, falls wir sie finden, jene, von denen mein Onkel immer erzählt hat."
„Hm", machte Hans nachdenklich, „ich wüsste nur zu gern, was die Skralgas in die Nähe unserer Grenze lockt. Was soll denn an unserem Land so begehrenswert sein?"

„Ich denke, sie wollen irgendwie durch das grosse Gebirge gelangen, doch Gerüchten zufolge sollen es immer weniger werden. Jemand hat sogar erzählt, sie hätten einen grossen Krieg jenseits der Berge gegen ein Königreich im Süden verloren", erwiderte Theo immer noch im Flüsterton, „doch das kann auch beunruhigend sein, denn nun könnten sie versuchen, die Pässe zwischen den Salzbergen zu überqueren. Diesen Weg hält Salzmann für unwahrscheinlich, denn wie wir damals von den Menschen in der grossen Festung gehört haben, soll hinter diesen Pässen eine verborgene Stadt liegen, die uneinnehmbar sei."
Dann sah ihn Fredi beunruhigt an und meinte: „Ich hoffe, sie wenden sich nun nicht uns zu, da sie bereits einen Krieg verloren haben."
„Eben genau das herauszufinden ist unser Auftrag", meinte nun wiederum Theo etwas lauter. Fredi hingegen bekam beim Klang der sagenumwobenen Stadt aus den Bergen glänzende Augen. Er hatte immer wieder von einem älteren Kobold Geschichten gehört, wonach manch einer aus Koboldien bereits dorthin gezogen sei, um sich einer Garde anzuschliessen. Allerdings wurden diese Märchen unter ihnen immer als solche abgetan und Fredis Mutter bezeichnete den Erzähler als sonderbar.
Bald schon stellte ihnen der Wirt das Essen auf den Tisch, und die Kobolde liessen es sich schmecken. Die Bratwürste, die ihnen serviert wurden, zergingen saftig auf ihren Zungen, und die Kartoffeln glitten würzig mit einem Schluck Bier die Kehle hinunter. Lange sassen die Kobolde auch nach dem Essen da und redeten miteinander. Johann wurde fröhlicher, und Theophil musste dafür sorgen, dass sein Kumpan keinen einzigen Krug Bier mehr erhielt. Die Stimmung im Gasthaus wurde immer ausgelassener, bis

einzelne Kobolde aus Teichheim und der Umgebung auf Tischen tanzten und dabei eifrig sangen:

*„Hoch die Krüge in die Höh,
einen nach dem anderen hebe man,
hoch die Krüge in die Höh,
trinke, bis man nicht mehr kann."*

*Tanze ein Bein ums andere
Rund herum auf dem Tisch
Lieber als ich wandere
Tanze ich im Gelben Fisch.*

*Mögen Krüge nun zerbersten,
mögen Bänke fliegen,
egal solange fliesst der Gersten
und wir neue Krüge kriegen.*

*Feiern bis tief in die Nacht,
das ist des Kobolds Spass,
wer früher geht wird ausgelacht,
heut gibt es keinen Hass
Wir leeren einzig jedes Fass."*

Mehrfach mussten Theo und seine Gefährten den schwingenden Füssen entwischen, bevor sie endlich ihre einfachen Zimmer aufsuchten. Diese Zimmer waren rund um eine Eiche hinter dem Gasthaus hinaufgebaut. Die Boten durften die obersten Zimmer beziehen, kurz unter der Krone des hohen Laubbaumes.
Über ihnen wehte der Wind durch das Geäst und strich durch die farbigen Vorhänge. Die zehn Kobolde hatten fünf

Zweierzimmer belegt, wobei es von allen das Ziel war, möglichst nicht mit dem betrunkenen Johann einquartiert zu werden. Dieses Los zog zu seinem Bedauern Fredi Gurbert, der versuchte, möglichst wenig vom sinnlosen Geschwafel Johanns mitzubekommen, doch seinen grossen Koboldohren entging zu seinem Leidwesen kein Wort.

Am nächsten Tag brachen sie nach einem kurzen Frühstück in aller Früh wieder auf. Etwas wehmütig blickte Theophil zum Kobel seines Onkels zurück, aus dessen Kamin noch kein Rauch aufstieg und in dessen Wohnung zu dieser frühen Stunde auch noch kein Licht brannte. Ihr Weg führte sie immer weiter in den Westen in Richtung der Grenze. Ständig begegneten ihnen Händler mit ihren schwerbeladenen Maultieren. Sofort wurde ihnen von den Kaufbolden irgendetwas angeboten. Besondere Mühe bereitete es, Johann davon abzuhalten, Tabak zu kaufen. Johann hatte gehört, dass die Ernte vorzüglich ausgefallen war, so konnte er nicht widerstehen, sich einige Blätter zu besorgen.

Nach dem mehrtägigen Ritt erreichten sie den Boldenbach und überschritten diesen. Die Landschaft jenseits dieser Grenze schien wild und unbewohnt zu sein. Allerdings sah man mitten in diesen unendlichen Wirren von Wäldern, Sträuchern und Wiesen immer wieder Strassen. Moos spross zwischen den Pflastersteinen hervor, doch konnte die Natur die Flächen nicht zurückerobern, egal seit wie vielen Jahren sie es bereits versuchte. Manchmal fielen ihnen Säulen auf, die auf Kreuzungen standen und an deren höchster Spitze vier Birkenblätter zu einer Blüte verliefen. Niemand war zu sehen, doch auf einmal rief Theophil: „Seht! Dort stehen Häuser."

Tatsächlich standen mehrere Häuser zwischen den alten hohen Nussbäumen. Die Hauswände waren von Efeu überwuchert und ihre Dächer von Laub bedeckt. Als sie näher kamen, staunte Fredi und zeigte weiter zwischen die Bäume hinein. Dort sahen sie, wie zahlreiche Häuser in einer Reihe standen und angebaute Ställe besassen. Sie alle waren aus Stein, selbst die Mauern der Ställe, aus hellem gut behauenem Stein, wie ihn die Kobolde erst in der alten Festung gesehen hatten.

Vorsichtig ging Theophil mit gezücktem Säbel auf das vorderste Haus zu und schlug gegen die alte Eichentür. Sie war mit seltsamen Buchstaben verziert, welche keiner der Kobolde entziffern konnte. Als niemand öffnete, rüttelte der Anführer an der Falle, bis sich die Tür aufstossen liess. Er wollte gerade „Hallo" rufen, als er erkannte, dass auf den Möbeln im Eingang eine mehr als faustdicke Staubschicht lag. Er musste husten und stürmte aus dem Haus. Als ihn die anderen fragend ansahen, meinte der junge Korbflechter mit beissenden Augen: „In diesem Haus scheint seit tausend Jahren niemand mehr gewesen zu sein. Hier hat bestimmt niemand sein Lager."

In der Annahme, dass er völlig übertrieb, sahen es sich die anderen ebenfalls an und mussten dann hustend feststellen, dass ihr Vorgesetzter nicht übertrieben hatte. Fredi meinte: „Bei dieser Staubschicht müsste doch das Haus einstürzen."

„Du hast die grosse Festung gesehen", erwiderte Theophil wenig erstaunt, „das hier sollte dich kaum mehr beeindrucken."

Auf einmal rief Johann die anderen zu sich, er hatte sich in der Zwischenzeit ein paar Schritte von ihnen entfernt und beugte sich nun über etwas Seltsames und Furchterregendes, das im hohen Gras lag. Die anderen traten zu ihm heran, es war der Körper einer Bestie, eines Skragas, wie ihn nur wenige von ihnen schon gesehen hatten. Theophil drehte den Leib mit seinem Stiefel um, um nicht länger in die wüste Fratze blicken zu müssen. Nun erkannten die Kobolde, weswegen der Skralgas tot im Gras lag. Aus seinem Rücken ragte der Schaft eines hell gefiederten Pfeils aus feinstem Eibenholz. Fredi entdeckte eine trockene Blutspur, die von der Strasse zwischen die Häuser hineinführte, und so meinte er: „Allzu lange kann er noch nicht hier liegen, dennoch lange genug, denn das Blut ist trocken."

Theophil hatte bereits seinen Säbel gezogen, was ihm einige seiner Gefährten nachtaten, während die anderen einen Pfeil in die Armbrust einspannten. Vorsichtig schlichen sie auf die Strasse zurück, wobei sie sich tief in das hohe Gras duckten. Auf einmal hörten sie den erschrockenen Ruf eines angepflockten Esels von der Strasse her. Rasch rannten sie in jene Richtung, allerdings auf leisen Sohlen, so dass man sie kaum hörte. Als sie bei ihren Reittieren ankamen, schien alles ruhig zu sein, nichts war abhanden gekommen und niemand war zu sehen. Langsam legte sich ihre Aufregung, doch blickten sie immer noch wachsam umher. Auf einmal schrie Gilbert auf und richtete seine Armbrust auf einen der hohen Bäume nebenan. Seine Hand wollte bereits den Bolzen lösen und den Pfeil sausen lassen, als dieser plötzlich blockierte. Die Spitze eines Pfeiles, der genau so aussah wie jener im Rücken des Skralgas, war in das Holz seiner Armbrust eingedrungen und machte sie schussunfähig. Die anderen drehten sich rasch zu ihrem Kameraden um, der erschrocken seinen Säbel gezogen hatte.

Aus dem Geäst eines Baumes ertönte eine Stimme: „Lasst Eure Waffen sinken! Solltet Ihr sie gegen uns erheben, müssten wir uns wehren. Sollte einer von Euch auch nur eine ruckartige Bewegung machen, könnte ihn einer unserer Pfeile treffen und diese Bewegung zu seiner letzten machen, so werft nun Eure Armbrüste und Säbel zu Boden, sehr geehrte Kobolde."

Erstaunt über die gewählten Worte und wütend über seine Unachtsamkeit, warf Theophil seine Waffen als erster zu Boden, worauf es ihm die anderen nachtaten. Nicht lange ging es, bis fünf Männer in braungrünen Mänteln am Fusse fünf verschiedener Bäume auftauchten. Alle hatten ihre Sehnen gespannt und auf die Kobolde gerichtet, die ihnen mit Furcht und Misstrauen entgegenblickten. Zu beiden Seiten hingen je ein Schwert und ein langer an ihren Gurten und man erkannte den Schaft einer Armbrust, die sie zusätzlich zu den Bogen mit sich trugen. So kamen die schwer bewaffneten Krieger auf die Kobolde zu.

„Selten haben wir Kobolde ausserhalb ihrer Grenzen gesehen", begann jener, der zuvor schon gesprochen hatte, mit klarer Stimme. Theophil trat langsam vor die anderen hin und erwiderte etwas zaghaft: „Niemand kann uns untersagen, uns ausserhalb unserer Grenzen zu bewegen, da hier niemand lebt. Was sind Eure Absichten, wollt ihr uns töten?"

Die Menschen in ihren Kapuzenmänteln lachten laut auf, ehe sie ihre Kapuzen zurückwarfen und ihre Bogen sinken liessen. Schillernde Helme kamen zum Vorschein, edle Helme, die auf der einen Seite mit einem blauen Blatt aus Saphir mit Goldgravuren und auf der anderen Seite mit einem Rubin mit Silbergravuren verziert waren. Die Kobolde erkannten das Blatt sogleich, doch war ihnen das andere Symbol fremd. Jener, der ihr Anführer zu sein schien, trat daraufhin vor und kam weiten Schrittes auf die Kobolde zu. Er musterte sie eine Weile, ehe er zu Theophil sprach: „Vor uns müsst Ihr Euch nicht fürchten, ich denke, wir haben einen gemeinsamen Feind. So wie ihr ausseht, müsst Ihr koboldische Feldboten sein, solche habe ich seit Ewigkeiten nicht mehr gesehen, allerdings weiss ich, dass Ihr einem rechtschaffenen Völkchen angehört."

„Ihr mögt wissen, wer wir sind, doch würde ich ebenso gerne wissen, wer Ihr seid, ich nehme an, Ihr stammt aus dem Volk der Menschen, die einst diese Häuser hier errichtet haben", entgegnete der Anführer der Kobolde. Der Mensch mit seiner hohen Statur erwiderte nicht sogleich, doch schliesslich antwortete er: „Mein Name ist Glirior, ich und meine Männer kommen aus Dailron, der Stadt der Bündnisvölker in den Bergen, in deren Auftrag auch wir hier durch die Gegend streifen. Nun wüsste ich auch gerne Euren Namen und Eure Absichten."

„Mein Name ist Theophil Korbflechter", antwortete Theophil wahrheitsgemäss, „unser Auftrag ist es, mehr über diese geheimnisvollen Kreaturen herauszufinden, die unsere Grenzen bedrohen."

„Dann sind wir Euch zuvorgekommen", entgegnete Glirior mit ausdrucksloser Miene, „jener, den Ihr zwischen den Häusern gesehen habt, war der letzte eines zwanzigköpfigen Spähtrupps, die anderen haben wir bereits etwas weiter nördlich erledigt. Ihr Lager liegt einige Kilometer von hier, allerdings sind es dort zu viele, als dass wir sie mit Eurer Unterstützung vernichten könnten. Dazu müssen wir nach Westen zu einer alten Stadt unseres Volkes gehen, wo noch einige gute Krieger leben. Mit ihnen zusammen können wir dieses Lager zerstören. Ob Ihr uns folgt, ist Euch überlassen, allerdings wäre uns ein wenig Gesellschaft nicht unangenehm."

Der grosse Soldat aus Dailron pfiff einige Male durch die Finger, bis schliesslich ein Wiehern zu hören war und fünf edle Streitrosse über die Strasse daher galoppiert kamen. Die Esel riefen freudig aus, als sie die Tiere sahen. Und als Glirior Theophil fragend ansah, beriet sich dieser kurz mit seinen Kameraden, ehe er kopfnickend dem Vorschlag des Polariä aus Dailron zustimmte.

Geschichte

Erstes Kapitel - Wintermeldung

„Gefallen?", entgegnete der Bürgermeister von Gar voller Entsetzen auf die Nachricht des Boten aus Brückstadt. Dieser hatte ihm soeben berichtet, dass sein Bruder gefallen war. Grindor ging in seinem Arbeitszimmer unruhig hin und her, es war ihm elend zumute. Der Bote sass ruhig auf einem Stuhl, doch auch ihm war nicht ganz wohl.
„Im Spitzbachtal, sagtet Ihr?", fragte Grindor wiederholt nach. Der Bote begann nun ausführlicher zu erzählen: „Nach der Schlacht bei Sonnenheim wurde Euer Bruder zum Hofgardisten befördert, wie mir gesagt wurde. Als das Heer Cammals schliesslich dem Feind in der letzten Schlacht gegenüberstand, kämpfte er ehrenhaft. Den grausamen Unwesen des Feindes war er allerdings ebenso wie viele andere nicht gewachsen. Verschwunden ist er in den Fluten, getroffen von einer dieser Bestien. Doch gefallen als ein Held Cammals ist Euer Bruder auf jeden Fall."
„Ich habe geahnt, dass dieser Krieg sein Verderben sein würde, dennoch schmerzt mich dieser Verlust sehr", erwiderte Grindor mit hohler Stimme, während er mit Tränen in den Augen zum Fenster hinaus auf die frische grüne Ebene sah. An schattigen Orten lag noch ein wenig Schnee, doch fast überall rund um Gar herum waren die Wiesen bereits grün, und die ersten Krokusse und Osterglocken blühten.

Arak marschierte zusammen mit Lakalt, Gawair und Befer durch das Tor in die grosse Halle. Sein Gesicht war ärgerlich verzogen und er war gereizt. Am Tisch sassen bereits alle anderen Ritter und einige der hohen Offiziere. Als Arak eintrat, standen alle auf, das nachdenkliche Gesicht des Königs hellte sich auf und, er rief strahlend: „Da kommt der Heerführer, der Cammal im Spitzbachtal grossen Ruhm eingebracht hat. Du musst mir alles berichten, mein Sohn. Bereits singen Barden Lieder über dich und deine Taten ebenso wie über jene deiner Männer."

Doch Arak schien wenig erfreut, er erwiderte scharf mit wutverzerrtem Gesicht: „Wieso postiert Ihr so viele Männer an der Grenze zu Salmarsat und zum gefallenen Helrendar, war dir dieser Krieg nicht bereits genug? Ausserdem hätten wir ohne die Hilfe der Jäger keine Chance gehabt. Darüber könntet Ihr auch mal nachdenken, Vater."

Nun verdüsterte sich Uraks Miene und er erwiderte ruhig, doch mit einem drohenden Unterton: „Überlasse die Politik mir, dein Handwerk ist das Schwert, meines die Feder, das wirst du früh genug noch erlernen."

„Die Männer können nicht schon wieder kämpfen, Vater", fuhr es aus Arak hervor, „vor allem, wieso muss ich davon in Brückstadt von einem Soldaten erfahren und bekomme keine Meldung von Euch?"

Die anderen Edelleute rundherum sahen den Prinzen überrascht an, der den festlichen Vorbereitungen, die seinetwegen hergerichtet waren, keinerlei Beachtung schenkte. Wütend schritt er langsam auf seinen Vater zu.

„Halte deine Zunge im Zaum, Arak", fuhr nun Urak seinen eben zurückgekehrten Sohn an.

„Salmarsat hat ein Dorf auf der Blaim überfallen, sie wollen unsere Schwäche ausnützen", unterbrach eine Stimme neben dem König ihren Streit, es war jene Mendrienos von Meerschlossfels.

„Was macht er hier in diesem Rat, wieso ist nicht sein Vater hier?", fragte Arak entrüstet und mit einem misstrauischen Blick auf den jungen Fürsten.

„Weil sein Vater getötet wurde", mischte sich nun Feriak mit schleimiger Stimme ein, „von Soldaten Salmarsats".

Nun machte Mendrieno eine traurige Miene, doch blitzten seine Augen gefährlich unter seinen Lidern hervor. Daraufhin drehte sich Arak auf seinen schmutzigen Stiefelabsätzen um und marschierte davon, die anderen folgten dem wütenden Prinzen.

Er eilte hinaus auf eine der Terrassen. Das bisschen Schnee, das dort gelegen hatte, war bereits wieder geschmolzen, doch herrschte ein nebliges und drückendes Wetter. Man sah kaum bis zur Unterstadt, deren Kaminrauch den Nebel schwarz färbte.

Zu seiner Überraschung stand Celeyia dort an der Brüstung und sah auf die ankommenden Soldaten hinab, die Reihe um Reihe durch das Tor marschierten. Sie umarmte ihren Bruder sogleich, als er zu ihr hin trat und fragte ihn: „Wann kommen die anderen Männer zurück?"

Zuerst sah Arak sie verwirrt an, doch dann verstand er ihre Frage und erwiderte niedergeschlagen: „Es gibt keine anderen, das sind alle, die überlebt haben. Jene, die heute nicht zurückkehren, werden es niemals tun. Viele sind gefallen, um diesen Krieg zu beenden und damit mein Vater nun einen neuen beginnen kann."

Nun wurde die Prinzessin bleich, starrte Arak wie versteinert an und fragte dann entsetzt: „Du bist mit mehr als

drei Mal so vielen Männern ausgezogen. Was ist mit ihnen geschehen?"
„Es waren so viele Feinde", entgegnete Arak wütend und traurig, „so viele Tote, so viel Verderben."
„Und wo ist Larior?", fragte Celeyia, „er ist doch mit dir ausgezogen?"
Arak schüttelte nur den Kopf und antwortete dann leer: „Er hat gekämpft wie kaum ein anderer. Er war während des Feldzuges zum Hofgardisten ernannt worden, doch wurde er vom Spitzbach und seinen Wassermassen in unserer letzten Schlacht weggetragen. Wenn du mehr wissen willst, musst du Grendair fragen, er sollte bereits im Schloss sein."
Nun sah Celeyia in den grauen Himmel hinauf, ihr Gesicht schien verzweifelt. Auf einmal erblickte sie hoch über dem Schloss etwas Komisches, es sah aus wie ein Vogel, doch schien sein Hinterleib nicht der eines Vogels zu sein. Ein Gebrüll durchdrang den dicken Nebel und dröhnte angsterweckend auf die Stadt nieder. Jene Soldaten, die aus dem Spitzbachtal zurückgekehrt waren, erkannten das Gebrüll sogleich, doch rief es in ihnen die grauenvollen Erinnerungen wach und sie wünschten sich, diesen Laut nie wieder hören zu müssen.
Die Prinzessin blieb schweigend neben Arak stehen und sah auf den Platz hinunter. Die Soldaten waren nur noch Schatten dessen, was sie bei ihrem Abmarsch gewesen waren, ihre Gesichter waren eingefallen und ihre Körper ausgemergelt von den Strapazen. Was noch von ihrer Kleidung übrig war, schienen Fetzen zu sein, die von Rüstungen zusammengehalten wurden.
Dann legte Arak seinen Arm um die Schultern seiner Schwester und flüsterte ruhig: „Es wäre sowieso beinahe

unmöglich geworden, du als adelige Dame und er als Sohn eines Schmiedes. Niemals wärt Ihr vereint gewesen, selbst nicht, wenn er als Hofgardist zurückgekehrt wäre."

„Er war mehr als das!", fuhr Celeyia den Prinzen an, „Er war nicht einfach nur der Sohn eines Schmiedes, er war einer vom Blute der Polariä. Er sprach Hocheyilreäis, die Sprache meiner Vorfahren. Du weisst so gut wie ich, dass kaum einer der Jäger diese Sprache spricht. Niemand anderen habe ich Worte in dieser Sprache sprechen hören, seit die Soldaten Cammals mich damals gerettet haben."

„Ich weiss", erwiderte Arak sanft, „doch du weisst genauso wie ich, dass mein Vater dich am liebsten mit dem mächtigsten König vermählen würde, auch wenn du ihn hassen würdest."

„Versprich mir, dass du niemals so wirst wie dein Vater, Arak, versprich es mir", flüsterte Celeyia mit Tränen in den Augen.

Daraufhin begann Arak im Flüsterton zu sprechen: „Ich hatte auf unserem Feldzug viel mit den Jägern zu tun, und so erfuhr ich von ihrem Anführer, Haldrior, dass meine Mutter nicht die leibliche Tochter des Fürstenpaars war, sie war vom Fürst grossgezogen worden, ja, doch stammte sie aus dem Volk der Jäger. So hoffe ich, besitze ich deren Weisheit und nicht die Machtgier des Königs. Ich verspreche dir, Celeyia, dass ich, werde ich einmal Nachfolger meines Vaters, weder adligen Familien so viel Wert beimesse, noch dem einfachen Mann Aufstiegsmöglichkeiten verwehren werde. Doch das dauert noch lange, und du weisst so gut wie ich, dass mein Vater noch lange herrschen wird. Er ist zäher als es scheint, das Alter mag an ihm nagen, doch auch durch seine Venen fliessen Überbleibsel des Blutes des alten Volkes, deswegen wird er noch viele Jahre mit eiserner Hand über Cammal herrschen."

„Ich werde keinesfalls mit mir machen lassen, was ich nicht will", flüsterte Celeyia erbost, „Urak hat nicht das Recht mich einfach an einen König zu vergeben, nur um seine eigene Macht zu stärken."

Schweigend standen die beiden da und sahen auf den Haufen ungepflegter Männer, die zurückgekehrt waren, gezeichnet von Krieg und Leid. Neue Kleidung wurde ihnen gebracht, zusammen mit Töpfen voller Gerstenbrei und unzähligen fetttropfenden Spanferkeln. Gierig schlugen sich die Rückkehrer die Bäuche voll ohne auch nur etwas anderem Beachtung zu schenken.

„Mein Vater ist von allen guten Geistern verlassen, sollte er einen weiteren Krieg beginnen", meinte Arak, nachdem sie eine Weile schweigend nebeneinander gestanden hatten. Über ihnen zogen sich die Wolken noch enger zusammen und schienen sich zu Gewitterwolken zu ballen. Unten sahen einige der abgemagerten Soldaten verängstigt nach oben, während sie den Brei in sich hineinlöffelten.

Kurz darauf sahen sie, wie alle Hofgardisten, angeführt von Gawair, den Palast unter den bewundernden Blicken des Volkes, das ihnen gefolgt war, betraten.

„Sind die anderen Hofgardisten in Sonnenheim oder Brückstadt geblieben?", fragte Celeyia den Prinzen, doch dieser antwortete nicht sofort, erst nach einer Weile sah er wieder hoch in den Himmel und antwortete: „Nein, alle die überlebt haben, sind zurückgekehrt. Die anderen ruhen in Ehren auf dem Feld, wo sie tapfer für ihre Sache gekämpft haben. Sie fielen in der Schlacht gegen diese Bestien nicht für Cammal, sondern für ihr eigenes Volk. Als beste Krieger unseres Reiches sollen sie in Erinnerung bleiben, sie, die

zusammen mit den Jägern den grössten Teil zum Sieg beigetragen haben. Ein Viertel jener, die auszogen, kehren nicht zurück."
Erschrocken griff sich Celeyia mit beiden Händen vor den Mund und erwiderte niedergeschlagen: „So viele der besten Männer des Reiches sind gefallen?"
„Larior war einer von ihnen", meinte Arak daraufhin nachdenklich, „einer jener, die wirklich für das Gute kämpften, so wie er es gelernt hatte. Er mag nicht besonders viel Erfahrung besessen haben, doch machte sein Herz das wett. Ich denke, er war zufrieden damit, etwas getan zu haben, um dich zu schützen. Keinen besseren Tod hätte er sich vorstellen können, das glaube mir."
Nun drehte sich die Prinzessin ein wenig ab und sah in den dichten Nebel hinaus. Die Dunkelheit verschlang allmählich die Umrisse des Schlosses. Einzig die Feuer, an denen die erschöpften Soldaten sassen, brannten noch, bis sich diese schliesslich auch in ihre Unterkünfte begaben.
Arak ging zurück in das Schloss, doch Celeyia blieb noch eine Weile draussen auf der Terrasse stehen. Im Wind lösten sich die Bänder aus ihrem goldenen Haar, welches daraufhin frei im warmen feuchten Meerwind wehte. Ihre Augen sahen traurig in die Ferne, hin zu den Sonnenbergen. Jene Soldaten, die im Schein der Feuer die Gestalt der Prinzessin sahen, konnten ihre Blicke kaum mehr von ihr losreissen, doch spürte jeder, welche Trauer von ihrem liebreizenden Antlitz ausging.
Auf einmal ertönte hinter dem Prinzen die Stimme des Königs: „Arak, ich erwarte dich heute Abend in der Ratskammer, dort werden sich alle Ritter einfinden."
Daraufhin drehte sich Arak zu seinem Vater um, sah ihn scharf an und sagte dann mit einem Hauch von Ironie in

seiner genervten Stimme: „Glaubt Ihr wirklich, die Skralgas sind besiegt? Glaubt Ihr wirklich, sie lassen uns jetzt für immer in Ruhe? Unser Volk muss sich erholen, zu viele Männer sind gefallen. Irgendwann wird es sich möglicherweise auflehnen, es braucht nur jemanden, der es dazu anstiftet."

„Soll das eine Drohung sein?", fuhr Urak seinen Sohn an und blickte ihm erbost in die Augen. Doch dieser wurde nun ruhig und erwiderte nachdenklich: „Nein, nicht von mir, ich ahne, dass jemand in Eurer Umgebung nicht loyal ist und ich weiss auch wer. Doch Ihr werdet sowieso nicht auf mich hören, wenn ich Euch sage, wer es ist."

„Wirst du wieder einmal von deinem Verfolgungswahn gepackt, Arak? Sag mir nicht, du hast den jungen Mendrieno im Verdacht. Arak, er hat gerade seinen Vater verloren, ich vertraue Mendrieno genau so viel wie ihm", schrie Urak daraufhin zornig seinem Sohn entgegen. Arak drehte sich ab und rief über die Schulter zurück: „Glaubt was Ihr wollt, doch bedenkt meine Worte, solltet Ihr wirklich einen Krieg gegen Salmarsat beginnen."

Nun rannte Urak seinem Sohn nach, packte ihn an der Schulter und drehte ihn harsch zu sich herum. Das Gesicht des Königs war rot angelaufen, eine Ader pochte auf seiner Stirn, und er flüsterte Arak bedrohlich ins Ohr: „Wage es nicht meine Autorität anzuzweifeln. Ich weiss, was ich tue. Solltest du meinen Thron wollen, so sage es mir, doch sprich nicht in versteckten Worten. Ich bin nicht nur dein Vater, ich bin dein König, dem du gefälligst zu gehorchen hast, denn du bist nicht nur mein Sohn, sondern auch mein Untertan, über den ich richten kann."

Darauf erwiderte Arak mit ebenso bedrohlicher Stimme: „Unser Gegner hatte einige tausend Bestien, und diese

haben uns schon beinahe besiegt. Wieso soll es nicht wie in alter Zeit Zehntausende oder gar Hunderttausende davon geben? Wieso soll es unmöglich sein, dass jene Heere aufmarschieren, die einst das Reich des alten Volkes beinahe in die Knie gezwungen hätten?"
Urak packte seinen Sohn nun am Kinn und senkte seine Stimme noch weiter, sie klang noch bedrohlicher: „Haben dir die Jäger diese Lügenmärchen erzählt? Haben sie dich dazu angestiftet, Unruhe in mein Haus zu bringen? Deswegen verabscheue ich sie, sie versuchen mich zu stürzen, nimm dich vor ihnen in Acht!"
„Ihr wisst genau so gut wie ich, dass sie die Wahrheit sagen. Sie sind für unser Reich gefallen, ohne eine grössere Gegenleistung zu fordern, als dass sie in Ruhe leben können, ohne dass Ihr Jagd auf sie macht. Ihr Blut floss neben dem unseren, sie sind für das Volk Cammals gefallen, nicht aus Machtgier, sondern im Kampf für das Gute!", schrie Arak nun seinem Vater wütend ins Gesicht ohne sich um jene zu kümmern, die zu ihnen hin gafften.
Einige Leute, die im Säulengang standen, drehten sich verwundert und neugierig um, doch drehten sie ihre Gesichter sofort wieder ab, als sie das furchterregende Gesicht des Königs sahen. Arak wollte nun bereits davonmarschieren, doch drehte er sich noch einmal um, näherte sich seinem Vater immer mehr und flüsterte ihm ins Ohr: „Ihr habt nur Angst, dass derjenige, der das Recht unter den Jägern hat, sein Recht wahrnimmt, als Statthalter von Marsat über dich zu herrschen. Niemand von ihnen hat vergessen noch vergeben, was einst geschah, als die Treue gebrochen wurde. Ich lasse mir nicht mehr alles weismachen wie bisher."

Jetzt wechselte die Gesichtsfarbe des Königs innerhalb eines Sekundenbruchteils von Purpurrot in ein totenähnliches Weiss. Arak dreht sich um und ging davon ohne ein weiteres Wort zu sagen, Urak hingegen blieb wie angewurzelt im hohen Gang stehen und sah seinem Sohn nach. Das Abbild des Königs erschien nun keineswegs mehr majestätisch, sein Gesicht verlor kurzzeitig jegliche angsteinflössenden Züge, so dass nun immer mehr Leute zu ihm hinblickten. Celeyia stand immer noch draussen auf der Terrasse und hatte gesehen, wie sich ihr Adoptivvater und ihr Stiefbruder stritten. Als Arak davonmarschiert war, blickte sie wieder gedankenverloren in die Ferne, in ihren Augen standen Tränen, doch ihr Blick war dennoch klar.

Es war nun Abend geworden, Lakalt und Haldak sassen bereits in der Ratskammer des Rittersaals, sonst war noch niemand da. Das Feuer loderte kräftig im Kamin und liess die Schwerter darüber hell glänzen. Das Licht wurde auch auf die Symbole auf den Wappen der Ritter geworfen und sorgte dafür, dass sich an den Wänden die Schatten der beiden Ritter gespenstisch bewegten. Sie sassen müde am runden Tisch mit der grossen Karte des Reiches von Cammal. Haldak war schon eine Weile zurückgekehrt, doch war selbst er noch von den Strapazen des Feldzuges gezeichnet.
„Ich habe gehört, ihr hättet es mit riesigen Bestien zu tun bekommen, ist das wirklich wahr, oder hat da jemand kräftig übertrieben?", fragte Haldak neugierig. Lakalt, der gedankenversunken in den Kamin gestarrt hatte, schreckte hoch und antwortete zuerst etwas verwirrt: „Ja, das waren die Yetis, grausame Geschöpfe, wenn du mich fragst, zahl-

reiche unserer Soldaten wurden von ihren Keulen einfach hinweggefegt."

„Hast du Haldrior, den Anführer der Jäger, getroffen?", fragte Haldak daraufhin mit einem Augenzwinkern und einem breiten Lächeln. Nun sah ihn Lakalt scharf an und fragte seinerseits in einem misstrauischen Tonfall: „Woher kennst du ihn? Was weisst du über ihn?"

Haldak erwiderte daraufhin mit einem Grinsen: „Keine Angst, bei mir ist dein Geheimnis sicher. Ich traf ihn vor mehreren Jahren, als es darum ging, Unterstützung für den Krieg zu finden. Arior, ein Schmied aus Cammal, hat mich ihm vorgestellt, ein guter Mann ist er, selbst ein Jäger, doch unscheinbar in der Masse der anderen Leute versunken."

Nun wurde Lakalts Gesicht traurig und er meinte müde: „Arior ist tot, er ist damals bei Gar gefallen. Es waren Söldner, die ihn getötet hatten, solche wie wir auch in Sonnenheim wieder gesehen haben."

„Und seine beiden Söhne und seine Frau? Was ist mit ihnen?", fragte Haldak nun, Schlimmes ahnend, weiter nach.

„Grindor, sein älterer Sohn, ist Bürgermeister in Gar, Auwalla, Ariors Frau, wurde ebenfalls in Gar getötet und Larior fiel in unserer letzten Schlacht im Spitzbachtal als Hofgardist, zu dem ich ihn ernannt hatte", antwortete Lakalt traurig.

Haldak erwiderte nichts, er wusste nicht, was er sagen oder tun sollte, um Lakalt aufzuheitern, dessen Stirn nun von Sorgenfalten durchzogen war. Sie schwiegen eine Weile und blickten in die tanzenden Flammen im steinernen Kamin, nur noch das Knistern des Holzes war zu hören.

Bald ging die Tür auf, und die Stille wurde durchbrochen. Die restlichen Ritter traten ein, einer nach dem anderen, als letztes kam Feriak zusammen mit dem König. Doch was alle überraschte, hinter ihnen folgte Mendrieno mit einem stolzen Gesicht. Arak sah ihn zuerst und fragte sofort seinen Vater, der ihn immer noch mit eisiger Miene ansah: „Ich dachte, zu dieser Versammlung wären nur Krieger eingeladen, oder zumindest jene, die schon einmal ein Schwert in der Hand gehalten haben."

Der König sah seinen Sohn scharf an und sagte einmal mehr mit seiner bedrohlichen Stimme: „Wenn es dir nicht passt, dann geh hinaus oder schweig. Wage es nicht, meine Entschlüsse anzuzweifeln."

Arak setzte sich hin, knirschte mit den Zähnen und begann seinem Vater zuzuhören. Dieser stellte sich ans Ende der Tafel und begann mit tiefer Stimme zu sprechen: „Wie Ihr alle wisst, meine edlen Ritter aus den treuen Häusern, hat Salmarsat den Grafen von Meerschlossfels hinterrücks getötet. Unser tiefstes Beileid, seinem trauernden Sohn Mendrieno von Meerschlossfels und seiner trauernden Witwe, Mardena von Meerschlossfels."

Doch nun stand Arak wieder auf und unterbrach seinen Vater mit ruhiger Stimme: „Wir wissen nicht einmal, ob es die Truppen Salmarsats gewesen sind, die Jandraer von Meerschlossfels getötet haben."

„Wer sollte es dann gewesen sein?", fuhr Urak seinen Sohn erbost an, „wer sollte es sonst wagen unser Reich anzugreifen?"

„Vielleicht hat jemand Söldner angeheuert", begann Arak langsam, „jemand, der nicht mehr wollte, dass der alte Graf herrscht. Jemand, für den ein weiterer Krieg aus irgendwelchen Gründen von Nutzen wäre."

Bei seinen letzten Worten blickte er bedrohlich zu Mendrieno hin und setzte sich dann wieder langsam, ohne seinen Blick vom jungen Grafen abzuwenden. Seine Finger gruben sich tief in die Lehnen des Stuhls. Urak tat so, als hätte er nichts gehört und fuhr ruhig fort: „Möglicherweise wollen sie uns dazu bringen, dass wir unsere Truppen auf der Blaim verstärken und dabei unseren Teil Helrendars nicht gut genug schützen. Salmarsat wird sich das gesamte Reich Helrendar nehmen, zusammen mit seinen reichhaltigen Erzgruben. Auch das Gold dort werden sie schnell finden, das dürfen wir nicht zulassen, dieses Gold gehört Cammal, denn unser Blut war es, das floss, um den Feind zu vertreiben. Wenn sie im Besitz der Erz- und Goldminen sind, hindert sie niemand mehr, genug Soldaten auszurüsten und Söldner anzuheuern, um sich die Blaim zu holen. Das ist der Hauptgrund, wieso Mendrieno hier ist, denn es geht darum, dass seine Grafschaft Meerschlossfels bedroht ist. Vor langer Zeit wurde sie unter grossen Anstrengungen erobert, so will ich nicht, dass zu meiner Zeit die Halbinsel mit ihren Bodenschätzen wieder verloren geht. Wenn es sein muss, werde ich die gesamte Flotte aus Periula und den anderen Hafenstädten in den Norden schicken, um die Küste zu sichern und wenn nötig bis Salmarsat selbst vorzustossen. Nichts ist mir zu teuer, um mein Reich und mein Volk zu verteidigen, das muss Gelrad zur Kenntnis nehmen."

Nun stand Arak wieder auf und warf zum Ärger des Königs ein: „Unser Volk ist nun sicher, so stürze es nicht schon wieder in einen Krieg. Wir sind geschwächt. Zur See werden wir Salmarsat bezwingen können, doch auf dem Land sind uns seine Truppen zahlenmässig überlegen. Gelrads

Armee ist nicht vom Krieg gebeutelt, Gelrad wird sich Helrendar holen, wenn ein Krieg beginnt."
„Endlich höre ich einmal etwas Strategisches aus deinem Mund", meinte der König mit einem spöttischen Grinsen, „doch solange wir die Seehoheit haben, kann Salmarsat die Blaim nicht einnehmen, zu stark lassen sich Verteidigungslinien und Hinterhalte bilden. Ohne an unserer Flotte vorbeizukommen, um hinter unseren Linien zu landen, lässt sich die Halbinsel nicht erobern. Zur See können sie uns nicht bezwingen und zu Lande kaum."
Daraufhin erwiderte Arak: „Bedenke, unsere Nordgrenze zieht sich vom Meer bis zu den Sonnenbergen hin und ist nicht überall durch die Natur geschützt, einzig ein paar Hügel und Wälder könnten den Feind auf dem Land davon abhalten, uns auf einer ewig langen Front anzugreifen. Und wer weiss, vielleicht halten die Dörfer und Städte im Norden lieber zu Salmarsat, wenn es für sie von Nutzen ist, genauso wie manche unserer Soldaten. Salmarsat kommt nicht aus einem Krieg und hat keine leeren Reichskassen oder ein ausgelaugtes Volk, das Hunger leidet. Salmarsat blüht gegenwärtig auf, während uns der Krieg gegen diese Bestien die Schatzkammern geleert hat. Die Händler sind fortgezogen nach Salmarsat, wo die Strassen sicher sind und genügend Soldaten die Strassen bewachen. Unsere Strassen sind unsicher, Vater, es waren in den letzten Jahren zu wenige Soldaten da, die die Banditen hätten bekämpfen können. Salmarsat hat die besseren Karten, sollte es zu einem Krieg kommen. Wir bräuchten mehr Zeit als wir haben, um uns in eine bessere Stellung zu bringen."
„Das ist wahr", stimmte Haldak dem Prinzen mit einem respektvollen Blick zum König zu, „ich will ja nicht sagen, dass wir Salmarsat ungestraft davonkommen lassen soll-

ten, doch können wir einen Krieg zurzeit kaum gewinnen. Ihr könnt Eure Rache erlangen, so denke ich, wenn Ihr Euch Zeit lasst und wartet, bis Euer Volk dafür bereit ist."
"Es wäre möglich diesen Krieg zu gewinnen, würden sich nicht meine Edelmänner gegen mich stellen", erwiderte der König erzürnt und lief rot an, "würden alle hinter mir stehen, wäre ein Sieg ein Leichtes für uns."
"Nein, Vater", widersprach Arak daraufhin dem König zu dessen Verwunderung und Ärger, "das Volk verarmt, viele Menschen leben in den Ruinen vor den Städten oder als Gesetzlose im Wald. Bettler säumen die Strassen, nicht wenige von ihnen sind Kriegskrüppel. Wie sollen wir mit diesem Volk erneut einen Krieg führen, es würde sich auflehnen, sodass wir unmöglich Salmarsat in die Knie zwingen könnten. In diesem Krieg können wir zudem nicht auf die Hilfe der Jäger zählen, niemals werden sie Cammal bei unseren Machtspielen beistehen."
Daraufhin stand Feriak auf und begann mit seiner schmeichlerischen Stimme zu sprechen: "Der König hat Recht, wir können Cammal nicht einfach als zweitrangiges Reich einordnen, wir müssen Salmarsat zeigen wer wir sind, auch wenn es auf Kosten des Wohlstands geht, der im Reiche unseres Königs Urak noch herrscht."
Bevor Arak irgendetwas erwidern konnte, begann Mendrieno mit einer ebenso schmeichlerischen Stimme wie Feriak zu sprechen: "Salmarsat beansprucht, was unser ist, sie wollen sich unser Land nehmen und sind dafür bereit, unschuldige Menschen zu töten. Solange Gelrad nicht anerkennt, dass sein Reich unter Cammal steht, solange darf man es nicht gewähren lassen."
"Salmarsat hält dieses Gebiet für das eigene", unterbrach Lakalt den jungen Grafen von Meerschlossfels, "zudem gibt

es genug Orte in unserem Reich, die neidisch über die Grenze schielen und die sich nicht lange damit herumschlagen werden, eine Invasion aus dem Norden abzuwehren, sondern freiwillig zur Krone Salmarsats desertieren. Aus ihrer Sicht würde es ihnen besser gehen. So sollte man dafür sorgen, dass jene Städte und Dörfer gar keinen Grund dazu haben, Cammal zu verraten."

„Wagt es nicht noch einmal, so etwas zu sagen", schrie der König Lakalt wütend an, „kein einziger Ort wäre lieber bei Salmarsat als bei meinem Reich, dem glanzvollen Cammal, anstatt dem schäbigen Reich im Norden. Dreck liegt in den Strassen von Gelrads Stadt, während in meinen Pärken die Blumen blühen."

„Diese Positionen tauschen sich rasch, Vater", warf Arak etwas vorsichtig ein, „Salmarsat wurde von einem Aufschwung erfasst, während wir vom Krieg gezeichnet sind und uns dem langsamen Zerfall entgegenstellen müssen. Nicht einmal mehr der Küste entlang sind unsere Handelsrouten sicher, überall lauern Piraten, ganz zu schweigen von den Landstrassen. Cammal steht vor dem Ruin, sollte ein weiterer Krieg hinzukommen, Vater, das Volk ist nicht mehr zufrieden."

„Mein eigener Sohn wagt es, diese Worte auszusprechen und mich anzuzweifeln", brauste Urak auf und liess seine gewaltige Stimme durch den Saal hallen. Lakalt schien gerade dem Prinzen zustimmen zu wollen, als der König beide so anschrie, dass ihm seine massive Krone verrutschte: „Raus mit euch beiden, raus, raus, raus! Hättet ihr noch Treue in euren treulosen Herzen, so würdet ihr zu Cammal stehen. Raus!"

Arak und Lakalt verliessen schweigend den Raum, während ihnen Mendrieno und Feriak hämisch nachgrinsten. Da-

raufhin ergriff Feriak noch einmal das Wort und meinte mit gespielter Ergebenheit: „Wie traurig, dass einmal ein Sohn die Krone übernehmen muss, der seinem weisen Vater nicht treu ist. Bereits jetzt mache ich mir Sorgen um das glanzvolle Reich, das Ihr so lange mit all Eurer Kraft gepflegt habt."
Er blickte den König mitleidig an, doch schweiften seine Augen sofort zur geschlossenen Türe. Demütig fuhr er daraufhin fort: „Selbstverständlich befürworte ich Euren Krieg, mein König, doch baut zuerst eine Armee auf, die loyal hinter Euch steht und Euch weder anzweifelt noch verrät."
„Feriak, Ihr wart mir stets ein guter Freund, treuer Kamerad und loyaler Ritter, Ihr sollt die Armee im Norden anführen, Ihr werdet anstelle des Prinzen der Oberbefehlshaber über das Heer und die Flotte sein. Ihr, Mendrieno, werdet alle Soldaten in der Fischenbucht und rund um die Blaim herum kommandieren. Keine Angst, Euch werden erfahrene Offiziere zur Seite gestellt, die Euch bei Eurer geringen Erfahrung auf dem Feld unterstützen werden. Zudem werde ich Euch nächste Woche bei einer grossen Zeremonie zum Ritter schlagen, so werdet Ihr ein ehrenvoller Mann auch in der Armee des Reiches."
Während er wild über der Karte herumfuchtelte, teilte der König den restlichen Rittern ebenfalls noch einige Gebiete zu. Als sie hörten, dass nicht Arak den Oberbefehl trage, nicht jener, der Cammal gegen die Bestien aus den Sonnenberge zum Sieg geführt hatte, sie anführen würde, sondern der alte Feriak, fielen ihnen die Kinnladen runter. Kaum jemand traute den Worten, die er gehört hatte. Doch als wäre es nicht genug gewesen, sollte nun gar Mendrieno zum Ritter geschlagen werden, ohne jemals

eine grosse Tat vollbracht oder dem Reich gute Dienste erwiesen zu haben. Haldak sah verzweifelt hin zur Tür, doch schwieg er, als ihn der König scharf ansah. Kaum einer der anderen Ritter war zufrieden mit der Entscheidung des Königs, doch waren sie alle in Häusern aufgewachsen, die treu zum König standen, wo ihnen bereits früh beigebracht worden war, dem Herrscher von Cammal niemals zu widersprechen.

Zweites Kapitel - Frühlingsschlag

Alles für die grosse Feier war vorbereitet, die Halle schön geschmückt und die Edelmänner und Hofdamen nobel gekleidet. Der König sass auf seinem goldenen Thron am Ende der Halle, zu beiden Seiten standen die Edelmänner und Hofdamen neben einigen Schlosswachen und Rittern. Nahebei des Königs sass die Gräfin Mardena von Meerschlossfels, eine Frau, die weit jünger aussah, als sie sein konnte. Ihr Blick wurde von Klugheit erhellt, doch auch List lag ihren Augen inne. Die langen schwarzen Haare waren zu einem Knoten gebunden und die Lippen leuchteten blutrot. Die Blicke zahlreicher Edelleute wurden von ihrem aufreizenden Kleid eingefangen. Überall hingen lange Banner in den Farben Cammals von der Decke, über dem König das Wappen Cammals. Einer der Schlosswachen war Greg, der, seit ihn Lakalt in Sonnenheim befördert hatte, zu dieser Truppe gehörte. Stolz hielt er seine Lanze in die Höhe und streckte seine Brust mit dem königlichen Wappen raus. Die Töchter der Edelmänner und Kaufleute, welche anwesend waren, sollten nur sehen, wer er war. Doch zu Gregs Verwunderung erschien an des Königs Seite nicht der Prinz, sondern Ritter Feriak. Zur anderen Seite schritt wie gewohnt Prinzessin Celeyia, die einmal mehr Gregs Blick auf sich zog, so wie auch jenen aller anderen Schlosswachen.
Verwundert sahen sich alle nach dem Prinzen um, der in einer der seitlichen Reihen stand wie ein gewöhnlicher

Ritter neben Gawair und Lakalt. Überrascht sahen die Menschen im Saal, wie Feriak sich auf den Stuhl setzte, auf dem sonst Arak sass und dass der alte Ritter den Helm in der Hand trug, der mit zahlreichen Federn geschmückt war, mit Federn, die jetzt in Araks Helm fehlten. Als sich die drei gesetzt hatten, begann der König mit lauter klarer Stimme zu sprechen: „Wir haben uns heute aus mehreren Gründen hier versammelt, aus vielen frohen Gründen, doch auch einem traurigen, der von der dunklen Wolke des Übels verfolgt wird. Ein froher Grund ist, dass wir unseren Sieg über den Feind aus den Sonnenbergen zelebrieren werden, einen Sieg, errungen in zahlreichen Feldzügen von Süd bis Nord, geschlagen durch die Hand unserer tapferen Soldaten."

Lautes Klatschen brach unter den Getreuen los und sie schrien im Chor: „Lange lebe König Urak, lang lebe der König. Den Sieg hat er uns gebracht, lange soll Urak der Prächtige noch Cammal krönen."

„Ausserdem will ich verkünden, dass der junge Graf Mendrieno von Meerschlossfels nun zum Ritter geschlagen werden soll", sprach der König ruhig weiter. Genau da ging die Pforte auf, und Mendrieno trat in einer edlen Rüstung ein. Sein Harnisch glänzte im letzten Licht, welches durch die hohen Kristallfenster in die Halle einfiel. Sein Haar trug er sauber nach hinten gekämmt und sein Lächeln breitete sich über sein gesamtes Gesicht aus. Die Häme in seinem Blick war für die Ritter und Hofgardisten nicht zu übersehen, doch schien es niemandem sonst aufzufallen. Viele der Hofdamen begannen ebenfalls zu lächeln, als er an ihnen vorbeischritt, einige von ihnen vergassen beinahe ihr höfisches Gebaren, doch mit Seitenblicken auf ihre Gatten konnten sie sich im Zaum halten. Dann blieb der junge Graf vor dem Thron des Königs stehen, ging auf die Knie und neigte seinen Kopf demütig vor Urak nieder. Der König stand auf und legte dem jungen Grafen sein Schwert auf die rechte Schulter, so dass ein leises Klirren zu hören war. Nachdem dieser seinen Ritterschwur abgelegt hatte, schlug ihm der König mit dem Schwert mehrmals sanft auf beide Schultern, hielt ihm dann die Hand hin und zog ihn stolz zu sich hoch. Mendrieno drehte sich zur Menge, die klatschte, ausgenommen einiger weniger. Als er sich abdrehte, lächelte er Celeyia an, die dieses Lächeln nur gezwungen erwiderte und ihren Blick dann auf den verzierten Steinboden richtete.

„Wie ein Sohn soll er für mich sein, nachdem er seinen Vater verloren hat", sprach der König weiter zu seinen geladenen Gästen, „voller Treue steht das Haus Meerschlossfels zu mir und wird es auch weiterhin tun. Diese Treue soll niemals unbelohnt sein, so soll Mendrieno, Graf von Meerschlossfels, Fürst der Blaim und der Fischenbucht, immer willkommen sein im prächtigen Schloss Cammals, als wäre er selbst einer meiner Erben."

Bei diesen Worten drehte sich der junge Graf einmal mehr zur Prinzessin hin, und diese vernahm die Worte des Königs in böser Vorahnung. Mendrieno stellte sich provokativ neben Arak, doch näher beim König, wie es die Ranghöheren taten. Als sich endlich wieder alle beruhigt hatten, erhob Urak seine Stimme erneut: „Eine weitere Verkündung ist, dass von nun an Ritter Feriak Oberbefehlshaber der königlichen Armee ist. Doch diese Verkündung schiebt eine dunkle Wolke vor sich her, Salmarsat greift uns vermehrt an, unehrenhaft, ohne uns den Krieg zu erklären, doch wir werden zurückschlagen, niemand übertritt ungestraft unsere Grenzen oder knickt ohne meine Erlaubnis auch nur einen Grashalm in meinem Reich. Anführen soll die Verteidigung unseres Reiches Ritter Feriak anstelle von Prinz Arak, der heldenhaft aus dem Krieg zurückgekehrte Prinz Cammals."

Nun blieben die Anwesenden still, keiner wusste, wie er nun reagieren sollte. Alle sahen zwischen Feriak und Arak hin und her, dem Prinzen, der seine Stellung verloren hatte. Plötzlich trat einer der reicheren Bürger aus der Reihe und schrie dem König zu: „Seid ihr nicht bereit, das Werk Eures Sohnes zu würdigen. Er war es, der den Feind geschlagen hat, nicht Ihr, Majestät. Ihr nehmt Euer Volk aus, Euer Sohn hingegen versteht uns, uns Reichen mag es gut gehen, doch solltet Ihr Euch auch um unsere ärmeren Mitbürger kümmern."

„Wachen!", schrie Urak, „führt ihn ab! Ich werde gnädig sein und ihn für seine unüberlegte Tat nicht wegen Hochverrats verurteilen, doch eine gerechte Strafe wird dieser Mann erhalten."

Gerade, als die Wachen den Kaufmann packten, ertönte draussen vor dem Tor ein lauter Krach. Es klang, als würden sich mehrere Männer heftig streiten, es schien, als wollte jemand gewaltsam in den Saal eindringen. Schliesslich öffneten die Wachen auf der Innenseite die Pforte. Sie hielten ihre Lanzen bereit, und die Ritter legten ihre Hände an die Hefte ihrer Schwerter. Draussen stand ein Mann, sein Mantel war zerlumpt und seine Schuhe dreckig, doch etwas glitzerte unter seinem Hemd hervor, und sein Blick war klar und scharf. Dieser Mann war jünger als alle Anwesenden, zumindest schien es so. An beiden Seiten seines Gürtels trug er ein Schwert und auf dem Rücken einen Köcher mit Bogen. Rau rief er zu den Wachen: „Ich will zum König oder dem Prinzen, ich habe eine wichtige Meldung aus Helrendar."

„Führt diesen Bettler auch ab!", befahl der König mit lauter Stimme, „er scheint einer zu sein, der auf Jäger machen will, einer dieser Halunken. Werft ihn in irgendeinen Kerker."

Die Wachen packten den Mann, der nun zum König hin rief: „Ein Heer ohne Banner ist auf dem Vormarsch aus dem Norden. Wer sich den Angreifern nicht fügt, töten sie. Ganze wiedererbaute Dörfer in Salmarsat haben diese Söldner niedergebrannt und die Einwohner versklavt."

„Salmarsat!", flüsterte der König zähneknirschend und fuhr dann laut weiter: „Lasst den Bettler frei, sofort!"

Der Mann ging verhüllt in seiner Kapuze den Gang entlang zum Thron. Die Ritter packten ihre Schwerter noch fester. Trotz seines ärmlichen Aufzugs schritt der Bettler, wie er vom König genannt wurde, stolz dahin. Vor Arak machte er einen leichten Knicks, ehe er auf den Thron am Ende des Saals zutrat.

„Ich bin kein Bettler", begann der Mann mit lauter Stimme, während er sich vor dem König verbeugte, „was die Jäger anbelangt, so bin ich von ihrem Blute."

„Wer seid Ihr dann", fuhr Urak den Mann zornig an, „sagt mir euren Namen und zeigt Euer Gesicht!"

Der Mann knöpfte seinen Mantel auf, und Stück um Stück sah man die Rüstung, eine edle Rüstung, eine, die jener der Hofgarde glich. Daraufhin warf der Mann seine Kapuze schwungvoll zurück, und ein Staunen ging durch die Reihen weniger Männer, ein freudiges Lächeln trat auf Celeyias Gesicht. Greg war völlig erstaunt und erfreut. Der Mann begann mit klarer Stimme zu sprechen: „Mein Name ist Larior, Hofgardist Cammals. Einige Zeit habe ich gebraucht, um das selbst wieder herauszufinden, doch will ich Euch nun warnen, Majestät, denn ein Heer ohne Hoheitszeichen ist auf dem Weg von Helrendar nach Brückstadt."

„Wieso sollte ich Euch vertrauen, ich könnte mich nicht erinnern, Euer Gesicht bereits einmal in der Hofgarde gesehen zu haben", erwiderte der König misstrauisch und herablassend. Daraufhin trat Arak vor und sagte zu Urak gewandt: „Ihr könnt ihm vertrauen Vater, er hat mir das Leben gerettet. Er wurde für seine Dienste dem Reich gegenüber von Ritter Lakalt zum Hofgardisten ernannt. Wir dachten, er sei in der Schlacht unseres Sieges im Spitzbachtal gefallen."

„Warum seid Ihr dann nicht mit dem Rest des Heeres zurückgekehrt, sondern taucht nun hier in diesen Lumpen auf?", fragte der König argwöhnisch weiter.

Nun trat Lakalt vor und wandte sich dem König zu: „Er wurde in der letzten Schlacht im Spitzbachtal von einem Yeti in den Spitzbach geschleudert. Auch dort hat Larior im Namen Cammals grossen Mut bewiesen. Was danach passiert ist, kann nur er Euch beantworten, Eure Majestät. Eines sollt Ihr allerdings zuvor wissen, er hat der Hofgarde alle Ehre gemacht."

Als er den Yeti erwähnte, huschten die Blicke der Anwesenden ängstlich durch die Halle, keiner von ihnen hatte zuvor von so einer Bestie gehört, geschweige denn eine gesehen, allerdings waren ihnen bereits durch Berichte von Boten Gerüchte zu Ohren gekommen, welche diese Bestien nur noch grausamer wirken liessen.

„Nun gut", fuhr der König nachdenklich fort, „da Ihr einer der Hofgardisten seid, könnt Ihr Euer Quartier beziehen, schliesslich können wir jeden guten Mann gebrauchen. Seid allerdings stets bereit, meine Befehle oder die eines anderen Vorgesetzten zu empfangen, denn zurzeit kann es schnell gehen."

Mit diesen Worten wies er eine der Dienerinnen an, Larior sein Quartier zu zeigen, bevor er mit seinen eigentlichen Absichten fortfuhr. Der junge Hofgardist wandte sich dankbar und mit einem Knicks um und folgte der Dienerin, nicht ohne zuvor Celeyia noch ein Lächeln zu schenken.

Der König nahm einen kräftigen Schluck aus dem silbernen Kelch, welchen ein Diener auf einem Tablett neben ihm hielt und fuhr dann fort: „Wie Ihr alle soeben gehört habt, rückt ein Heer aus dem Norden vor, und Gelrad von Salmarsat hat nicht einmal den Mut sein Banner zu hissen, diese feige Ratte, geschweige denn, uns den Krieg zu erklären. Da es nun keine Zeit mehr zu verlieren gilt, sollt Ihr Ritter Euren Offizieren unverzüglich die Befehle geben, die Truppen in Bereitschaft zu bringen."

Rasch verliessen die Ritter den Saal, auch Lakalt und Arak, die zuerst noch etwas zögerlich dahingingen. Stolz schritt ihnen Feriak voran, dicht gefolgt von Mendrieno, der mit breiter Brust und der Hand am Schwertheft hinaus marschierte. Protzig ging der junge Graf und nun auch Ritter dahin und musterte viele der Anwesenden abschätzig. Greg sah den Rittern verwundert nach, vor allem Araks Gesicht sah ganz und gar nicht aus wie sonst.

Inzwischen wurden die Tische aufgestellt und volle Platten mit reichhaltiger Speise gereicht. Die Ritter sassen nun wieder allesamt in der Nähe des Königs, zum Festmahl hatte Arak wieder den Platz an der Seite seines Vaters eingenommen, Feriak hatte sich ebenfalls auf seinen angestammten Platz gesetzt. Mendrieno bemühte sich seinerseits möglichst in der Nähe der Prinzessin Platz zu nehmen. Lakalt sass als letzter in der Reihe der Ritter neben Gawair, der immer wieder misstrauische Blicke zu Mendrieno warf. Der Graf von Meerschlossfels hingegen sah immer wieder zu Celeyia, die stets seinen Blicken auswich. Der König seinerseits musterte seine Ritter einen nach dem anderen und schien verschiedene Dinge abzuwägen, sodass er beinahe den Trinkspruch vergass. Erst als ihn Arak daran erinnerte, stand er auf, erhob seinen silbernen Kelch und begann mit lauter hallender Stimme zu sprechen: „Wir alle haben uns hier versammelt, um auf das Wohl unseres Reiches und auf den Sieg gegen die Bestien aus den Sonnenbergen anzustossen. Ebenso werden wir bald auch unseren Sieg gegen Salmarsat feiern. Möge Cammal für die Ewigkeit stehen und niemals fallen. Auf Cammal, das mächtigste Reich!"

Daraufhin hoben auch alle anderen im Saal ihre Kelche und riefen im Chor: „Ein Hoch auf den Sieg. Ein Hoch auf Cammal. Lang lebe der König."

Nachdem sie ihre Kelche geleert hatten, setzten sich alle wieder hin und widmeten sich ihren reich gefüllten Zinntellern. Rasch leerten sich die silbernen Weinkrüge und wurden mit edlem Rotwein von den Hängen Periulas nachgefüllt. Lange noch sassen die Edelleute und deren Hofdamen an der königlichen Tafel in der grossen Halle unter dem Licht der grossen goldenen Kronleuchter, welche von der Decke herunterhingen. Hell brannten die unzähligen Kerzen und erleuchteten den ganzen Saal, während draussen Finsternis herrschte. Stolz sass der König mit seiner schweren Krone auf dem Kopf am Ende der Tafel und wechselte immer wieder Worte mit seinen Rittern, besonders mit Feriak und Mendrieno, denen die Aufmerksamkeit des Königs die Nase immer weiter in die Höhe trieb.

Greg stand inzwischen müde an der Pforte zum Saal. Sein Arm tat ihm vom Halten seiner Lanze schon länger weh, doch durften er und sein Kamerad Frank keine Bewegung machen und als Schlosswachen steif zu beiden Seiten der Pforte stehen. Müde mussten die beiden zusehen, wie alle anderen fröhlich speisten. Zu gerne hätte Greg gewusst, was mit Larior geschehen war, nachdem sie sich in Sonnenheim das letzte Mal gesehen hatten. Das einzige, was Greg gehört hatte, war, dass Larior gefallen sei, doch nun wusste er, dass dies nicht stimmte. Er hätte niemals gedacht, den jungen Mann, den er damals in Cammal getroffen hatte, jemals wieder zu sehen.

Drittes Kapitel - Wasserflucht

Larior wurde von Gabriela, der Magd, in jenen Flügel geführt, wo die Hofgardisten untergebracht waren. Dieser Bereich schien etwas einfacher zu sein als der Rest des Schlosses, doch hingen überall Bilder an den Wänden, Bilder von Hofgardisten, die in Schlachten zogen. Einige Bilder schienen noch aus alter Zeit zu stammen und bildeten mutige Hofgardisten ab, die gegen die bösartigen, verbissenen Skralgas kämpften.
Die Magd zeigte Larior auch den grossen Esssaal, doch war dieser bis auf vier Hofgardisten, die im Licht einer fahlen Kerze würfelten, leer. Larior trug immer noch seinen zerfetzten Mantel, als sich ihm die Magd zuwandte und sagte: „Euch werden morgen neue Kleider gebracht."
Sie deutete abschätzig auf den zerfetzten Mantel und führte Larior in einen Seitengang. Hier standen Ablagen für Bogen, Lanzen und Schwerter. Unzählige Waffen waren hier zu sehen, Waffen von edler Machart. Nebenan waren wieder kleinere Räume, in denen Tische und Stühle standen. Auch ein grosser Kamin befand sich in jedem dieser Räume und warf sein Licht auf die gepolsterten Sessel. Entlang des Ganges waren viele Eichentüren zu sehen. Auf all diesen Türen waren Namen aus Messingbuchstaben angebracht, manche von ihnen kannte Larior. Die Magd führte ihn zu einem der hintersten Zimmer, das am Ende des Ganges in der Nähe eines Erkers lag. Durch die Fenster

des Erkers sah man hinaus in die Finsternis, er war auf die Seite hin ausgerichtet. Nur einzelne Lichter der oberen Stadtteile waren auszumachen, der Rest der Stadt war nicht sichtbar. In weiter Ferne glitzerte allerdings eine silberne gespenstische Fläche im Mondlicht, das Meer zur Seite der Halbinsel.

Die Magd öffnete die Tür des Zimmers, es war ein einfaches Zimmer mit einem kleinen Fenster in die Richtung, welche auch der Erker einnahm. Das Bett schien ziemlich bequem zu sein, ebenso wie die Daunendecke. In einer Ecke befand sich ein Holztisch mit zwei geschnitzten Stühlen, auf dem Tisch eine grosse Kerze in einem schlichten Halter. An einem Gestänge in einer anderen Ecke konnte die Rüstung aufgehängt werden. Auf einem einfachen Gestell daneben lagen einige verstaubte Bücher. Als die Magd das Zimmer verlassen hatte, hängte der Hofgardist seine Rüstung sorgfältig an das Gestänge. Bald legte er sich auf das Bett, rasch fielen ihm seine müden Augen zu und ihm erschien das wunderschöne Gesicht der Prinzessin, wie er es zuvor in der grossen Halle vor sich gesehen hatte. Kaum war er eingeschlafen, kamen in ihm wieder die Bilder der Skralgas hoch. Er hörte, wie sie auf ihre Trommeln schlugen, woraufhin er schweissgebadet aufwachte. Diese Träume mit den schweren Schlägen der Trommeln und den mordlustigen Gesichtern der blutrünstigen Bestien raubten ihm schon seit langem den Schlaf. Das Klopfen im Traum setzte sich fort, er hörte leise an seine Tür zu seiner Kammer klopfen. Er zog sein Leinenhemd über und ging hin zur alten Eichentür mit dem silbernen Schloss und öffnete sie. Lakalt stand vor ihm. Hoch erfreut umarmte er Larior und meinte: „Ich hätte niemals gedacht, dich wiederzusehen, wir dachten, du wärst tot. Hättest du auch sein müssen, so wie mir der alte Grendair erzählt hat, doch umso glücklicher bin ich, dass du überlebt hast."

„In gewisser Weise war ich auch tot, zumindest hatte ich mich so gefühlt", erwiderte Larior mit gequältem Gesicht, „doch setze dich erst einmal."

Sie setzten sich beide an den Tisch und Lakalt fragte neugierig: „Was geschah, nachdem dich die Wassermassen mitgerissen haben?"

„Ich weiss nicht mehr alles", begann Larior nachdenklich zu antworten, „ich weiss nur noch, wie ich versuchte, mich an den Ästen festzuhalten, bis ich irgendwann mit meinem Kopf auf einen Stein schlug und das Bewusstsein verlor. Aufgewacht bin ich irgendwo an einem Ufer auf einer Sandbank. Das letzte, woran ich mich damals erinnern konnte, war der Abmarsch aus Cammal und das Lächeln der Prinzessin. Es tat mir überall weh, ich wusste nicht, ob ich noch lebte."

„Und wie überlebtest du die Schluchten und den Donnerfall? Das ist bisher noch niemandem gelungen.", hakte Lakalt weiter nach.

„Ich weiss es nicht genau", entgegnete Larior etwas unsicher, „doch hatte ich einen Traum oder vielleicht war es auch echt, dass mich einer der Greifs packte und mit mir davon flog. Als ich am Ufer des Flusses auf einer Sandbank lag, wusste ich nicht, was echt und was Einbildung war. Es dunkelte bald, ich kroch hin zum Wald nahe am Ufer und legte mich an die Böschung. Es war furchtbar kalt, meine Rüstung war nass und kein Schutz gegen die Kälte, einzig das Kettenhemd schien etwas Wärme zu spenden. Dennoch schlief ich ein und hoffte, dass das Ganze endlich ein Ende haben würde. Doch dem war nicht so, ich wachte am

nächsten Morgen auf und versuchte erst einmal ein Feuer zu machen, was mit dem nassen Holz und meinem schmerzenden Kopf nur mühsam gelang. Als ich schliesslich an mir herunter blickte und das Wappen unseres Volkes auf meiner Rüstung erkannte, konnte ich mich wieder bruchstückhaft an mehr erinnern."
Nach einer kurzen Pause fuhr Larior mit einem verlegenen Lächeln fort: „Mir erschien auch endlich wieder das wunderschöne Gesicht der Prinzessin vor meinem inneren Auge."
„Sie ist wahrhaftig wundervoll", erwiderte Lakalt lächelnd, „ich habe gehört, sie freue sich darüber, dass du überlebt hast. Und wie ging es dann weiter?"
„Meinen Bogen hatte ich dummerweise verloren", fuhr Larior immer noch mit verträumten Augen fort, „ich konnte nicht jagen, sondern musste den nächstbesten Ort aufsuchen, den ich fand. Lange irrte ich durch die endlosen Wälder Helrendars. Ich hatte schon fast die Hoffnung aufgegeben, als ich ein Licht sah. Es schien mir ein Dorf zu sein, doch waren es nur die Ruinen eines Dorfes, welches von den Skralgas zerstört worden war. Bald erkannte ich jedoch, dass da wirklich Menschen waren, sie hatten Zelte zwischen den Wänden aufgespannt und brieten über dem Feuer ein Schwein. Doch als ich mich näherte, sah ich, dass es keine Bauern oder so waren, sondern Soldaten, die jenen glichen, die uns in Sonnenheim und Gar angegriffen hatten. Ich wollte mich bereits umdrehen und davonschleichen, als plötzlich ein Pfeil über meine Schulter sauste und ein Geschrei hinter mir losbrach. Drei der Männer rannten mir nach, doch konnte ich die Dunkelheit nutzen und warf mich hinter ein Gebüsch. Ich kroch davon, als ich plötzlich eine Klinge im Nacken spürte. Ich konnte den

Soldaten zwar niederstechen, doch verpasste er mir einen wüsten Schnitt im Nacken und am Kinn und machte zudem die anderen mit seinem Geschrei auf mich aufmerksam."

Larior rieb sich die lange Narbe, welche sich entlang seines Nackens zog und fuhr dann fort: „Auf jeden Fall entkam ich. Ich konnte mich plötzlich wieder an Sonnenheim erinnern und mit dem Gefecht kamen die Bilder an die letzte Schlacht wieder hoch, doch was genau passiert war, wusste ich immer noch nicht. Ich folgte einem Pfad in den Wald hinein, der mich glücklicherweise zu einer alten zerfallenen Festung führte. Zuerst fürchtete ich, auch dort könnten diese Söldner lauern, doch traf ich dort auf Jäger, die mich freundlich aufnahmen, nachdem sie meine Rüstung erkannt und meine Geschichte gehört hatten so verbrachte ich den Winter bei ihnen. Allmählich erinnerte ich mich wieder an alles. Der Winter ging vorüber und der Frühling kam. Ich wollte bereits für längere Zeit bei den Jägern bleiben, als ich an einem hübschen Frühlingsmorgen über die Wiesen Helrendars schlenderte. Schon von weitem sah ich schwarz gekleidete Männer mit silbernen Helmen. Ich machte mich nicht auf den Weg zurück zur Kerlorfestung, wo die Jäger lagerten, sondern folgte den fremden Männer in sicherem Abstand, bis ich merkte, dass sie den Weg nach Brückstadt einschlugen. Ich dachte mir, dass die Truppen Cammals in Helrendar kaum standhalten könnten, so machte ich mich auf den Weg hierher. Immer wieder musste ich mich unter schlechten Umständen fortbewegen, da es auf der Strasse von Spähern nur so wimmelte, darum sieht mein Mantel so mitgenommen aus. Kurz vor Brückstadt traf ich auf einen Jäger aus der zerfallenen Festung, der den anderen meinen Dank und meinen Abschied ausrichten sollte. In Brückstadt wurde mir kaum Glauben geschenkt, dass sich ein Unheil zusammenbraute, und so entschloss ich mich, so schnell wie möglich Cammal zu erreichen. Ich denke, das Pferd, das draussen steht, wird in Brückstadt vermisst."

Nun musste Larior spitzbübisch grinsen und Lakalt konnte auch nicht anders, als er den Schilderungen des jungen Hofgardisten zuhörte.

„Irgendwie habe ich das Gefühl, dass diese Truppen nicht aus Salmarsat stammen", meinte Lakalt daraufhin nachdenklich, „es werden tatsächlich Söldner sein, wie auch Arak befürchtet."

Als sie eine Weile geschwiegen hatten, fragte Larior: „Hast du etwas von Maral gehört?"

„Ja", antwortete Lakalt, „ich habe ihm die Nachricht deines Todes persönlich überbracht. Er war geschockt und verliess daraufhin gleich sein Haus in Richtung Norden."

„Und mein Bruder?", wollte Larior wissen, „weisst du wie es ihm geht? Zu lange habe ich nichts mehr von ihm gehört, doch mir blieb im Vorbeireiten keine Zeit nach Gar zu gehen."

„Er war ebenfalls traurig, als er von deinem Tod erfuhr", antwortete Lakalt bedrückt.

„Und sonst? Ist er immer noch Bürgermeister?", hakte der junge Hofgardist neugierig nach. Lakalt stützte seinen Kopf nachdenklich in seine Hände und erwiderte: „Er ist nur noch am Gewinn seiner Stadtkasse interessiert. Gar blüht zwar immer mehr auf, keine Frage, doch er hat allmählich einige Ähnlichkeiten mit dem alten Bürgermeister, so wie ich es gehört habe. Vor allem seitdem die Soldaten aus dem Krieg nach Gar und ins Garland zurückgekehrt sind, soll er kaum mehr eine Stadtwache haben. Diesen Sommer soll eine grosse Schmiede erbaut werden, sie soll massenhaft Schmuck und Werkzeuge herstellen, wenn es sein muss auch Waffen, doch zweifle ich an deren Qualität. Ich fürchte, er vergisst langsam, dass das Blut unseres Volkes durch seine Adern fliesst."

Lakalt endete, holte dann mehrere Äpfel und Birnen aus seinem Umhang, und die beiden liessen es sich schmecken. Bald ging Lakalt und wünschte eine gute Nacht. Larior legte sich anschliessend wieder in sein gemütliches Bett. Er dachte über Maral nach und überlegte sich, wie er ihn über seine Rückkehr benachrichtigen könnte. Er vermisste den alten Kauz, doch wie er eben erfahren hatte, war Maral jetzt weit weg.

Schon früh am nächsten Morgen schien die Sonne durch das kleine Fenster auf Lariors Bett und kitzelte ihn an der Nase, so dass er aufwachte. Er öffnete das Fenster und sah hinaus, ein feuchter, warmer Wind strich über sein Gesicht. Nachdem er sich die Augen gerieben hatte, sah er in der Ferne das ewige Blau des Meeres, es glitzerte im hellen Sonnenlicht. Mehrere Schiffe waren winzig klein auf der blauen Fläche zu erkennen, Schiffe, die von einem Fischerdorf an der Küste aufs Meer hinaussegelten. Nach einer Weile klopfte es an der Tür, und Larior, der Hofgardist, schreckte am Fenster hoch und öffnete sie. Davor stand die Magd und hielt mehrere Kleidungsstücke im Arm. Bald schon hatte sich der junge Hofgardist mit dem roten Hemd und den bequemen Lederhosen eingekleidet. Schliesslich schritt er hinaus in den hohen gewölbten Gang. Als er zum Speisesaal marschierte, hörte er hinter sich eine lachende nur allzu bekannte Stimme: „Du kommst von den Toten zurück und erzählst es mir nicht. Das nächste Mal will ich es sofort wissen, wenn du von deinem Bad im Spitzbach zurückkehrst."

Larior drehte sich um und sah, wie Grendair lachend auf ihn zukam und ihn umarmte. Dann setzten sich die beiden zusammen an einen Tisch, auf dem eine bunte Obstschale stand. Bald wurde ihnen auch Brot und Käse gebracht. In der Zwischenzeit hatten sich mehrere andere Hofgardisten zu ihnen gesellt und hörten Larior zu, wie er Grendair dieselbe Geschichte erzählte wie am Abend zuvor Lakalt, ausgenommen davon, wie ihm Celeyia beim Aufwachen in den Sinn gekommen war. Der freie Morgen ging rasch vorbei, bis plötzlich Gawair hereinmarschiert kam und mit lauter verärgerter Stimme den Hofgardisten mitteilte: „Der König hat beschlossen, die halbe Hofgarde nach Brückstadt zu verlegen, sie soll die dortigen Streitkräfte unterstützen. Fragt mich nicht wieso, er hat nicht erst einmal versucht Frieden zu schliessen, bevor er schon wieder einen Krieg beginnt. Wir müssen uns bis am nächsten Königstag bereitmachen, um am Tag darauf aufzubrechen."
Die Stimmung sank und die Männer sahen niedergeschlagen in das lodernde Feuer.
„Kaum kommt man zurück, wird man wieder losgeschickt, klagte Driar, der gleich neben Grendair sass, doch dieser hörte ihm nur beiläufig zu. Nachdem alle eine Weile nachdenklich auf den Tisch geblickt hatten, meinte Grendair: „Ich kann verstehen, dass der König zu stolz ist um Frieden zu schliessen, schliesslich ist es noch nicht viele Generationen her, da Cammal einige Teile Salmarsats übernehmen konnte."
„Aber wieso überlässt er das ferne Helrendar nicht einfach Salmarsat und sorgt stattdessen für Frieden?", erwiderte Driar aufgebracht.
Zu Driars Überraschung meldete sich nun Larior zu Wort: „Ich war dort in Helrendar, es soll scheinbar grenzenlose

Schätze unter der Erde verbergen und unerschöpfliche Minen in den Felsen. Ich weiss nicht, was an den Gerüchten wahr ist, doch glaubt man nur die Hälfte, die dort unter dem verarmten Volk erzählt wird, so könnte man eine ganze Armee mit besten Waffen und Rüstungen versorgen."

„Seht ihr", meinte Driar, „dem König sind die Rohstoffe wichtiger als der Frieden. Lieber sieht er seine Schatzkammern voll und die Männer gut gerüstet als ein Volk, das zufrieden seiner Arbeit nachgeht, wie es das einst getan hat."

„Wen soll er dann ausrüsten, wenn es kaum mehr jemanden gibt, der kämpfen kann", wandte ein anderer Hofgardist mürrisch ein, „wer soll die zahlreichen Rüstungen und Schwerter aus dem Eisen Helrendars tragen, wenn kaum jemand den Krieg überlebt?"

Gawair hatte die ganze Zeit geschwiegen, doch erhob er nun seine Stimme und schrie schon fast: „Ihr alle seid Hofgardisten Cammals und ihr habt alle Befehle des Königs auszuführen, ob sie gut oder schlecht sein mögen. Ihr alle habt geschworen, ihr würdet Cammal treu dienen und so tut das nun auch. Ich auf jeden Fall werde den Befehlen Folge leisten. Sollte es jemand nicht tun, kann er die Hofgarde auf der Stelle verlassen und muss damit leben, dass er seine Kameraden und Freunde im Stich gelassen hat. Schliesslich sind wir immer noch die Hofgardisten Isulas und werden auch dafür kämpfen, egal ob es den Namen noch gibt oder nicht, ich werde meinen Treueschwur jedenfalls nicht brechen."

Nun schwiegen alle und sahen zu Gawair, der langsam rot anlief, sich dann umdrehte und in raschem Schritt davonging. Keiner der Hofgardisten sagte nunmehr ein Wort, alle waren von Gawair eingeschüchtert, denn sie wussten, dass ihr Hauptmann Recht hatte. Die Hofgardisten assen schweigend, was auf dem Tisch stand und machten sich daraufhin auf den Weg in ihre Zimmer, um ihre Sachen zu holen, die sie auf den Trainingsplätzen brauchten. Man hörte das Quietschen der Türscharniere rund herum, das Klirren der Kettenhemden und Schwerter. In den Gängen schraubten die Hofgardisten die Holzschütze auf ihre Schwerter, bevor sie ihre Harnische umschnallten. Auch die Bogen schulterten sie zusammen mit dem Köcher voller Pfeile, einige trugen schwere Armbrüste auf ihren Schultern. Rasch machten sie sich auf den Weg nach draussen in den warmen sonnigen Frühlingsmorgen. Überall auf dem Schloss wehten die Banner und Wimpel im warmfeuchten Meerwind. Mehrere Gärtner standen im Park und kümmerten sich um die bunten Tulpen, welche seit einigen Tagen blühten. Neugierig blickten sie zu den finster dreinblickenden Männern mit ihren glänzenden Rüstungen und schweren Waffen. Der steinerne Pavillon glänzte in der hellen Morgensonne. Mehrere Hofdamen sassen darin und tranken genüsslich Tee, der ihnen von Dienerinnen serviert wurde. Das Gold auf ihren Tassen schimmerte in der Sonne und verlieh dem Geschirr einen seltsamen Glanz, der sich durch den ganzen Park verbreitete. Am Rande des Platzes sassen die Soldaten, sie waren ungepflegt, und ihre Moral stand auf dem Nullpunkt. Die meisten von ihnen würfelten auf dem gepflasterten Platz, um sich die Zeit zu vertreiben, während andere sich irgendwo in den Schatten legten und ihren düsteren Gedanken nachhingen.

Hofknappen mussten an schweren Hebeln drehen, um die bewegbare Schiessanlage zu bewegen. Larior war es sich noch nicht gewohnt, auf bewegte Zielscheiben zu schiessen und mochte Pfeil und Bogen sowieso nicht so wie den Kampf mit dem Schwert, doch konnte ihn Grendair dabei sehr gut unterstützen, bis auch seine Pfeile sich der Mitte der Scheibe näherten. Ausserdem war der junge Hofgardist nicht darum herumgekommen, während des Winters bei den Jägern dann und wann mit ihnen auf die Jagd zu gehen.

Rasch vergingen der Mittag und der Nachmittag, und in ihren Rüstungen wurde es immer heisser. Kessel um Kessel wurden aus dem tiefen Ziehbrunnen gezogen, und die Männer versuchten sich so gut es ging zu erfrischen. Endlich, als die Sonne sich dem Golf von Periula zuneigte, rief Gawair mit lauter Stimme: „Genug für heute, geht nun in eure Quartiere und ruht euch gut aus. Morgen werden wir uns ein letztes Mal auf den Übungsplätzen einfinden. Übermorgen könnt ihr machen, was ihr wollt, und am Königstag werden wir uns bereitmachen, abzumarschieren. Nun ruht euch aus, keiner sollte mehr in die Tavernen und Kneipen gehen, er würde es morgen in aller Früh bereuen."

Erleichtert machten sich die müden Hofgardisten auf den Weg zurück ins Schloss. Gawair packte Larior an der Schulter und hielt ihn zurück, denn er wollte ebenfalls die gesamte Geschichte von seiner Rettung hören. Zusammen schlenderten sie durch den Park, während Larior alles berichtete und ihm Gawair neugierig zuhörte, vor allem die Greifs interessierten ihn, doch konnte Larior ihm darüber kaum Auskunft geben. Als Larior geendet und Gawair eine Weile nachdenklich geschwiegen hatte, fragte der Hauptmann der Hofgarde: „Fühlst du dich gut genug, um nach Brückstadt zu gehen? Lakalt will es, denn er befürchtet, dass jene, die hier bleiben, auf einmal auf die Blaim entsandt werden und dann dem Kommando Mendrienos unterstellt sind. Er wie ich befürchten, dass es im Interesse dieses Gockels wäre, dass so viele wie möglich von uns fallen."

„Mir geht es gut", antwortete Larior müde, „doch weiss ich nicht, ob Ihr mehr Erfahrung in Eurer Truppe in Brückstadt braucht, als ich mitbringen kann."

„Das ist kein Problem. Die Jungen unseres Volkes folgen eher den Jägern als der Hofgarde, und so bin ich froh, auch ein junges Gesicht in meiner Truppe zu haben", erwiderte Gawair und klopfte dem jungen Hofgardisten auf die Schulter. Gerade als Gawair geendet hatte, tauchte vor ihnen das verhasste Gesicht des frisch geschlagenen Ritters auf. Er grüsste Gawair knapp und warf Larior einen bösen Blick zu, während er sich auf den Weg zu den Hofdamen im Pavillon machte, zu denen sich in der Zwischenzeit auch die Prinzessin gesellt hatte. Als Celeyia die Hofgardisten in ihren glänzenden Rüstungen in der Abendsonne stehen sah, lächelte sie Larior zu, doch sogleich trat Mendrieno heran, und die Freude wich aus ihrem Gesicht.

Zusammen gingen die beiden Hofgardisten zum Schloss zurück. Doch während sich Larior auf den Weg in den Flügel der Hofgarde machte, musste sich Gawair zum Rittersaal begeben, wo er bereits erwartet wurde. Die Ritter waren sich einmal mehr uneins, doch war klar, dass Feriak die Truppen nach Brückstadt anführen sollte, Lakalt, Arak und Obelek sollten ihm folgen. Zudem sollte Befer als Oberbefehlshaber der Volkssoldaten diese anführen. Die anderen Ritter sollten sich zum Teil an die Nordgrenze begeben, doch hielt es der König für wichtig, vorwiegend die Fischenbucht zu sichern. Mendrieno sollte dort das Kom-

mando übernehmen, was vielen der Ritter sauer aufstiess. Schliesslich überraschte der König alle mit einem weiteren Entschluss: „Die halbe Hofgarde wird unter Lakalts Führung nach Brückstadt ziehen, die andere Hälfte unter der Führung Gawairs auf die Blaim. Die Reiter folgen Arak nach Brückstadt."
Nun sahen Lakalt und Gawair verwirrt um sich, ihre ganze Planung wurde über den Haufen geworfen. Als der Hauptmann der Hofgarde den hämischen Blick Mendrienos bemerkte, sah er diesen mit einem Blick an, der viele Menschen aus der Fassung gebracht hätte, doch die Mundwinkel des jungen Grafs zogen sich immer weiter hoch. Auch Lakalt sah fragend zwischen dem König, Feriak und Mendrieno hin und her, die nebeneinander beim Kamin sassen. Arak sah an ihnen vorbei auf die Schwerter der Ritterhäuser am Kamin. Es war ein neues dazugekommen, jenes der Grafenfamilie von Meerschlossfels. Dieses Schwert hing nun als drittoberstes nur noch unter dem königlichen und jenem, welches Feriaks Haus gehörte. Zudem war bereits in den Tisch das Wappen von Meerschlossfels eingelassen worden, gleich neben dem königlichen Drachen. Erst nach einer gewissen Zeit bemerkte Arak, dass er von seinem Vater scharf beobachtet wurde, und er lenkte deshalb seine Aufmerksamkeit wieder auf ihr Gespräch. Die Zeit verstrich langsam, draussen wurde es bald ganz dunkel. Rasch kamen Diener, die ihnen Kerzen und Früchte brachten, später dann auch noch Kelche, gefüllt mit Wein. Lange hielt ihre Beratung noch an, so lange, bis die Augen der Ritter müde wurden und sie ihre Köpfe kaum mehr gerade über den Landkarten auf dem Tisch halten konnten. Der König war der einzige unter ihnen, der immer noch nachdenklich auf die Karte niederblickte und kleine Figuren hin

und her schob. Seine Lippen formten sich dabei immer wieder zu Worten, doch sprach er kaum einmal eines davon laut aus.

Viertes Kapitel - Morgenboten

Die Sonne war gerade aufgegangen und es war noch still rund um das ganze Schloss. Einzig das Pfeifen einiger Singvögel im Park war zu hören, doch auch diese schienen ihre Lautstärke der Stille anzupassen. Das Wasser im Springbrunnen plätscherte ruhig vor sich hin und die Tulpen hielten ihre Köpfe noch geschlossen. Das Tor war zu und wurde von zwei müden Schlosswachen bewacht, als fünf Männer geritten kamen, ihre Pferde waren allesamt braun mit schwarzen Mähnen. Sie ritten edle Streitrösser mit verzierten Sätteln, unter ihren hellen Mänteln glänzten silberne Rüstungen. Einer von ihnen trug eine weisse Fahne, was bedeutete, dass sie Unterhändler waren. Ein anderer, der vorausritt, trug ein Banner, zwei silberne Schwerter, die sich über einem silbernen Schiff kreuzten unter einer goldenen Sonne auf blauem Hintergrund, das Wappen Salmarsats. Rasch stellte sich einer der Schlosswachen vor das Tor und hielt den Männern seine Lanze entgegen, während der andere an der Schnur der Alarmglocke zog und die morgendliche Stille durchbrach. Von überall her ertönten die Rufe der Patrouillen, die rasch herbeigerannt kamen. Bald darauf kamen die übrigen Schlosswachen aus dem Schloss gerannt, unter ihnen auch Greg, und marschierten unter ihren Waffen zum Tor hin.
Die fünf Reiter standen nun von Lanzen umzingelt vor dem Tor. Als sie schliesslich erkannten, dass man sie auf keinen

Fall durchliess, ritt einer von ihnen vor, warf seine Kapuze zurück, so dass ein silberner Reif auf seinem Haupt zum Vorschein kam und sprach mit klarer Stimme zu den Schlosswachen: „Ich bin Bariad, Prinz von Salmarsat, König Gelrads jüngerer Sohn, ich bin auf der Suche nach Eurem König. Vieles gibt es zwischen unseren Reichen zu klären, um schlimmes Übel zu verhindern."

Daraufhin wandte er sich an seine vier Männer, worauf diese alle als Zeichen ihres guten Willens ihre Waffen klirrend auf das Pflaster fallen liessen, doch die Schlosswachen hielten weiterhin ihre Lanzen auf sie gerichtet. Erst als Prinz Arak aus dem Schloss trat, stellten die Schlosswachen ihre Lanzen auf und bildeten eine Gasse, um die Männer durchzulassen. Freudig begrüsste Arak den Prinzen von Salmarsat, entgegen aller Erwartungen mit einem ehrlichen Lachen: „Grüss dich, Bariad, entschuldige die vielen Lanzen, doch das Banner Salmarsats stösst hier Vielen sauer auf. Ich hoffe, du wirst dich hier dennoch wohl fühlen."

Diese Worte bestärkten den Glauben jener, die an der Loyalität des Prinzen gegenüber seinem Vater zweifelten und allmählich glaubten, dass tatsächlich Feriak und Mendrieno die Streitkräfte Cammals anführen sollten.

„Grüss dich, Arak", erwiderte Bariad ebenfalls erfreut, doch schien ihn etwas zu betrüben, „ja, das habe ich gehört, scheinbar sollen unsere Truppen Euer Reich angegriffen haben und nun plane Urak einen Vergeltungsschlag. Dabei wurden wir selbst von Truppen angegriffen, Truppen, die kein Banner trugen. Mein Bruder meint, sie stammten von Euch."

Daraufhin sah Arak Bariad erstaunt an und erzählte ihm: „Auch wir wurden von diesen Truppen angegriffen, es scheint, als würde jemand diesen Krieg zwischen uns um jeden Preis entfachen wollen."

Sie sprachen noch eine Weile leise miteinander, bis Arak Bariad ins Schloss führte. Die anderen Männer aus Salmarsat schlossen sich ihnen in weitem Schritt an. Mehrere Schlosswachen folgten ihnen in einigem Abstand und misstrauischen Mienen in die grosse Halle. Dort liess Arak einen reich gedeckten Morgentisch auftafeln und bot den Gästen Plätze an.

Nachdem sie ein erstes Mal ihre Kelche geleert hatten, begann Bariad leise mit Arak zu sprechen und erzählte ihm: „Ich wurde im Auftrag losgeschickt, nun mehr als die Hälfte Helrendars zu beanspruchen, mein Bruder hat es unserem Vater so lange eingeredet, bis dieser ebenfalls dieser Überzeugung war und einwilligte. Als Entschädigung für die Blaim, meinte er. Ausserdem will er, dass ich Eurem König erkläre, dass die Truppen, die Euer Reich angegriffen haben, nicht aus unseren Reihen sind. Zudem soll ich auch klarstellen, dass es nicht Salmarsat war, das den Grafen von Meerschlossfels getötet hat, sondern ebenfalls diese Söldner. Ich hoffe, ein grosses Blutvergiessen lässt sich damit verhindern."

„Ich weiss", unterbrach ihn Arak nachdenklich, „ich glaube nicht, dass wir dem jungen Meerschlossfels trauen können. Er ist hinterlistig und hat vermutlich etwas mit diesen Angriffen zu tun. Doch vertraut ihm mein Vater noch mehr als dem alten Meerschlossfels und hat ihn nun auch noch zum Ritter geschlagen. Mendrieno fordert den König auf, Helrendar für sich zu beanspruchen und Euren scheinbaren Angriff zu vergelten. Es scheint mir, als wäre Mendrieno an einem grossen Krieg interessiert."

Nachdenklich ass Bariad ein Stück Käse und meinte dann: „Mein Gefühl sagt mir, dass Mendrieno und mein Bruder etwas miteinander zu tun haben, beide scheinen einen Krieg zu wollen, und beide versuchen die Könige so lange zu beeinflussen, bis sie erreicht haben, was sie wollen."
„Vielleicht auch nicht", erwiderte Arak, „vielleicht sind beide auch nur zu machthungrig und wollen einen Krieg, obwohl die bannerlosen Truppen den Befehlen eines anderen gehorchen. Schliesslich hat es Mendrieno schon lange auf mein Erbe abgesehen, indem er die Prinzessin heiraten will."
„Wer weiss, was alles los ist, schliesslich wussten wir bis vor ein paar Jahren nicht einmal von diesen Bestien, die Euer Reich und Teile unseres Reiches zerstören wollen. Genau so könnte es auch mit dieser bannerlosen Armee sein. Was meinen Bruder anbelangt, so fürchte ich, würde er das Juwel Cammals ebenso gerne zur Frau nehmen, um grössere Macht zu erlangen, zudem ist ihre Schönheit selbst in unserem Reich sagenumwoben", stimmte Bariad dem Prinzen von Cammal zu.
Es dauerte eine Weile, bis die hohe Pforte einmal mehr aufging und der König mit den Rittern hereinmarschiert kam. Er begrüsste die Gäste aus Salmarsat nicht einmal, sondern schrie sogleich: „Nehmt sie fest! Nehmt diese Ratten alle fest!"
Die Schlosswachen zogen ihre Schwerter und traten auf die Boten aus Salmarsat zu. Doch Arak sprang auf, zog sein Schwert und stellte sich vor Bariad. Kurz darauf traten auch Lakalt, Haldak und die restlichen Ritter mit gezogenen Klingen an seine Seite. Einzig Mendrieno und Feriak blieben neben dem König stehen. Verwirrt liessen die Schlosswachen ihre Waffen sinken und sahen verwundert

die Ritter mit ihren erhobenen Schwertern an, die keinen Schritt zur Seite zu weichen schienen. Zuerst war der König überrascht, doch bald kochte der Zorn in ihm hoch und sein Gesicht lief rot an.

„Was soll das?", brauste der König auf und riss einem der Schlosswachen das Schwert aus der Hand. Mit stolzen Schritten ging er langsam auf die Ritter zu, die immer noch keine Bewegung machten und schrie: „Das ist Hochverrat, ihr stellt euch gegen euren eigenen König! Ihr brecht alle eure Treue mir und Cammal gegenüber."

Daraufhin trat Arak seinerseits auf Urak zu, liess sein Schwert in der Scheide verschwinden und erwiderte mit ruhiger Stimme: „Nein, Vater, das ist das Gesetz. Ein Unterhändler, der unbewaffnet, geschweige denn ohne böse Absichten des anderen Reich betritt, darf weder festgenommen, noch darf ihm in einer anderen Art Schaden zugefügt werden. Dieses Gesetz ist älter als Cammal selbst und wurde noch von keinem König gebrochen. Das wisst Ihr genau so gut wie ich. Ihr wollt doch nicht Schande über Cammal und unser Haus bringen, indem Ihr dieses uralte Gesetz mutwillig brecht!"

Der König schmiss das Schwert zu Boden und schrie Arak zu: „Na gut, dann sollen sich deine Freunde hier bequem machen, während sie unser Reich zu vernichten versuchen. Ich hoffe, du kannst deine Ehre behalten, wenn sie vor unseren Toren stehen."

Auf einmal trat Bariad vor und begann laut und klar zusprechen: „Seid gegrüsst König Urak von Cammal. Ich bin nicht hier um Euch den Krieg zu erklären, sondern um diesen zu vermeiden. Es ist nicht im Interesse Salmarsats, dass unnötig Blut vergossen wird."

„Erzählt keinen Schwachsinn!", unterbrach der König den Prinzen von Salmarsat, „wollt Ihr mir etwa weismachen, Ihr hättet den Grafen von Meerschlossfels aus guter Absicht umgebracht? Wollt Ihr mir weismachen, dass Eure Truppen in guter Absicht durch Helrendar auf Brückstadt zu marschieren?"

„Nein", erwiderte Bariad nun erzürnt, „es waren Truppen ohne Banner, die Euren Grafen umgebracht haben, nicht die Truppen Salmarsats. Doch das ist nicht der Grund, warum ich hier bin, sondern es geht darum, dass mein Vater zwei Drittel Helrendars verlangt, einerseits darum, weil wir es waren, die es befreit haben, anderseits als Entschädigung für die Blaim. Doch ich bin hier bereit, Helrendar zu halbieren, sollte es möglich sein, einen Krieg zu vermeiden. Es sollte auch in eurem Interesse sein, dass kein grosser Krieg ausbricht und beide Völker weiter schwächt."

„Seid Ihr und Euer Vater wahnsinnig?", brauste der König daraufhin wieder auf, „uns stehen mindestens zwei Drittel zu, denn es war unser Blut, das überall vergossen wurde. Ich bin bereit, diesen einen Drittel an Euer Reich abzutreten, sollte es den Krieg verhindern. Doch Ihr wagt es so hier aufzutauchen, während ein Heer gegen Brückstadt zieht?"

„Es zieht keines unserer Heere in Richtung Brückstadt, das muss ein Söldnerheer sein, kein einziger bewaffneter Mann unter salmarsatischem Banner befindet sich zurzeit innerhalb Helrendars", rief Bariad nun wütend aus.

„Setzen wir unser Gespräch doch in der Ratskammer fort, dort können wir ungestört sprechen", schlug Urak daraufhin mit einer merkwürdig sanften Stimme vor. Die Ritter setzten sich wieder und widmeten sich wieder dem Frühstück. Dennoch sahen sie argwöhnisch zu ihrem König hin.

Mit einer Handbewegung zeigte Urak, dass Bariad ihm folgen sollte, was dieser schliesslich auch tat. Als sie gerade die Pforte passieren wollten, schrie Urak: „Nehmt diese Ratte jetzt fest! Ich habe das Recht dazu, denn er lügt."
In der Zwischenzeit hatten sich Schlosswachen zwischen die Ritter und den Prinzen von Salmarsat gestellt. Als ihnen die Ritter den Rücken zukehrten um zu Bariad zu gelangen, wurden auch noch die übrigen Boten gepackt und weggeschleppt. Ein Tumult brach los, bis schliesslich die Schlosswachen den Rittern ihre Klingen entgegenhielten. Die Ritter versuchten sich zu Bariad durchzuringen, doch wurden sie zurückgehalten und Lakalt schrie zum König: „Ihr stürzt uns in einen Krieg ohne zu versuchen ihn zu verhindern. Viele Menschen werden sterben, solltet Ihr Bariad nicht freilassen. Ihr werdet vermutlich auch mehr als nur Helrendar verlieren."
„Dann sollen diese Toten auf Seiten Salmarsats sein, überlasst die Politik nur mir", gab der König beiläufig zurück und marschierte davon. Doch bevor er durch die Pforte schritt, drehte er sich noch einmal um und befahl: „Haltet Eure Truppen bereits morgen bereit, wir haben keine Zeit zu verlieren. Doch nun haben wir einen Vorteil, wir haben den Sohn dieses hinterlistigen Königs, das könnte den Krieg zu unseren Gunsten verhindern, Ritter Lakalt. Wie gesagt, überlasst das Denken jenen, denen es gegeben ist und nehmt das Schwert, wie es Euch gegeben ist."
Schliesslich trat Arak vor und versuchte mit ruhig klingender Stimme seinem Vater zu erklären: „Seinen Erben hat er immer noch bei sich, und so wird er umso heftiger versuchen Cammal zu erobern. Solange Danrad in Salmarsat ist, wird Gelrad versuchen, bis in diese Halle vorzudringen."

„Das hätte sich Gelrad überlegen müssen, bevor er Jandraer von Meerschlossfels umgebracht hat", erwiderte Urak hämisch und verliess den Saal nun endgültig, begleitet von Feriak und Mendrieno. Verzweifelt versuchte Arak seinem Vater nachzurennen, doch hielten ihm die Schlosswachen ihre Schwerter entgegen, und der Prinz musste einsehen, dass es für ihn keine Möglichkeit gab, den König zu erreichen und ihn zur Vernunft zu bringen. Doch dann, als Mendrieno noch einmal zurückblickte wurde ihm so einiges klar. Der junge Graf aus Meerschlossfels grinste hinterlistig und sah den Prinzen hämisch an, ein triumphierendes Lächeln huschte von einem Mundwinkel zum anderen.
Mit tiefen Sorgenfalten drehte sich Arak um und flüsterte leise Lakalt zu: „Ich muss nach Salmarsat und dort Schlimmeres verhindern. Du musst nicht mitgehen, doch bitte ich dich, Gawair und sieben weitere Hofgardisten mir als Begleitung mitzugeben. Möglicherweise auch noch einige Palastwachen aus Periula."
Die anderen Ritter hatten sich in der Zwischenzeit davongemacht und auch die meisten der Schlosswachen hatten den Saal verlassen. Endlich antwortete Lakalt bestimmt: „Ich komme mit dir, wohin du willst. Denkst du, es wäre klug, den jungen Larior mitzunehmen, ein nahezu Jäger würde nichts schaden. Ausserdem ist er bei uns sicherer, und das schulden wir ihm und den Jägern, zudem war er in Helrandar und hat gesehen, wie es dort steht."
„Ich wollte sowieso, dass Grendair mitkommt, und dieser fühlt sich für den Jungen aus Gar verantwortlich", entgegnete Arak zustimmend, „ich glaube kaum, dass er ihn hier alleine lassen würde."
„Wann brechen wir auf?", fragte Lakalt den Prinzen.

„Morgen in der Früh", entgegnete Arak entschlossen, „dann, wenn alle noch schlafen. Doch zuerst muss ich noch mit Bariad sprechen und dessen Siegel erhalten als Beweis."

Die beiden Verschwörer verliessen nun ebenfalls die lange Halle durch die hohe Pforte. Während sich Lakalt auf den Weg zu den Hofgardisten machte, ging Arak den Weg zum Kerker tief unten in den Gemäuern des Schlosses. Viele Treppen musste er hinuntergehen, bis er die ersten Wachen an einer Eisentür erreichte. Dahinter erstreckten sich Gänge mit zahlreichen Verliesen, aus denen Gefangene hilfesuchend ihre Hände herausstreckten. Überall tropfte Wasser von der Decke und machte merkwürdige Geräusche. Die einzelnen Fackeln züngelten unruhig im Luftzug, der irgendwo aus diesen Höhlen entwich. Es waren Höhlen, die noch nicht so alt waren wie der Rest des Schlosses, sie mussten erst in den Felsen gehauen worden sein, nachdem das Reich Cammal gegründet worden war. Zuhinterst in diesem Gang war ein grösseres Verlies eingelassen, dort lag Bariad auf einer Strohpritsche und starrte den geschichteten Stein an. Vor den schweren Eisengittern standen zwei Schlosswachen steif beieinander als Arak kam. Dieser stellte sich jedoch freundlich und meinte: „Vertretet euch doch ruhig mal die Füsse, ich muss mit diesem Rattenprinzen sprechen, er soll endlich die Wahrheit sagen."

Bariad sprang auf und schrie Arak an: „Ich dachte, wir wären Freunde, doch du bist nicht besser als dein Vater. Ich dachte, wenigstens du würdest mir glauben. Nun beschimpfst du mich, du, den ich immer so hoch geschätzt habe."

Einer der Wachen schlug mit dem Ende seiner Lanze daraufhin zwischen den Gitterstäben hindurch in Bariads Magengrube, sodass er laut aufstöhnte. Endlich gingen die Wachen den Gang entlang, und Arak stellte sich ganz nah an das Gitter. Als Bariad durch die Gitterstäbe hindurch gerade in Araks Gesicht schlagen wollte, wich dieser aus und begann leise zu flüstern: „Keine Angst, ich glaube dir, doch musste ich den Anschein machen, als wäre ich von meinem Vater geschickt worden. Der Grund, weswegen ich hier bin, ist, dass ich nach Salmarsat gehen will, um den Frieden zu wahren. Dafür brauche ich dein Siegel, ich hoffe es wurde dir nicht abgenommen. Niemals würde ich dich verraten. Ich werde niemals vergessen, wie wir im Süden Helrendars gemeinsam Seite an Seite gegen die Bestien aus den Sonnebergen gefochten haben."

„Nein, das Siegel habe ich noch", entgegnete Bariad, „so dreist ist nicht einmal Urak. Richte meinem Vater Grüsse von mir aus und sorge dafür, dass es keinen Krieg gibt. Du bist die letzte Hoffnung für die beiden Reiche. Hier hast du das Siegel."

Bariad zog sein Siegel aus der Manteltasche, überreichte es Arak und meinte zum Abschied schliesslich noch: „Du bist ein guter Freund, Arak. Du gleichst deinem Vater kein bisschen, es ist etwas an dir, das dich von vielen Leuten aus Cammal und auch Salmarsat abhebt."

„Du bist auch ein guter Freund, Bariad, ich wünschte, es würde kein so grosser Graben zwischen unseren Reichen bestehen", erwiderte Arak mit einem Handschlag und ging dann davon, gerade als die Wachen zurückkamen. Rasch schritt er wieder die Treppe hinauf in Richtung seines Gemachs, als er eine offene Tür zu einer Terrasse hin sah. Draussen stand Celeyia, deren Haar lose im Wind wehte.

Rasch ging er zu ihr hinaus. Als er neben sie trat, begann sie in traurigem Tonfall zu sprechen: „Wieso tut Urak so etwas? Warum kann er sich nicht einfach an die uralten Unterhändlergesetze halten und so schlimmeres Leid verhindern. Sich selbst und seine Erben stürzt er damit ins Verderben, selbst dort, wo ich geboren wurde, so glaube ich, gelten diese Gesetze."

„Ich denke, er wird langsam zu alt", antwortete Arak nachdenklich, „Mendrieno und Feriak nutzen ihren Einfluss auf ihn aus. Ich bin mir sicher, dass Mendrieno irgendetwas mit den ganzen Vorkommnissen zu tun hat. Auch heute wieder traf mich sein hämischer Blick, doch nun werde ich nach Salmarsat gehen und versuchen den Frieden zu bewahren. Versuche nicht mich abzuhalten, es ist die letzte Hoffnung, die uns bleibt, um ein grosses Blutvergiessen zu verhindern."

„Willst du etwa alleine hingehen? Wen nimmst du mit?", fragte Celeyia ein wenig erschrocken. Darauf legte Arak seiner Stiefschwester den Arm um die Schulter und entgegnete beruhigend: „Nein, keinesfalls werde ich alleine gehen, Lakalt, Gawair und sieben Hofgardisten werden mich begleiten, möglicherweise noch einige Palastwachen aus Periula."

Dann, als der Prinz Celeyias fragenden Blick sah, meinte er: „Ja, auch er wird mitkommen, bei uns ist er weniger in Gefahr als anderswo. Zudem ist er ein tapferer und guter Kämpfer, er hat etwas Spezielles an sich, doch errate ich nicht, was es ist. Allerdings gilt meine grösste Sorge jetzt dem Frieden zwischen Salmarsat und Cammal. Jenem Frieden, der nicht mehr lange halten wird, sollte ich den König von Salmarsat nicht dazu bringen, von einem Krieg gegen meinen wahnsinnigen Vater abzusehen. Selbst jetzt noch denke ich, dass Cammal widerstehen könnte, obwohl wir sehr geschwächt sind."

„Versprich mir aber, dass du und er heil zurückkommen", bat Celeyia mit hoffnungsvoller Stimme. Doch Arak konnte ihr keine Garantie abgeben und erwiderte: „Ich werde mein Bestes tun, doch kann ich dir nichts versprechen. Kaum etwas kann ich voraussahen, ich weiss nicht, wie Gelrad eingestellt ist, geschweige denn weiss ich, ob mein Vater mir diesen Alleingang verzeihen wird."

„Pass auf dich auf, Arak", meinte Celeyia, als Arak sich verabschieden wollte. Dieser erwiderte nun etwas lockerer: „Das werde ich, doch weisst du genau, dass mich das gleiche Schicksal ereilen kann wie zahlreiche meiner tapferen Männer, genau dasselbe gilt für Larior und alle anderen, egal welchen Weg sie gehen."

Celeyia umarmte ihren Bruder und begab sich dann in Richtung ihres Gemachs. Arak hingegen wusste nicht genau, wohin er jetzt gehen sollte. Zu den Rittern wollte er nicht, zu seinem Vater erst recht nicht, einzig mit den Hofgardisten, die mit ihm kommen würden, wollte er nun persönlich sprechen.

Lakalt sprach gerade zu Gawair und den anderen sieben Hofgardisten, als Arak in den durch einen Kachelofen geheizten Raum trat. Dieser war mit Lärchenholz getäfert und wurde von vielen Kerzen erhellt. Der Kachelofen in der Ecke war bunt verziert, während an den Wänden einige Holzstiche hingen, welche Abbilder aus Schlachten zeigten. Lakalt unterbrach seine Rede, als er den Prinzen sah, und fragte ihn sogleich: „Hast du das Siegel?"

„Ja", antwortete der Prinz ernst, „ich habe es, doch vermute ich, dass mein Vater rasch Wind davon bekommen wird, und so denke ich, dass wir in den frühen Morgenstunden das Schloss verlassen müssen, spätestens um fünf Uhr in der Früh, bevor die Sonne aufgeht."

Dann erklärte er ihnen allen seinen genauen Plan, wie er ihn bereits Lakalt erklärt hatte, und meinte dann noch: „Es kann gefährlich werden, ich kann keinem von euch mein Wort geben, dass er heil zurückkommen wird, so will ich wissen, ob ihr alle dazu bereit seid mir zu folgen. Doch wisst, bevor Ihr Eure Entscheidung trefft, dass die Gefangenschaft oder der Tod eher euer Schicksal sein wird als die Rückkehr."

Sofort ergriffen die Hofgardisten ihre Schwerter und legten sie vor Arak auf den Tisch. Auch Gawair und Lakalt legten ihre Schwerter dorthin als Zeichen ihrer Treue dem Prinzen gegenüber. Mit dankbarem Blick zog daraufhin auch Arak sein Schwert, legte es quer über die anderen Schwerter und begann mit klarer leiser Stimme zu sprechen: „Eure Treue werde ich nie vergessen, so wie ich auch eure Dienste nie vergessen werde, sollten wir den Frieden damit erhalten können. Ich bin froh, solche Männer wie euch an meiner Seite zu wissen, die besten, die Cammal hat, in der besten Generation, die es hat. Ihr habt bereits den Sieg gegen den Feind in den Sonnenbergen erzwungen und sorgt nun für den Frieden."

Dann stand Grendair auf und entgegnete mit langsamen Worten: „Es ist uns eine Ehre Euch zu folgen und Cammal gute Dienste zu leisten, auch wenn es unsere Leben fordern mag. Schliesslich gehört unsere Treue immer noch der Statthalterschaft, wie Gawair es gesagt hat, und da Ihr, Arak, der Erbe dieser Linie seid, werden wir Euch stets folgen."

„Darüber bin ich dankbar, meine tapferen Hofgardisten Isulas", meinte daraufhin Arak und steckte sein Schwert wieder ein. Die anderen taten es ihm gleich und standen dann gefasst und entschlossen von ihren Stühlen auf.

„Nun ruht euch aus", sagte Arak noch, bevor er sich umdrehte und den Raum durch die schwere Eichentür verliess. Die anderen Hofgardisten verliessen den Raum ebenfalls in Richtung ihrer Kammern. Müde waren sie alle, es war spät geworden und die Strapazen des Kampftrainings waren nicht spurlos an ihnen vorübergegangen. Nur noch wenige Stunden Schlaf blieben ihnen übrig, bis sie schliesslich aufbrechen würden.

Larior nahm die zweite Scheide, in der das Schwert seines Vaters steckte und befestigte sie auf der anderen Seite seines Gürtels, ehe er diesen wieder aufhängte. Mit einem Lumpen versuchte er noch die letzten Flecken auf seiner Rüstung zu polieren, als es plötzlich sanft an seine Türe klopfte. Larior öffnete die Tür und sah in den dunklen Gang hinaus. Das Gesicht der Person vor ihm war durch eine tiefe Seidenkapuze verborgen. Sie hielt einen schwarzen Mantel in der Hand und sagte dann mit sanfter Stimme: „Hier ist Euer Mantel für morgen."

Die Stimme kam ihm sofort bekannt vor, ebenso die Sprache, in der sie sprach, und er dankte mit einem leichten Lächeln auf Eyilreäis: „Merieä."

Dann trat er mit einem Knicks zur Seite und liess seine nächtliche Besucherin eintreten. Drinnen legte sie Lariors Mantel hin und warf dann ihre Kapuze zurück, so dass ihr wunderschönes Gesicht zum Vorschein kam. Dann umarmte sie Larior mit Tränen in den Augen und flüsterte ihm ins Ohr: „Ich dachte du wärst tot, warum bist du solange weggeblieben?"

„Ich dachte das gleiche eine Weile lang selbst", entgegnete Larior leise, „ich hatte mich wie tot gefühlt, bevor ich auf die Sandbank gespült wurde. Doch als ich Euer Gesicht vor meinen Augen sah, fühlte ich wieder Leben in mir. Es gab mir die Kraft mich wieder aufzuraffen und nicht einfach liegen zu bleiben, bis mein Schicksal mich einholte."

Dann erzählte er Celeyia die ganze Geschichte flüsternd in Eyilreäis, ohne die Umarmung zu lösen. Schliesslich sahen sich die beiden tief in die Augen und ihre Gesichter näherten sich immer weiter, bis sich ihre Lippen berührten. Larior strich Celeyia sanft über den Rücken und strich ihr zärtlich die Haare aus dem Gesicht, während sie langsam begann sein Hemd aufzuknöpfen. Allmählich vereinten sich ihre Schatten im Licht der flackernden Kerze.

Fünftes Kapitel - Nachtschatten

Früh am Morgen war es, als sich jeder seinen Gurt umschnallte, den Bogen über die Schultern legte und den Köcher mit Pfeilen füllte. Verhüllt in ihren schwarzen Mänteln schritten die zehn Gestalten in Richtung der Ställe. Die beiden Wachen sassen lachend an einem Tisch und würfelten, als sich zwei dunkle Gestalten zu ihnen schlichen und sie niederschlugen, sodass sie das Bewusstsein verloren. Zwei weitere der Gestalten huschten hinaus in Richtung des geschlossenen Tores.

Die anderen sattelten rasch die Pferde und ritten durch das offene Tor. Sie ritten an zwei weiteren bewusstlosen Wachen vorbei. Dort schwangen sich zwei der Schatten auf die leeren Pferde, es waren Larior und Grendair. Als Larior zurückblickte, sah er hoch oben im Schloss eine Gestalt mit wehendem Haar auf dem Balkon stehen, die ihm zuwinkte. Er winkte mit einem sanften Lächeln zurück und blickte auch im Davonreiten immer wieder zu Celeyia hoch.

Während sie durch die Stadt galoppierten, sah Grendair Larior prüfend an und fragte den jungen Hofgardisten misstrauisch: „Das ist nicht wahr. Oder schon?"

„Ich weiss, es dürfte nicht sein", erwiderte Larior verträumt, doch konnte er den alten Hofgardisten keinesfalls anlügen. Grendair sah in den Augen seines jungen Kameraden, welche Sehnsucht ihn zum Schloss zurückzog, doch auch welche Entschlossenheit ihn vorantrieb.

Als sie in die Nähe des Stadttores kamen, schrie Arak bereits von weitem den Wachen zu: „Im Namen des Königs, öffnet das Tor!"
Als die Wachen die zehn schwarzen Gestalten so auf sich zudonnern sahen, zögerten sie nicht und öffneten sofort die schweren Pforten, so dass die Verschwörer problemlos hindurchreiten konnten. Nun erstreckte sich die Vorstadt vor ihnen, die sie in kürzester Zeit hinter sich liessen. Vor ihnen lagen schon die Felder und Obsthaine und dahinter die weiten Wälder. Die Sonne ging allmählich auf und sie wussten, dass ihre Abwesenheit bald erkannt würde. Niemand würde ihnen nunmehr beistehen, ausgenommen die Palastwachen aus Periula, auf die sie nun hofften. Immer wieder machten sie Umwege querfeldein, um möglichst keine Blicke auf sich zu lenken. Ging es nicht anders, nahmen sie kurzzeitig auch jenen Weg, der direkt von Cammal nach Salmarsat führte. Obwohl sie möglichst wenig Zeit auf diese Weise zu verlieren suchten, wurde es dennoch später als der Prinz geplant hatte.

Urak sass am Morgentisch neben der Prinzessin und kaute ungeduldig auf einem Stück Käse herum, bis er schliesslich einen der Schlosswachen anschrie: „Wo ist Arak, geh und wecke diese Schlafmütze. Ich frage mich langsam, was mit ihm geschehen ist, welche Lügen ihm eingetrichtert worden sind, dass er sich gegen mich stellt."
Gerade in diesem Augenblick trat Mendrieno zusammen mit Feriak und den anderen Rittern ein, einzig Lakalt und Arak fehlten. Die Ritter setzten sich und Feriak fragte den König sogleich misstrauisch: „Wo ist Euer Sohn?"

Urak schnaubte nur und Feriak schwieg daraufhin vorsichtshalber. Nach einer Weile kam eine Schlosswache zurückgerannt und rief ausser Atem: „Die Gemächer des Prinzen sind leer, ich konnte ihn nirgends auffinden."
Urak stand auf, packte die Schlosswache am Kragen und schrie mit der ganzen Kraft seiner gewaltigen Stimme: „Was ist mit den Wachen?"
Kleinlaut antwortete die Schlosswache stotternd: „Die lagen gefesselt und geknebelt auf dem Teppich."
Der König stiess die Wache zur Seite und marschierte in Begleitung der Ritter aus dem Saal. Auch Prinzessin Celeyia folgte ihnen mit einem traurigen Lächeln im Gesicht. Auf dem Gang meinte Haldak fragend zum König: „Meint Ihr, Euer Sohn wurde entführt?"
„Nein, dann wären die Wachen tot", entgegnete Urak gereizt. Als sie Araks Gemach schon fast erreicht hatten, kam von hinten eine weitere Wache gerannt und berichtete keuchend: „Eure Majestät, die Wachen in den Ställen und am Tor wurden niedergeschlagen. Sie sind wieder bei Besinnung, doch können sie sich an nichts mehr so genau erinnern."
Sofort drehte sich der König um und schrie die Wache an: „Seht nach, ob noch alle Hofgardisten hier sind und sorgt dafür, dass jemand nachsieht, wo Ritter Lakalt sich aufhält."
Mendrieno und Feriak sahen sich bestürzt an, sie schienen etwas zu ahnen, doch wagte keiner von beiden ihre Befürchtungen zu äussern. Dann trat Mendrieno vor den König und meinte demütig mit sanfter Stimme: „Eure Majestät, vielleicht solltet Ihr Bariad von Salmarsat befragen, ob er etwas über das Verschwinden des Prinzen weiss.

Möglicherweise konnte er ihm Lügen einflüstern, weshalb sich Euer Sohn nach Salmarsat begibt."

Nun beruhigte sich Urak ein wenig und stimmte dem jungen Grafen und Ritter zu: „Ihr habt recht, Mendrieno. Sorgt dafür, dass Bariad spricht, egal auf welche Weise. Haldak hörte den beiden entsetzt zu und versuchte den König zur Vernunft zu bringen: „Denkt daran, Ihr dürft dem Prinzen nichts antun, bereits die Gefangennahme hat gegen Gesetze verstossen, bedenkt, was Folter oder Tod bewirken könnten. Es würde niemals mehr Frieden zwischen den beiden Reichen herrschen, Euer Ansehen wäre ruiniert."

„Schweigt!", fuhr der König den Ritter an, „das ist allein meine Entscheidung, in die Ihr Euch nicht einzumischen habt."

Haldak trat daraufhin gehorsam zurück, während der König in Araks Räume eintrat. Die Wachen waren in der Zwischenzeit befreit worden und sassen nun verwirrt am langen Holztisch im ersten Raum des Prinzen.

„Was ist passiert, wo ist mein Sohn?", schrie der König die beiden Wachen an, die am Tisch sassen und nun erschrocken zurückwichen.

„Ich weiss nicht", stammelte eine der Wachen, „mitten in der Nacht kam er aus seinen Räumen und schlug uns beide überraschend nieder. An mehr kann ich mich nicht mehr erinnern. Als ich dann endlich meine Besinnung wieder fand, waren mein Kamerad und ich gefesselt und geknebelt."

Schliesslich fügte der andere noch hinzu: „Er hat einen schwarzen Mantel getragen und schien gerade aufbrechen zu wollen, er trug Schwert und Bogen. Ich glaube kaum, dass er sich noch im Schloss befindet."

Nun drehte sich der König fragend zu den Rittern um und musterte sie alle, bis schliesslich einer der Wachen zurückkam und nach Luft ringend berichtete: „Ritter Lakalt ist nicht auffindbar, mit ihm acht Hofgardisten, unter ihnen Gawair, ebenso fehlen zehn Pferde in den Ställen."
„Ist hier etwa eine Verschwörung im Gange?", brauste der König zornig auf, „werde ich nun von meinem eigenen Sohn und einem meiner Ritter verraten, kann ich denn niemandem mehr trauen?"
Die Ritter wichen ein wenig zurück, bis Feriak vortrat und mit lauter klarer Stimme erwiderte: „Wir stehen an Eurer Seite, Majestät, niemals würden wir Euch, den König von Cammal, hintergehen. Befehlt uns, was zu tun ist, wir werden alles in unserer Macht Stehende versuchen, um Eure Wünsche zu erfüllen."
Mit diesen Worten legte er dem König sein Schwert zu Füssen und verbeugte sich tief vor ihm. Die anderen taten es ihm nach, allen voran Mendrieno. Schliesslich legte Urak sein Schwert quer über jene seiner Ritter, so wie es Arak am Abend zuvor bei den Hofgardisten getan hatte. Mit einem stolzen Blick sprach der König zu den vor ihm knienden Rittern: „Immerhin gibt es noch einige, die auf der richtigen Seite stehen und mich nicht verraten, einige, die ihr Reich nicht aufgeben und nicht an dessen Stärke zweifeln. Ihr seid der Stolz der Krone, jene treuen Männer, auf die noch Verlass ist."
Als Urak seine Klinge in die Scheide geschoben hatte, erhoben sich die Ritter wieder und nahmen ihre Schwerter zu sich. Nach einem kurzen Schweigen trat Mendrieno vor und erklärte dem König seine Annahme: „Ich denke, Euer Sohn ist in Richtung Salmarsat geritten, um sich in die Gunst Gelrads zu stellen, bald schon Euren Thron zu über-

nehmen und zu berichten, dass der Frieden sein Verdienst sei. Ihr werdet sehen, Eure Majestät, Arak wird versuchen, Helrendar oder sogar die Blaim zu verkaufen, um mit Salmarsats Unterstützung auf den Thron Cammals zu gelangen."

Schliesslich trat Haldak vor, sah Mendrieno böse an und meinte dann seinerseits: „Dass Arak in Richtung Salmarsat geritten ist, glaube ich auch, doch nicht um Euch zu stürzen, Eure Majestät, sondern um Frieden zu schaffen und den Krieg zu verhindern. Misstraut Eurem Sohn nicht, sondern vertraut ihm. Egal was Euer Entschluss ist, ich werde mich Eurer Entscheidung unterstellen, egal ob sie sich gegen Arak oder für Arak richten wird."

Nach einer Weile der nachdenklichen Stille schrie der König durch den Gang: „Gebt die Befehle, die Truppen bereits heute bereit zu machen. Morgen vor Sonnenaufgang ziehen wir los in Richtung Grenze, Salmarsat wird unseren Zorn heftiger zu spüren bekommen, als es sich das auch nur vorstellen kann."

Als keiner der Ritter es mehr wagte, dem starrköpfigen König zu widersprechen, ertönte hinter Urak die sanfte Stimme der Prinzessin: „Verzeiht, Majestät, doch wollt Ihr dem Frieden keine Chance geben? Womöglich vermag es Arak gelingen, Blutvergiessen zu verhindern und dennoch Eure Ansprüche geltend zu machen."

Wütend drehte sich Urak um und schrie seine Adoptivtochter an: „Du verstehst nichts von diesen Dingen, der Friede ist schon lange gebrochen, und nun geht es darum Cammal zu schützen. Verzieh dich nun in dein Gemach!"

Mit einem wütenden Blick drehte sich Celeyia ab und schritt rasch davon. Eine Weile sah ihr der König noch nach und drehte sich dann wieder um. Als die Ritter immer noch da standen, schrie er wiederum diese an: „Beeilt euch, seht zu, dass die Truppen bereit gemacht werden, schlaft nicht ein!"

In der Ferne tauchten bereits die Türme Periulas auf, sie standen golden in der untergehenden Sonne und strebten majestätisch in die Höhe. Auf manchen Türmen spiegelte sich das Rot der Abendsonne so sehr, dass sie zu brennen schienen. Durch das Stadttor konnten sie ungehindert in die Stadt gelangen, da Arak sofort erkannt wurde. Schnell ritten sie durch die breiten Gassen in Richtung des Palastes. Überall wurden Arak und seine Männer von den Wachen durchgelassen, niemand wagte es, sich dem Prinzen von Cammal in den Weg zu stellen. Doch zur Überraschung des Volkes, welches den merkwürdigen schwarzen Gestalten nachsah, ritten diese über die Brücke hin zum Palast. Als wäre das nicht genug, folgten ihnen zahlreiche Palastwachen dorthin zu jenem Ort, den viele Bürger für verflucht hielten. Sie erreichten in den letzten Sonnenstrahlen den grossen Platz vor dem leuchtenden Palast. Dieser kam jedem von ihnen noch grösser vor, selbst Grendair hatten ihn kleiner in Erinnerung. Das hohe Tor erhob sich vor ihnen noch höher als die Pforte des Schlosses in Cammal. Über dem Tor stand ein Schriftzug, geschrieben in der Sprache der Jäger, jedoch mit Eyilreäis Buchstaben. Larior hatte die gemeisselten Buchstaben rasch entziffert und las leise für sich:

„Peyirisula ei sat peyir ile ai Mallabas ereyi sa mar. Peyir ei flemair wai ai celibraiä"

„Peyirisula, die Hafenstadt, wo der Mallabas ins Meer mündet, Hafen der Flotte und der Admiräle."

„Wie bitte", fragte Grendair, der gerade neben Larior vom Pferd sprang, „du hast gerade diesen Schriftzug gelesen?"
„Ja", entgegnete Larior, „doch ich bitte dich das für dich zu behalten."
„Das hat dir wahrscheinlich Maral beigebracht, oder?", hakte Grendair weiter nach.
„Nein", erwiderte der junge Hofgardist zu Grendairs Überraschung, „es ist die Sprache meiner Mutter. Ich musste sie nie erlernen, diese Worte wurden mir gegeben."
Erstaunt sah ihn der alte Hofgardist an, doch schliesslich, als sie zusammen Arak folgten, meinte Grendair mit einem Augenzwinkern: „Jetzt weiss ich auch, wie du Celeyia dermassen beeindrucken konntest. Der König mag es zwar geheim halten, doch ist mir schon seit längerem klar, dass sie eine der Eyilreä sein muss. Keine Frau der Menschen, selbst des alten Volkes, gelangt zu solcher Schönheit."
Daraufhin entgegnete Larior, während ein Grinsen über sein Gesicht huschte: „Geschadet hat es sicher nicht, dass ich ihre Sprache spreche. Allerdings ist es nicht nur ihre Anmut, die mich beeindruckt, nur schon ihr Lächeln kann einen verzaubern."
„Das glaube ich", meinte Grendair zustimmend und sah in das verträumte Gesicht seines jungen Kameraden.
„Die ersten Worte hatte ich als Kind aufgeschnappt, wenn sich meine Eltern in dieser Sprache unterhielten, doch klang es teilweise ein bisschen anders als das Hocheyilreäis, allerdings sprachen sie manchmal auch in der hohen Sprache Milreas", erwiderte Larior nun mit leerem Blick.

Der Brunnen mitten auf dem Platz war leer, einzig Ablagerungen auf dem glänzenden Metall, aus welchem die Blüte aus Birkenblätter geformt war, zeugten davon, dass hier einst frisches Wasser freudig vor sich hin geplätschert hatte. Als sie den Brunnen weit hinter sich gelassen hatten, schritten sie langsam die Treppe hoch zur Palastpforte. Zwei der Palastwachen öffneten die Pforte sogleich mit strenger unveränderter Miene für die schwarz gekleideten Reisenden. Ein Anblick bot sich allen, wie sie ihn noch nie gesehen hatten. Das gläserne Dach über einem riesigen Saal wurde von hohen, hellen Steinsäulen getragen, zahlreiche Türen führten in weitere Räume. In den Säulengängen standen hohe Statuen vor Bildern grosser Schiffe. Über ihnen konnten sie in den Dämmerhimmel sehen. Vor ihnen erstreckte sich ein weiter Boden aus Marmor mit zahlreichen Prägungen aus glänzendem Gold. Zuhinterst im Saal stand ein hoher Thron, über dessen Lehne derselbe Schriftzug schimmerte wie über dem Eingang. Doch bei allem Glanz fiel den Hofgardisten immer deutlicher auf, dass der Saal verstaubt war und dass sie bei jedem Schritt Fussabdrücke hinterliessen. Schliesslich, als sie ihre staunenden Münder endlich wieder zubekamen, stand Arak vor seine Männer und die Palastwachen hin und erläuterte seinen Plan. Als er geendet hatte, fragte er zu den Palastwachen gewandt: „Ich wäre froh um die Begleitung von sechs Palastwachen aus Periula. Ich weiss, ihr seid nicht viele, doch wird es Gelrad ein Zeichen meiner Ehrlichkeit sein, sollte ich von einigen von euch begleitet werden. Der Ruf der Hofgarde Cammals und der Palastwache Periulas ist weit über unsere Grenzen bekannt, ihre Ehre stellt niemand in Frage und womöglich werden Eure Fähigkeiten an Schwert und Bogen auf dem Weg notwendig sein."

Bei diesen Worten trat der Hauptmann der Palastwache vor, er war ein grosser stämmiger Soldat, sein Name war Hendrior. Er trat vor Arak, legte ihm sein Schwert zu Füssen, so wie es die Hofgardisten bereits getan hatten und sprach: „Es soll uns eine Ehre sein, im Namen des Friedens mit Euch zu gehen. Ich selbst werde Euch mit fünf meiner besten Männer folgen, auch wenn es dem Willen des Königs widerspricht."

Rasch wählte er unter den zwanzig anwesenden Palastwachen fünf aus, welche ebenfalls Arak ihre Schwerter zu Füssen legten, doch im Vergleich zu den Rittern des Königs verbeugten sie sich nicht, noch gingen sie auf die Knie. Als Anerkennung ihrer Dienste legte Arak wiederum sein Schwert quer über jene der Palastwachen und lächelte dankbar. Während sich Hendrior, Arak, Gawair und Lakalt an einen Tisch in der Mitte des Saals setzten, schauten sich die Hofgardisten den Saal an. Lange berieten die Anführer, doch gab es so viel zu sehen, dass auch für die Hofgardisten die Zeit rasch verging. Nicht einmal viele der Palastwachen hatten den Saal zuvor betreten, auch sie gingen neugierig darin herum. Alle Statuen trugen Beschriftungen in Eyilreäis Buchstaben, doch erkannte Larior, dass auch diese Schriften die Sprache der Jäger wiedergab. Grendair neben ihm sah ihn verwundert an und fragte: „Wer sind diese Männer, die in den Stein gemeisselt wurden?"

„Vor allem Admiräle und Feldherren, doch auch einige Statthalter Isulas", antwortete Larior, „doch wieso stehen die hier und nicht in Cammal?"

„Es gibt eine Sage, dass einst Peyirisula, wie es einst hiess, die Hauptstadt Isulas gewesen sein soll, als Marsat noch eine gewöhnliche Statthalterschaft war und weit in der Ferne noch eine grössere Stadt gestanden haben soll, wo dieser Fluss entspringt", erwiderte Grendair mit träumerischem Gesicht.

„Das müssen noch Zeiten gewesen sein", meinte auf einmal Frilak neben ihnen, „als diese Bauten erstellt wurden. Ich wünschte, ich könnte mich in jene Zeit zurückversetzen, als diese Pracht vollendet wurde. Lange muss es her sein, dass diese Baumeister gelebt haben."

„Wir werden vielleicht auch noch ähnliche Zeiten erleben können", erwiderte Larior daraufhin, „sollte der Erbe des Statthalters von Marsat dessen Platz einnehmen und die Reiche vereinen."

„Wieso sollte dieser Erbe genau jetzt auftauchen, was hat er denn die letzten zweitausend Jahre gemacht?", entgegnete Frilak ungläubig.

Dann meinte eine tiefe Stimme hinter ihnen: „Zwei Generationen lang mussten die Statthalter die Erben des Königs suchen, um das Recht auf den Thron zu erlangen, doch nun scheint es, als wäre die Linie der Könige erloschen, und der Statthalter hat das Recht, dessen Platz einzunehmen."

Es war die Stimme von Kerior, einem der sechs Palastwachen, die sich in Periula Arak anschliessen wollten. Als ihn alle fragend ansahen, fügte er hinzu: „Doch wissen nicht viele, wer dieser Erbe des Statthalters Salmarsats ist. Ich habe einzig Gerüchte darüber gehörte, es gäbe einen unter den Jägern, dessen Name Haldrior sei, doch habe ich auch gehört, dass dieser Haldrior keinen Sohn habe und selbst sein Erbe nicht antreten wolle."

„Er hat einen", flüsterte Larior daraufhin Kerior zu, „doch will dieser noch nicht als jener erkannt werden, da er sich dazu noch nicht bereit fühlt."

„Und Ihr kennt ihn?", erwiderte Kerior mit einem gewissen spöttischen Unterton. Doch umso verwunderter sah er Larior an, als dieser entgegnete: „Ihr kennt ihn auch."
Nun sah Kerior den jungen Hofgardisten verwirrt an, doch bohrte er nicht weiter nach, sondern begutachtete neugierig das Bild hinter einer Statue.
Die Zeit verging allmählich, und ihre Anführer standen vom Tisch auf. Alle begaben sich zu den Bauten auf der anderen Seite der hohen Brücke. Erst jetzt fiel den Hofgardisten deren Ausmasse auf, da sie die Lichter so weit unten sahen und merkten, dass sie sich in schwindelerregender Höhe befanden. Rasch schritten sie alle bis hin zu den hohen Gebäuden des Heeres, wo sie sich ausruhen konnten.
Der Morgen brach schnell an, es dämmerte noch nicht einmal, als am nächsten Morgen Arak kam und alle weckte. Rasch schnallten sie ihre glänzenden Rüstungen um und warfen ihre schwarzen Mäntel darüber. Bald schon sassen die schwarzen Gestalten wieder auf ihren Pferden. Nun waren sie sechzehn an der Zahl und schienen noch gefährlicher als am Tag zuvor. Das Dämmerlicht war noch nicht einmal zu sehen, einzig der glänzende Sternenhimmel erstreckte sich in seinen unendlichen Weiten über ihnen. Bald hatten sie die Stadt verlassen und beschleunigten ihr Tempo noch mehr. Das fahle Mondlicht liess die gespenstischen Gestalten wie Geister in der Nacht wirken. Die kalte Nachtluft peitschte ihnen in ihre Gesichter, die sie so gut wie möglich hinter ihren schwarzen Kapuzen verbargen. Sie preschten an den Früchtehainen Periulas vorbei in Richtung Norden. Hinter ihnen verschwanden bald schon die letzten Lichter der stolzen Hafenstadt. Vor ihnen tat sich allmählich die weite Hügellandschaft auf, durch wel-

che sie bis Altfestungshausen reiten mussten, um dort die Abzweigung in Richtung Altstrassburg zu nehmen.

Larior ritt einmal mehr neben Grendair, doch nun begleitete ihn zur anderen Seite Kerior. Nachdem sie eine Weile geritten waren, fragte Kerior Larior: „Seid nicht Ihr jener Hofgardist, der gefallen war und doch zurückkehrte."

„Ich habe gehört, dass einige sich so ausdrücken", entgegnete der junge Hofgardist auf die Frage der Palastwache, „allerdings bin ich ja nicht gefallen."

Dann erzählte er Kerior die ganze Geschichte in einer gekürzten Fassung. Dieser hörte neugierig zu, doch besonders interessierten ihn die Greifs, welche ihre Retter waren. Auch von Grendair wollte er dessen Berichte über die geheimnisvollen Wesen erfahren. Manchmal waren sich die beiden Hofgardisten beim Erzählen über ihre Retter nicht ganz einig, doch Kerior war so fasziniert von den Wesen, dass ihn das nicht störte.

Immer weiter kamen sie gegen Norden und immer weniger oft mussten sie ausweichen, um sich vor den Patrouillen der königlichen Armee in Acht zu nehmen. So verloren sie nicht so viel Zeit wie noch auf dem Weg zwischen Cammal und Periula. An den Strassenseiten sahen sie dann und wann Dörfer und Gehöfte, doch wurden diese immer seltener und der Wald nahm zu. Händler waren kaum zu sehen, einzig einige von bewaffneten Eskorten begleitete Wagen waren unterwegs. Sie ritten bis spät in die Nacht und rasteten auf einer Waldlichtung etwas abseits der Strasse. Im nassen Gras und auf den harten Wurzeln der Bäume liess sich nur schwer schlafen, doch versuchten sie es so gut es ging, bis sie bereits wieder von Arak geweckt wurden, welcher kein Auge zugetan zu haben schien. Frilak hatte das Gefühl, als wäre er gerade erst eingeschlafen, als er bereits wieder wie alle andern sein Pferd sattelte und sich aufschwang. Arak blickte wachsam in die Richtung der Strasse zurück. Der Prinz war in seine Gedanken vertieft als sie losritten. Er sah kaum von einem zum anderen hin, müde folgte ihm der Trupp. Doch ihr Tempo liess trotz ihrer Müdigkeit nicht nach, und sie legten Kilometer um Kilometer zurück. Die Palastwachen aus Periula waren weniger erschöpft, da sie erst einen Tag unterwegs waren, doch auch ihre Augen schienen bereits müde zu sein. Unzählige Wegstunden brachten sie unter ihre Hufe, so dass sie Altfestungshausen rasch näher kamen. Der Tag verstrich und es wurde langsam Abend, ein schwaches Abendrot zog auf, ehe es dunkel wurde. Sie rasteten erneut etwas abseits der Strasse und brachen wieder in aller Früh auf. Als sie losgeritten waren, rief Arak: „Kurz vor dem Mittag werden wir an Altfestungshausen vorbeikommen, dort sollten wir möglichst unerkannt bleiben. Ich weiss schliesslich nicht, wo überall Mendrieno seine Spitzel postiert hat."

Bald schon begann es zu dämmern, und in der Ferne wurde ein Berg sichtbar, auf dem die Silhouette der alten Festungsruine über Altfestungshausen erschien. Nun sah man wieder mehr Häuser und Gehöfte, der Wald wich allmählich Feldern. Doch am frühen Morgen sah man kaum Männer dort arbeiten, fast nur Frauen waren zu sehen.

„Wo sind alle Männer der Bäuerinnen?", fragte Larior Grendair, „Man sieht kaum mehr welche."

„Gefallen oder in der Armee", antwortete Grendair wütend, „genug Frauen haben bereits ihre Männer und Söhne verloren, doch nimmt der König nun in Kauf, dass noch mehr Familien vom gleichen Schicksal ereilt werden. Deswegen sind wir auf dem Weg nach Salmarsat, um genau

das zu verhindern. Die Männer sollen wieder auf ihre Höfe und in ihre Werkstätten zurückkehren können."
Nachdenklich senkte Larior seinen Kopf in die Richtung der Mähne seines Pferdes. Die Luft wurde im Lauf des Tages dunstig, und die Ruinen der Festung über Altfestungshausen zeichneten sich nur noch als Schatten im Nebel ab, als sie an der Stadt vorbeiritten. Bald schon wurden ihre Mäntel durchnässt, und auf ihren Gesichtern bildeten sich kalte Wassertropfen. Der Nebel zog vom Blauen See heran, dem grossen See, der nördlich von ihnen lag. Man merkte es kaum, als es eindunkelte, die Lichtverhältnisse änderten sich nur wenig, einzig die Pferde wurden immer müder. Wieder entfernten sie sich ein Stück von der alten Strasse, doch konnten sie hier nicht im Schutze der Bäume rasten, sondern mussten am Rande eines Feldes übernachten.
Um sich etwas aufzuwärmen, entzündeten sie ein Feuer und trockneten ihre Mäntel daran. Plötzlich näherte sich langsam ein schwaches Licht, und ein Hund bellte. Die Männer sprangen auf und zogen ihre Schwerter, liessen sie jedoch wieder sinken, als ein alter Bauer mit seinem Hund in den Schein ihres Feuers trat. Der alte gebrechliche Mann stützte sich auf einen einfachen Holzstock und zeigte drohend auf den Prinzen.
„Verschwindet, ihr Lumpenpack, verschwindet von meinen Feldern, ihr Zigeuner", schrie der Bauer Arak an, der mit dem Gesicht vom Feuer abgewandt stand.
Dieser erwiderte jedoch ruhig: „Wir beschädigen weder Eure Felder noch fügen wir Euch Schaden zu. Wir werden hier nicht verschwinden, ehe wir wollen."
„Denkt Ihr etwa, Ihr seid der König?", fuhr der Bauer den Prinzen an und fuchtelte wild mit seinem Stab herum.
„Nein", antwortete dieser langsam, „ich bin sein Sohn."

Die anderen hinter Arak brachen in Gelächter aus, so dass der Bauer dachte, es wäre ein Witz gewesen, und er entgegnete schroff: „Seid nicht so ungezogen, Jüngling, es steht unter Strafe, sich für jemand Höheres auszugeben als man ist. In Eurem Alter, da war ich ein strammer Bursche und habe ehrlich geschuftet. Wir waren nicht so wie Ihr und haben uns nicht herumgetrieben, um ehrliche Menschen zu berauben."

„Dann ist gut, dass ich nicht bestraft werde", entgegnete Arak lachend und hielt die Hand mit dem Siegelring des Königshauses in den Schein der Laterne des Bauern.

Sofort fiel der Bauer vor dem Prinzen auf die Knie und winselte verzweifelt: „Verzeiht, Majestät, ich konnte es nicht ahnen. Wie kann ich das wieder gut machen?"

„Ich bin Euch nicht böse, ehrwürdiger Bauer, doch müsst Ihr mir versprechen, keiner lebenden Seele zu erzählen, dass Ihr mich gesehen habt, nicht einmal dem König persönlich, sollte er Euch fragen", befahl der Prinz schliesslich dem Bauern wieder in ernstem Ton.

Der Bauer machte einen Knicks, drehte sich um und verschwand mit seinem knurrenden Hund in der Dunkelheit. Arak wandte sich seinen Männern zu und meinte dann lachend: „Nun ruht euch aus, ihr Zigeuner, morgen müssen wir jungen Leute uns wieder in der Gegend herumtreiben."

Die anderen lachten ebenfalls, und das verdutzte Gesicht des Bauern kam ihnen wieder in den Sinn. Immer wieder geschah es, dass einem von ihnen während dem Einschlafen ein feines Grinsen über das Gesicht huschte, wenn er sich an den alten Kauz erinnerte.

Früh am nächsten Morgen brachen sie wieder auf und machten sich auf den Weg, weiter in Richtung Norden, in Richtung Altstrassburg.

Sechstes Kapitel - Verfolgungsnebel

„Nun reitet los", befahl der König an Mendrieno, Helbik und Obelek gewandt, „reitet mit Euren Schlosswachen und bringt mir Arak zurück. Sorgt dafür, dass er die Grenze nicht überschreitet, auch wenn ihr seine Begleiter töten müsst. Ich denke, er hat einen Zwischenhalt in Periula eingelegt. Wenn ihr die Nacht durchreitet, beträgt euer Rückstand nur noch ein paar Stunden. Mendrieno, Ihr werdet ein Schiff nehmen, sodass ihr Grenheid schneller aus der Fischenbucht erreichen könnt. Dort werdet ihr Arak und die Verräter abpassen. Arak wird es nicht übers Herz bringen, gegen seine eigenen Männer zu kämpfen, ebenso wenig wie seine ehrenhaften Mitstreiter."
Das „ehrenhaft" betonte der König so ironisch wie möglich. Er selbst hielt immer weniger von den Hofgardisten, obwohl diese seine besten Soldaten waren, denen er so viel zu verdanken hatte.
„Natürlich, Majestät", erwiderte Mendrieno schmeichlerisch mit einem tiefen Knicks. Kurz darauf ritten sie los, Obelek und Helbik wurden von fünfzig berittenen Schlosswachen begleitet, Mendrieno von deren vierzig. Stolz galoppierte der junge Graf aus Meerschlossfels seiner Truppe auf seinem edlen Rappen voraus.
Sorgenvoll sah Celeyia vom Balkon vor ihrem Gemach aus, wie die starke Truppe im Eiltempo die Verfolgung von Arak und seinem Gefolge aufnahmen. Sie selbst dachte jedoch

mehr an Larior, zu gerne hätte sie ihn nur noch einmal gesehen.

Bald schon erreichte der Trupp Periula, die Sonne war bereits aufgegangen und die Türme glänzten über der Stadt. Das Dach des Palastes spiegelte das Sonnenlicht in Richtung der Halbinsel von Cammal zurück. Obwohl es ein schöner Morgen war, fühlten sich weder die Ritter noch die Schlosswachen wohl in ihrer Haut, denn sie mussten jenen verfolgen, welcher sie zum Sieg gegen die Skralgas geführt hatte und sollten im schlimmsten Fall jene töten, welche am tapfersten für Cammal gekämpft hatten. Manche von ihnen hatten sich noch nicht an den Gedanken gewöhnt, dass nun Feriak und nicht mehr Arak der oberste Heerführer Cammals war. Obelek ritt ans Tor und rief einer Wache fragend zu: „War Prinz Arak letzte Nacht hier?"

„Ja", antwortete der Soldat am Tor, während er seine Pfeife aus dem Mund nahm und den Rauch ausstiess, „er war hier und hat vor etwa fünf Stunden die Stadt zusammen mit neun Hofgardisten und sechs Palastwachen verlassen."

Verärgert wandte sich Obelek ab, ritt zu Helbik und berichtete: „Wir haben fünf Stunden Rückstand, und unsere Männer und Pferde sind müde, zudem sind Arak noch sechs Palastwachen gefolgt. Sollte es zum Kampf kommen, würden wir mindestens zwei Drittel unserer Männer verlieren und möglicherweise nicht einmal siegen."

„Dann lass uns eine kurze Rast einlegen, doch in zwei Stunden brechen wir wieder auf", schlug Helbik nachdenklich vor, „was die Männer anbelangt, so glaube ich, dass weder Arak noch seine Männer ihren Landsleuten etwas antun würden. Zudem haben wir den Vorteil, dass wir uns nicht verstecken müssen, so kommen wir bedeutend schneller voran."

„Ich weiss nicht", zweifelte Obelek misstrauisch, „vielleicht ist Arak der Frieden und der Schutz Tausender wichtiger als das Leben unserer wenigen Leute."
Sie schlugen vor der Stadt ein Lager auf, wo ihnen eine warme Mahlzeit gebracht wurde. Die Männer legten sich ein wenig hin und waren schnell wieder bei guter Laune, als Obelek ihnen erzählte, dass eine saftige Belohnung auf sie wartete, sollten sie Arak fassen. Die Sonne stieg allmählich höher, und der Trupp sattelte seine Pferde wieder. Bald schon brachen sie auf und nahmen die Verfolgung des Prinzen wieder auf. Manche hatten neue Pferde erhalten, da jene, die sie von Cammal nach Periula geritten hatten, erschöpft waren. Mit frischer Kraft und ohne verborgen bleiben zu müssen, brachten sie schnell ein grosses Wegstück hinter sich. So meinte kurz darauf Helbik zu Obelek: „Hier machen wir am ehesten Boden gut, lass uns noch einen Zacken zulegen, dann wird es uns vielleicht möglich sein, die Flüchtigen vor Grenheid einzuholen."
„Schneller!", schrie Obelek zurück und drückte seinem Pferd die Sporen in die Seite.
Als sie über die Strasse zu fliegen schienen, meinte Obelek: „Wir haben den Vorteil, dass wir unsere Pferde tauschen und irgendwo im Warmen übernachten können. Das wird die Moral unserer Männer höher halten als jene der Männer von Arak. Immer auf kaltem nassem Boden schlafen und dazu kalt essen, schlägt manch einem noch so tapferen Mann aufs Gemüt."
„Täusche dich nicht", erwiderte Helbik vorsichtig, „seine Männer reiten nicht für ihn, sondern für ihre Überzeugung, das ist ihre Stärke. Warum denkst du, hat er genau diese ausgewählt? Warum sollte er sonst Grendair, einen der ältesten Hofgardisten, mitnehmen oder auch den Jungen,

der erst gerade halb tot zurückgekehrt ist? Die Männer, die bei ihm sind, reiten für ihre eigene Überzeugung, dabei stört es sie nicht, auch einmal eine Nacht mit einem spitzen Stein im Rücken zu schlafen."

„Hoffen wir, dass Mendrieno sie an der Grenze abfangen kann, ehe es zu spät ist", warf Obelek wieder ein. Doch Helbik schien mit diesem Gedanken gar nicht zufrieden zu sein und entgegnete: „Ich will ehrlich gesagt nicht, dass es diesem Grünschnabel gelingt den Prinzen zu fassen, während wir scheitern, das widerstrebt mir. Ausserdem habe selbst ich meine Zweifel an der Ehrlichkeit des jungen Meerschlossfels, obwohl ihm der König vertraut."

Obelek nickte zustimmend und sah dann wieder nach vorn auf die breite Strasse. Die wenigen Leute, welche sich auf der Strasse aufhielten, brachten sich rasch in Sicherheit, als sie den donnernden Trupp auf sich zu galoppieren sahen. Höflich verbeugten sich alle vor den Rittern, doch die Freude des Volkes, die Männer aus Cammal zu erblicken, war auch schon grösser gewesen.

Das Banner eines Herolds neben Obelek wehte im leichten Mittagswind, als sie an zahlreichen Gehöften vorbeiritten. Immer wieder versuchten einige der Schlosswachen im Vorbeireiten, einen Apfel von einem der Bäume zu pflücken, worauf meistens ein Bauer mit erhobener Mistgabel gerannt kam, jedoch nur noch den Schweif der hintersten Pferde des Trupps sah. Manche Landwirte liessen die Verfolgung mit Gabel und Sense ganz bleiben, als sie erkannten, wen sie vor sich hatten.

Ein Tag mehr war bereits vergangen, als sie spät nachts in Alfestungshausen ankamen und sich völlig erschöpft in der Kaserne niederliessen. Obelek sass mit Helbik an einem Tisch, die beiden berieten sich müde. Auf einmal, Obelek stützte müde seinen Kopf in die Hände, kam eine der Wachen Alfestungshausens herein und begann sofort zu berichten: „Ich habe gehört, ihr sucht nach schwarzen Reitern. Ich habe welche gesehen, sie sind hier am späten Nachmittag in Richtung Altstrassburg vorbeigeritten. Zudem hörte ich, sie hätten die Strasse Richtung Norden genommen und nach wenigen Kilometern ihr Lager aufgeschlagen."

Helbik sprang vom Tisch auf, dankte dem Boten und fügte bei: „Nun wissen wir immerhin, dass sie keinen grossen Vorsprung mehr haben. Sorgt dafür, dass uns die frischen Pferde nicht erst morgen in der Früh gebracht werden, sondern gleich jetzt, wir müssen jederzeit aufbruchsbereit sein."

Nachdem er Obelek seinen Plan mitgeteilt hatte, rief er die Soldaten aus ihrem Trupp zusammen: „Macht euch sofort bereit, ausruhen könnt ihr euch, wenn wir unser Ziel erreicht haben, und das könnte noch heute Nacht sein. Sollten wir Arak heute noch einholen, können wir bald nach Cammal zurückkehren und ihr alle erhaltet eine schöne Belohnung und vermutlich eine Beförderung."

„Wenn wir sie bei Nacht überfallen, können wir auf jeden Fall ein Blutvergiessen auf unserer Seite verhindern", wandte Helbik darauf hin noch ein, bevor er den Raum verliess.

Bald darauf standen alle Männer im Hof bereit, und der Trupp ritt auf ausgeruhten Pferden los, hinein in die finstere neblige Nacht Altfestungshausens auf der Suche nach ihren eigentlichen Mitstreitern.

Von links und rechts näherten sich die Klippen, umhüllt von dichtem Nebel, als der Kapitän schrie: „Mein Herr Mendrieno, sollten wir nicht warten, bis sich der Nebel verzogen hat. Ich befürchte, wir könnten sonst auf Grund laufen. Es wäre schliesslich nicht das erste Schiff, das in der Fischenbucht sinkt."

Daraufhin kam der junge Graf auf ihn zu, packte den mehrere Jahre älteren Kapitän am Kragen und schrie ihm ins Gesicht: „Ich habe Euch bereits gesagt, dass es keine Zeit zu verlieren gilt. Ihr werdet tun, was ich sage, andernfalls fasse ich das als Meutereiversuch auf und Ihr wisst, welche Strafe darauf steht."

„Gewiss, mein Herr", entgegnete der Kapitän kleinlaut, „ich werde den Männern sofort sagen, dass wir noch schnelleren Kurs auf Fischenbucht nehmen. Kein Ereignis soll unsere Fahrt nunmehr verzögern."

Zufrieden sah Mendrieno, wie die Matrosen an Deck fleissig arbeiteten und immer wieder furchterfüllte Blicke zu ihm und seinen Wachen herüberwarfen. Er selbst marschierte nach vorne an den Bug und flüsterte in den feuchten kalten Wind: „Arak, ich komme. Es wird keinen Frieden geben zwischen Salmarsat und Cammal. Dein Kampf für das Gute ist ein Irrweg."

Der Wind wehte seine Worte gleich mit den Nebelfetzen davon. Das Schiff durchquerte unbeschadet die gefährlichen Stellen, und so kamen sie immer näher an die offenen Gewässer der Fischenbucht, nachdem sie bereits lange über das weite Meer nach Norden gesegelt waren. Stolz legte er der Meerjungfrau, die als Bugfigur diente, den Arm um die kalten Schultern und flüsterte der Bronzestatue mit einem hämischen Lächeln ins Ohr: „Und irgendwann werde ich die Prinzessin bekommen. Dann ist der Thron mein, ebenso wie die schönste Frau weit und breit, doch zuerst müssen wir den Thronfolger ausschalten. Dies dürfte allerdings ein Leichtes sein, solange mir dieser einfältige König vertraut."

Er sah die Figur an, als warte er darauf, dass sie ihm zustimme. Das Schiff pflügte immer schneller durch das graue Wasser und liess die Gischt über Deck spritzen, welches schon ganz glitschig und nass war. Der junge Graf sah verärgert auf seine neuen Stiefel hinab, auf denen sich eine Salzkruste gebildet hatte. Die Wellen schlugen gegen die Planken, doch das Flaggschiff von Meerschlossfels liess sich davon nicht beirren und hielt weiter Kurs auf Fischenbucht.
Bald schon sah man die ersten Häuser sich aus dem Nebel erheben und hörte die Möwen am Hafenquai schreien. Zahlreiche Fischerboote lagen am Pier, doch wurde ein ganzer Steg für das Schiff Mendrienos freigehalten. Die Soldaten gingen über den langen Steg an Land, allen voran Mendrieno mit stolz geschwollener Brust. Die Schlosswachen folgten ihm in einigem Abstand. Die Wachen am Steg schrie er an: „Bringt mir sofort so viele Pferde wie ich Männer habe, wenn ihr nicht den Zorn eines Ritters Cammals zu spüren bekommen wollt. Rasch, rasch, beeilt euch!"
Sofort rannten die Wachen zu den Ställen, und bevor sich die Soldaten richtig hinsetzen konnten, standen die Pferde bereit. Eines von ihnen trug goldenes Zaumzeug und eine Mähne, die mit schimmernden Bändern durchflochten war, es war Mendrienos Pferd. Dieser Rappen galt als das beste Tier in Meerschlossfels und als eines der besten in ganz Cammal. Rücksichtslos ritten sie durch die engen, verdreckten Gassen Fischenbuchts in Richtung Stadttor. Der Gestank verfaulten Fisches hing über der ganzen Stadt und vermischte sich mit dem Gestank anderen Unrats. Den Schlosswachen grauste es beim Geruch des ganzen Abfalls und dem Anblick der verarmten Bevölkerung.
An manchen Orten streckten hilflose Greise die bettelnden Hände nach ihnen aus, doch sie wurden von Mendrieno

und seinen Männern einfach übersehen. Plötzlich, als sie das Stadttor schon fast erreicht hatten, schritt ihnen ein alter Mann in den Weg und schrie: „Ich habe dem König mein Leben lang gedient. Ich habe mein Leben für ihn gewagt und das ist nun der Dank dafür? Niemand kümmert sich mehr um mich, da ich kein Schwert mehr zu halten vermag."

Mendrieno bremste kurz ab, beschleunige doch daraufhin wieder und zog sein Schwert. Der alte Mann blieb wie angewurzelt stehen, bis die Klinge des reitenden Grafen zischend auf ihn niedersauste. Als er sich in Sicherheit bringen wollte, war es bereits zu spät. Die Reiter ritten einfach weiter über seinen leblosen Körper hinweg, ohne auch nur ein wenig Mitgefühl zu zeigen, nur einige Schlosswachen blickten voller Abscheu und etwas mitleidig auf den leblosen alten Mann. Mendrieno wischte das Blut mit seinem roten Umhang von der Klinge und gab seinem Pferd daraufhin die Sporen. Sie verliessen die Stadt durch die alte verwitterte Stadtmauer, ohne auch nur noch einmal zu der herabgekommenen Stadt zurückzublicken. Einst schien es eine blühende Metropole gewesen zu sein, doch nagten die Zeit und der salzige Meerwind an den Bauten.

Es wurde still vor ihnen, einzig die Rufe wütender Bürger waren zu hören, doch auch diese wurden kurz darauf durch die Befehle der Wachen erstickt. Zwischen den Pflastersteinen und den Hufeisen ihrer Pferde stoben Funken, sie hielten ihr Tempo hoch und bewegten sich immer weiter in Richtung Grenheid. Mendrieno, der am Anfang des Zuges ritt, schrie so laut, dass es alle hören konnten: „Reitet schneller, dann können wir bereits morgen Abend in Grenheid sein und dort ausgeruht einen Plan schmieden. Je frü-

her wir das Ziel unseres Auftrags erreichen, desto früher könnt ihr nach Cammal zurückkehren."
Daraufhin gab er seinem Pferd einmal mehr seine spitzen Sporen, sodass dieses sich aufbäumte und noch einen Zahn zulegte. Müde folgte ihm sein Trupp, keiner wagte es, den jungen Grafen um eine Rast zu bitten. Schattenhaft zogen die Dörfer im Nebel an ihnen vorbei, jene Dörfer, die nahe an der Nordgrenze des Reiches lagen. Weit in der Ferne glaubten einige einen Waldstreifen zu sehen, der die Grenze zwischen den beiden grossen Reichen bildete.

„Wacht auf!", schrie Arak laut, „wacht sofort auf!"
„Was ist denn?", drehte sich einer der Hofgardisten müde um. Daraufhin packte ihn Arak und rief allen zu: „Sie sind bereits in der Stadt, unser Vorsprung ist beinahe aufgebraucht. Wir müssen sofort aufbrechen, wenn wir noch davonkommen wollen."
Nun sahen alle, dass der alte Bauer vom Vorabend neben ihnen stand und gerade Arak berichtete: „Mein Sohn hat es mir erzählt, er arbeitet als Bursche in einem Gasthaus nahe der Kaserne. Einige Soldaten waren dort und sprachen bereits darüber, was sie mit ihrer Belohnung anstellen wollten, wenn sie nach Cammal zurückgekehrt sein würden."
Alle sprangen auf und packten schweigend ihre Sachen. Sofort waren die Pferde gesattelt, und die Männer sassen bereit in ihren Sätteln. Sie bedankten sich beim Bauern für die Warnung und galoppierten los, zurück auf die Strasse in Richtung Norden. Arak ritt ihnen voran, sein Gesicht hatte er nachdenklich in Falten gelegt und sein Schwert in der Scheide gelockert.
Die anderen taten es ihm gleich, einige hielten sogar eine Hand am Schwertheft und die andere am Zügel, während

die jüngeren unter ihnen beide Hände benötigten, um zu reiten.

„Ach, ich hasse Reiten. Seit ich Brückstadt verlassen habe, habe ich kaum einen Tag verbracht, ohne auf einem Pferd zu sitzen", klagte Larior zu Grendair, während sie die alte Strasse dahin galoppierten. Daraufhin grinste Grendair und entgegnete: „So ging es mir auch lange, doch habe ich mich in meinen vielen Jahren langsam daran gewöhnt. Besser als zu Fuss gehen ist es allemal noch, vor allem über solche Entfernungen."

Larior verzog nur das Gesicht und sah gerade aus über die feuchte Strasse. Die Gegend wurde wieder hügeliger und die Dichte der Wälder nahm allmählich zu. Das Gras war hier noch braun, während es um Periula herum schon das erste Mal gemäht wurde. Die Nebelschwaden hatten sich grösstenteils verzogen und die Sonne stieg langsam über die Hügel und Wälder empor. Weit und breit war niemand zu sehen, einzig auf einigen Äckern arbeiteten bereits Bauern, die sie misstrauisch beäugten und ihnen nachsahen, als sie vorbeidonnerten. Die schwarzen Mäntel flogen hinter ihnen her und verliehen ihren Trägern eine unheimliche Erscheinung. Wie Gespenster rasten sie dahin in Richtung Norden, auf der alten gepflasterten Strasse. Immer wieder blickte der Prinz die Strasse zurück in der Befürchtung, ihre Verfolger könnten jeden Augenblick auftauchen.

„Seid vorsichtig", rief Arak, „diese Wälder eignen sich für einen Hinterhalt und ich glaube kaum, dass mein Vater nur Spähtrupps losgeschickt hat, um uns zu fassen. Eher hat er kleine Heere aufgestellt, als dass er uns die Grenze passieren lässt. Allerdings fürchte ich, auch Banden von Banditen könnten in diesen dichten Wäldern lauern."

„Denkst du nicht, wir sollten uns etwas Richtung Westen wenden, um Grenheid grossräumig zu umreiten?", schlug Lakalt daraufhin vor, während der Wind beinahe seine Worte forttrug.
„Daran habe ich bereits gedacht", erwiderte Arak entschlossen, „doch stehen unsere Chancen Salmarsat zu erreichen, bevor der Krieg ausbricht, dann noch schlechter. Am besten versuchen wir, Grenheid möglichst schnell zu durchqueren, da wir ja noch ein paar Stunden Vorsprung haben."
„Fürchtest du nicht, dass bereits jemand in Grenheid auf uns wartet?", fragte Lakalt und blickte misstrauisch in die Ferne. Arak erwiderte: „Wer sollte uns schon einen Hinterhalt in Grenheid selbst stellen? Unsere Verfolger sind hinter uns und nicht vor uns, mach dir keine Sorgen darüber. Mehr Sorgen mache ich mir darüber, ob ich Gelrad überzeugen kann."
„Es gibt schnellere Wege als die Strasse, um in den Norden zu kommen, man könnte den Seeweg nehmen", wandte Lakalt ein. Darauf erwiderte Arak selbstsicher: „Nicht einmal mein Vater ist so töricht und entsendet ein Schiff während den Frühlingsstürmen und dem grauenvollen Nebel durch die Enge der Blaim, nicht einmal um mich zu fassen."
„Ich hoffe, du hast recht", antwortete darauf der Ritter dem Prinzen, „doch sollten wir zu allen Seiten auf einen Angriff vorbereitet sein. Diese Worte hast du einst selbst zu mir gesagt."
„Wirklich, das habe ich gesagt", stimmte Arak etwas nachdenklicher zu, „doch sollte man das immer sein, egal ob man verfolgt wird oder nicht. Das ist eine der einzigen guten Weisheiten, die mir mein Vater in seinem Verfolgungswahn beigebracht hat. Allerdings müssen wir nun so schnell

wie möglich nach Salmarsat gelangen, auch wenn wir dann und wann etwas unvorsichtig sein müssen."

Sie ritten weiter dahin über die kalten nassen Pflastersteine und kamen in immer dichter werdenden Nebel, der bereits wieder aufzog, so dicht, dass sie knapp noch den schwarzen Umhang des voranreitenden Kameraden erkennen konnten. Nicht einmal den Wegrand sahen sie, geschweige denn darüber hinaus. Bald lichteten sich die Bäume wieder ein wenig und auch der dichte Nebel. Es hatte wieder vermehrt Gehöfte zu beiden Seiten. Bald sahen sie sogar die Dächer Altstrassburgs, welches zwischen ihnen und dem Blauen See lag. Weit in der Ferne waren die Segel einiger kleiner Fischerbote auf dem grauen Wasser zu sehen, gleich vor der von einer Mauer umgebenen Stadt. Doch auch die Boote verschwanden bald wieder in einigen Nebelschwaden. Das Wetter wurde immer trostloser, besonders als sie kurz nach Altstrassburg an mehreren verlassenen Gehöften vorbeikamen, deren Dächer eingestürzt waren. Traurig blickte Larior neben Grendair zu den zerfallenen Gehöften hin. Eines von ihnen war sogar abgebrannt, doch niemand schien sich seither darum gekümmert zu haben, denn bereits wucherte Unkraut über die zerfallenen Wände und die verkohlten Balken. Als sie zurückblickten, sahen sie gerade noch Altstrassburg wieder im Nebel verschwinden, aber dann bemerkte Grendair auf der langen geraden Strasse, die sie soeben gekommen waren, mit seinen scharfen Augen etwas, was ihn auf aufschrecken liess.

„Dort hinten sind Reiter!", schrie er nach vorne zum Prinzen. Beinahe wären seine Worte im Wind verloren gegangen, doch Arak hörte sie und drehte seinen Kopf um. Tatsächlich schienen sie verfolgt zu werden, doch die Nähe trog, auf der langen baumlosen Ebene war der Verfolger-

trupp wohl mehr als zwanzig Kilometer hinter ihnen und noch vor Altstrassburg, allerdings war ihnen klar, dass auch ihre Verfolger sie als Gejagte erkennen konnten. Arak jedoch wurde nun von Zweifel beschlichen und schrie: „Sie haben kaum mehr eine Stunde Rückstand, sie werden uns mit ihren frischen Pferden einholen. Lange können wir ihnen auf der Strasse nicht mehr entfliehen."
„Dann lass uns bei der nächsten Biegung nach Fachwald abbiegen und die Grenze im Grünen überqueren", schlug Lakalt dem Prinzen vor. Das war jener Weg, den er selbst von Anfang an gewählt hätte, um nicht durch Grenheid zu kommen.
Der Prinz schien innerlich zerrissen zu sein, doch antwortete er schliesslich mit entschlossener Stimme: „Es wäre nicht meine Wahl gewesen, doch bleibt uns nun keine andere Möglichkeit mehr, als den Weg durch die grossen Wälder einzuschlagen und einen grossen Zeitverlust in Kauf zu nehmen."
Sie versuchten ihr Tempo noch einmal zu erhöhen, bis sie zu den weitesten Ausläufern des Fachwaldes kamen, der dem Ort Fachwald seinen Namen gegeben hatte. Immer wieder zweigten Wege in den Wald ab, doch diese waren lehmig und man hätte ihre Spuren sofort gesehen. Erst nach einer Weile zweigte ein steiniger Pfad in Richtung Westen ab, mitten in den dichten Wald hinein. Ohne zurückzublicken oder sich darüber zu beraten, ob das der richtige Weg war, ritten die Männer dort hinein, allen voran der Prinz. Es ging ein wenig bergauf, doch bereitete ihnen weniger das schwierige Gelände Mühe als die Tatsache, dass sie seit Periula kaum mehr richtig geschlafen oder gegessen hatten. Stundenlang ritten sie durch den Wald, ohne dass sich etwas änderte. Das einzige was sie sahen,

waren vereinzelte Gehöfte auf gerodeten Lichtungen mitten im Schatten der unzähligen Bäume. Der Abend nahte, es wurde dunkler und dunkler. Arak hielt jedoch erst an, als der Weg schlechter wurde und man ihn kaum mehr erkennen konnte. Nun schien es selbst dem Prinzen zu töricht, noch weiter zu reiten.

Sie versuchten im Dunkeln aus dem feuchten Holz ein kleines Feuer zu entfachen, was ihnen schliesslich auch gelang. Nahe beieinander legten sie sich hin und versuchten zu schlafen. Manche fanden jedoch keinen Schlaf, besonders der Prinz selbst nicht, er ging mit gezogenem Schwert auf und ab und blickte wachsam den Weg zurück. Larior lag ebenfalls wach da und starrte in den nebligen Himmel. Hoffnungsvoll suchte er nach den Sternen, doch sah er keinen einzigen hinter den dicken Nebelschwaden und grauen Wolken. Erst nach einer Weile hatte er das Gefühl, als sei ein einziger Stern kurz aufgeblitzt und es wurde ihm wieder etwas wärmer ums Herz. Dann dachte er auf einmal nicht mehr an seinen Vater und seine Mutter, deren Gesichter ihm nach dem Blick auf den Stern vor sein Auge getreten waren, sondern an Celeyia, an ihr wehendes Haar, ihr sanftes Gesicht und ihr strahlendes Lächeln. Das wunderschöne Gesicht der Eyilreä bewegte sich langsam vor seinen Augen und liess sie hell glänzen. Als Grendair sich dem jungen Hofgardisten zukehrte, meinte er leise: „Frauen sind ein schwieriges Thema, das ist nun einmal so, doch sei froh, wenn du eine hast, die dich wirklich liebt und nicht nur weil du ein Hofgardist bist."

„Deswegen darf es nicht sein", entgegnete Larior im Flüsterton, „ich bin nur ein Hofgardist und sie die Prinzessin."

„Du bist mehr als ein Hofgardist", betonte daraufhin Grendair ebenfalls sehr leise, „du sprichst ihre Sprache und kennst die Zeichen, in welcher sie geschrieben ist. Du wirst sie irgendwann bekommen, das hoffe ich für dich und für sie."

„Wie sieht es bei dir aus, Grendair?", fragte Larior neugierig. Der alte Hofgardist lächelte seltsam, ehe er antwortete: „Es ist nicht immer einfach. Die gewöhnlichen Mädchen in Cammal mögen jung und schön sein, doch während unsereins lange Zeit jung bleibt, altern sie schneller als man sich versieht. Zudem erkennen sie irgendwann trotzdem, dass sie nicht einfach einen ehrenvollen Soldaten haben können, sondern müssen auch einsehen, dass dieser womöglich einige Wochen später von einem Auftrag nicht mehr zurückkehrt. Von unserem Volk gibt es nicht mehr viele Frauen hier im Süden, allerdings hoffe ich, dass das im Norden anders ist, wenn ich dorthin zurückkehre."

Larior starrte nachdenklich in den Himmel, während Grendair nach seinen Worten bald einmal einschlief. Der junge Hofgardist hingegen blieb wach und sah weiterhin in den verhangenen Himmel.

Siebtes Kapitel - Waldgrenze

Sie waren bereits wieder eine Weile geritten, als vor ihnen im Wald ein kleines Städtchen mit grösseren gerodeten Feldern auftauchte. Arak rief laut, doch mit müder Stimme zu seinen Gefährten: „Das ist Fachwald, am frühen Nachmittag werden wir die Grenze überqueren."
Verwundert sahen die Dorfbewohner den schwarzen Reitern nach, welche durch ihr Städtchen preschten und bald wieder im Wald verschwanden. Doch ein junger Mann hinter einem Schuppen sah gar nicht überrascht aus, als der kleine Trupp vorbeiritt, sondern schwang sich ebenfalls auf sein Pferd und ritt über einen anderen Pfad in den Wald hinein, einen Pfad, der geradewegs nach Grenheid führte. Das hämische Grinsen auf seinen Lippen war nicht zu übersehen, als er die Stadt hinter sich liess.
Währenddessen galoppierten Arak und seine Männer unter dem aufgelockerten Himmel durch den Wald. Man sah nun sogar blaue Flecken, durch die sich die Sonne kämpfte und einzelne Flächen in ihr goldenes Licht hüllte. Hier wurde die Strasse schlechter und immer lehmiger. Ihr Tempo sank unter den müden Hufen der Pferde, und obwohl Arak versuchte sie anzutreiben, kamen sie nicht schneller voran. Müde hingen sie in ihren Sätteln und liessen sich tragen. Bald gingen ihre Pferde nur noch im Schritt und hinterliessen tiefe Hufabdrücke im weichen Boden.

Die Bäume neigten sich im Wind, welcher aus dem Norden durch den Fachwald blies. Dieser Wind pfiff den Männern kalt ins Gesicht und liess sie ihre Kapuzen tiefer ziehen. Obwohl die Sonne eine Weile lang versucht hatte die Wolken zu vertreiben, gewannen diese nun wieder die Überhand und verdunkelten den Himmel.

Allmählich ging es dem Mittag zu, und trotz dem mühsamen Gelände hatten sie ein prächtiges Wegstück zurückgelegt. Der Wind kam in der Zwischenzeit von Osten und trieb Wolken und Nebel von der Fischenbucht und dem grossen Meer heran. Bald wurden ihre Mäntel wieder feucht, obwohl es nicht regnete, die feuchte Luft schien ihre Haut aufzuweichen.

Der Mittag war vermutlich bereits vergangen, als Arak rief: „Seht dort vorne, dort wo dieses Gewässer unter dem Hügel durch den Wald fliesst, ist die Grenze. Hoffen wir, dass sie weder von unserer Seite her noch von der anderen bewacht wird. Hier sollte kaum jemand sein, schliesslich ist der Weg mühsam und weit abseits der grossen Strasse."

Sie ritten weiter in Richtung dieses kleinen Baches, der dann irgendwann durch Grenheid in Richtung Fischenbucht floss. Wachsam suchten sie mit ihren müden Augen das Gebüsch ab. Arak, der vorausritt, drehte immer wieder beunruhigt den Kopf und liess sein Pferd den Schritt beschleunigen. Auch die anderen versuchten ihre müden Pferde anzutreiben. Doch als sie über die letzte Hügelkuppe kamen, erschraken sie, vor ihnen standen mindestens vierzig Schlosswachen. Doch was sie noch mehr erschrecken liess, war, dass Seite an Seite mit den Schlosswachen jene Männer mit silbernen Helmen und schwarzen Umhängen standen, die Arak und sein Gefolge nur zu gut kannten. Von ihnen stellten sich ihnen noch mehr in den Weg als von den

Schlosswachen. Einzig die Palastwachen aus Periula hatten noch keine Begegnung mit ihnen gehabt. Jene, die bei ihnen waren, hatten bloss von ihren Kameraden Berichte über die Söldner gehört, die von ihnen „Die Todesengel" genannt wurden. Umso erstaunlicher war es, als Hendrior plötzlich ausrief: „Sie tragen die Kleidung *seiner* Truppen."
Larior sah sich erstaunt zu der Palastwache um, doch dann zog jemand anderer die Aufmerksamkeit auf sich. Ein junger Mann trat zwischen den Reihen hervor, er trug die Rüstung und den Umhang eines Ritters Cammals. Sein hämisches Lachen war unverkennbar, es war Mendrieno von Meerschlossfels. Mit einem lächerlichen Knicks trat er vor den Prinzen und fing mit seinem hämischen Grinsen an zu sprechen: „Seid gegrüsst, Eure Majestät, ich hoffe, Ihr hattet eine angenehme Reise bis hierhin. Die Rückreise dürft Ihr in unserer Gesellschaft antreten, sofern Ihr das wollt, ansonsten könnt Ihr hier an dieser Stelle bleiben und zwar für alle Ewigkeit."
Bei seinen eigenen Worten brach der junge Graf in höhnisches Gelächter aus, in das seine Söldner laut einstimmten, während die Schlosswachen verwirrt dastanden. Dann machte er einen Schritt weiter auf den Prinzen zu, doch dieser zog nun sein Schwert und schrie: „Du Verräter! Mendrieno, du spielst meinem Vater vor, du wärst auf seiner Seite, doch das bist du nicht, du kämpfst gegen das Volk Cammals! Deine Männer waren es, welche die Menschen gegen die Stadt aufgehetzt hatten und die Gar abbrannten! Deine Männer waren es, die in Sonnenheim Seite an Seite mit den Skralgas kämpften, selbst deinen eigenen Vater hast du umbringen lassen."
„Es gibt traurige Umstände, nicht wahr?", entgegnete Mendrieno noch höhnischer, „doch nun bin ich Ritter und

Graf und Ihr ein Prinz, dem weder sein Vater, noch irgendein Ritter traut. Wäre mein Vater nicht auf *unglückliche Weise* ermordet worden, würden diese Umstände etwas besser für Euch stehen und nicht so gut für mich."
„Ich stehe treu an seiner Seite", schrie nun Lakalt und ritt mit gezogenem Schwert neben den Prinzen.
„Keine Angst, ich habe Euch nicht vergessen, Ritter Lakalt", meinte der Graf nun triumphierend, „Euch, den einzigen Hofgardisten, der nicht von den Jägern abstammt. Ich habe es schon lange geahnt, doch habe ich nun auch Gerüchte gehört, dass Ihr einer der Jäger seid. Ein fremder Sohn in einer adligen Familie, der es zum Ritter gebracht hat."
Bei diesen Worten unterbrach Arak den Redefluss des jungen Grafen: „Mein Vater und die Verräter, die ihn umgeben, mögen die Adligen und die Reichen hinter sich haben, mir würden jedoch das Volk und die Armee folgen, das wisst Ihr genau. Wollt Ihr mich deswegen hier umbringen lassen und es als Kampf bezeichnen?"
„Zu einem guten Teil schon", antwortete Mendrieno mit seltener Ehrlichkeit, „doch der Hauptgrund ist, dass weder ich noch jemand anderes will, dass wir einen König haben werden, der mehr als die Hälfte vom Blute der Jäger ist."
Erstaunt sah Arak nun Mendrieno an, sein Kiefer war ihm heruntergeklappt, und er liess das Schwert entgeistert sinken. Mendrieno hingegen lachte laut auf und fuhr schliesslich fort: „Da staunt Ihr, was? Ich weiss mehr über Eure Herkunft als Ihr selbst. Ihr hättet gar nicht das Recht zu herrschen, Euer Blut ist nicht jenes eines Adligen, doch weiss das nicht einmal Euer Vater. Zu gerne möchte ich nun wissen, warum Eure Männer Euch weiterhin folgen sollten, da sie nun wissen, dass Euer Recht zu herrschen gar nicht

so gross sein wird, sollten die Tage Eures Vaters gezählt sein."

Daraufhin gab Hendrior Larior ein Zeichen mit ihm zu kommen, und beide ritten nach vorne zu Mendrieno. Hendrior sagte stolz und bestimmt: „Wir kämpfen nicht für den König, sondern für Cammal, für die Statthalterschaft Isula, deren Erbe rechtmässig Arak ist, noch mehr, da er von jenem Volke stammt, dessen Hände es waren, welche Isula und Peyirisula einst erbauten. Mendrieno, es scheint als würdest du wissen, wovon ich spreche, es scheint, als würdest du die alten Legenden kennen."

Nun sah der junge Graf den Anführer der Palastwachen verwirrt an und öffnete mehrmals den Mund, doch wusste er nicht, was er darauf erwidern konnte. Erst nach einer längeren Pause versuchte er sich um die Worte Hendriors herumzudrücken und holte aus: „Na, wen haben wir denn da, kaum ist er zurück, verrät er bereits den König. Ein Hofgardist, der nicht dem König gehorcht und der dessen Tochter befleckt. Ihr müsst nicht erstaunt sein, ich bekomme alles mit, was im Schloss geschieht. Denkt nun ein letztes Mal an ihren Anblick, denn es wir Eure letzte Möglichkeit sein. Wenn Ihr wollt, kann ich sie über Euren Tod benachrichtigen."

„Sie ist nicht seine Tochter", entfuhr es dem jungen Hofgardisten nun laut. Die Schlosswachen sahen dem ganzen Streit immer verwirrter zu, wurden allmählich misstrauisch und wussten nicht, wem sie nun ihr Vertrauen schenken sollten. Schliesslich hob Arak sein Schwert, ritt drohend auf Mendrieno zu und flüsterte mit scharfer Zunge: „Lieber sehe ich meine Schwester an der Seite eines tapferen Hofgardisten als an jener eines miesen Verräters, dessen Absichten vermutlich schlimmer sind, als ich es erahnen kann."

Daraufhin trat Mendrieno zu Arak heran und entgegnete in drohendem Ton: „Was meine Absichten betrifft, könntet Ihr noch recht haben, ich glaube kaum, dass Ihr sie je erkennen werdet."

Sie starrten sich eine Weile lang an, als würden sie in ihren Gedanken ein Duell ausfechten. Dann jedoch befahl Mendrieno auf einmal: „Nun, legt Eure Waffen nieder, ihr Narren, sonst werden wir sie aus Euren leichenblassen Händen entreissen!"

„Ich ahne, worauf das hinausläuft", erwiderte Arak, „denn wenn wir unsere Waffen niedergelegt haben, tötet ihr uns und dann die Schlosswachen, um es wie einen Kampf aussehen zu lassen. Wir wären tote Verräter, und Ihr wärt ein Held Cammals, das ist es, was Ihr wollt."

Verwirrt sahen daraufhin die Schlosswachen zu Arak, der nun ruhig weiterfuhr: „Kommt zur Vernunft, Soldaten Cammals, er wird euch nicht am Leben lassen, solltet ihr sehen, wie er mich tötet. Merkt ihr denn nicht, dass seine Söldner in der Überzahl sind und ihr alle ohne unsere Hilfe fallen werdet? Glaubt ihr wirklich, Mendrieno von Meerschlossfels sei ein edler Mann? Dieser Mann liess seinen eigenen Vater von jenen Männern umbringen, die nun neben euch stehen. Er will einen Krieg anzetteln, der Cammal und Salmarsat niedergehen lassen wird, nur um seine eigene Macht aufzubauen."

Die Schlosswachen liessen ihre Waffen langsam sinken und sahen misstrauisch um sich.

„Meiner eigenen Macht wegen?", erwiderte Mendrieno hämisch, „und was den Niedergang der beiden Reiche anbelangt, so ahnt Ihr nicht im Geringsten, was sich abspielt."

Eine Weile kehrte Stille ein, und der Prinz musterte seinen Widersacher misstrauisch, ehe sich dieser auf einmal umdrehte und so laut schrie, dass es von den Bäumen widerhallte: „Tötet sie!"
Bevor die Schlosswachen begriffen, was mit ihnen geschah, wurden ihnen die Schwerter der Söldner in den Leib gerammt. Einige, die das Geschehen schnell begriffen hatten, versuchten sich noch zu wehren, doch zu spät. Ein lautes Stöhnen voller Schmerz ertönte, als käme es aus einem gewaltigen Mund. Die Schlosswachen sanken mit schmerzverzerrten Gesichtern zu Boden und sahen ein letztes Mal den Prinzen, der treu zu ihnen gestanden wäre, ehe sie die Dunkelheit umfing.
„Nein!", ertönte es beinahe gleichzeitig aus den Mündern aller sechzehn der schwarz gekleideten Reiter. Mendrieno sah Arak in die Augen und lachte laut los, als er dessen erschrockenen Blick sah und rief aus: „Wollt Ihr nun versuchen sie zu rächen und dabei ebenfalls draufgehen? Wir sind in hoher Überzahl. Ah, ich habe vergessen, Ihr werdet auf jeden Fall sterben."
„Reitet!", brüllte Arak daraufhin, „reitet für den Frieden!"
Bei diesen Worten ritten die sechzehn Reiter auf ihren Pferden mit erhobenen Schwertern auf Mendrieno und seine Söldner los. Sofort sprang der junge Graf zur Seite und schrie seinen Soldaten zornig zu: „Tötet sie!"
Diese waren für einen Augenblick wie gelähmt. Mit diesem Angriff hatten sie nicht gerechnet und versuchten den tödlichen Hufen der Pferde auszuweichen, doch übersahen sie dabei die Klingen der entschlossenen Getreuen des Prinzen. Bevor sich die Söldner wieder gefasst hatten, ritt Arak zuvorderst durch die Schneise, die sie geschlagen hatten, über die Grenze. Von den Schwertern des Prinzen, des Ritters,

der Hofgardisten und der Palastwachen troff Blut, Blut der Soldaten Mendrienos. Hinter ihnen lagen mehrere tote Söldner zwischen den Leichen der Schlosswachen, doch Arak und seine Getreuen sahen nicht zurück, sondern ritten eilig weiter in Richtung Salmarsat, während sich der Bach hinter ihnen rötlich färbte.

Weit hinter Araks Truppe und von dieser unbemerkt löste sich auf einmal ein Schatten aus den Bäumen und schrie die im Wald verborgenen Reiter hinter sich an, welche sich sofort in den Sattel schwangen: „Holt sie euch! Holt sie euch, wenn es Mendrieno schon nicht gelingt. Diese Männer dürfen nicht zu meinem Vater gelangen. Es darf keinen Frieden geben, holt sie Euch, wenn ihr Eure Belohnung erringen wollt.

Arak ritt mit seinen Getreuen einen schmalen Weg entlang, der langsam aus dem dichten Wald hinaus auf offenes Gelände führte. Nach einer Weile verlangsamte Arak das Tempo, hielt schliesslich inne und schrie in die Gegend: „Dieser Graf ist dem Tode geweiht, ich persönlich werde Mendrieno eines Tages umbringen."

„Immerhin sind wir nun in Salmarsat", versuchte Lakalt den Prinzen zu beruhigen, doch dieser sass immer noch wutentbrannt auf seinem Pferd. Auf einmal schrie Hendrior warnend: „Seht, Reiter verfolgen uns, sie sehen ähnlich aus wie die Söldner Mendrienos. Arak sah sich um und stiess zwischen seinen knirschenden Zähnen hervor: „Sicher sind das die Söldner von Bariads Bruder, Danrad. Dieser wollte schon immer grosse Teile Cammals erobern. Doch nun weiss ich, dass wir nicht mehr weit fliehen können, so bleiben uns nur zwei Möglichkeiten. Die eine ist, dass wir versuchen uns zu retten und einzeln zurück in den Wald zu fliehen in der Hoffnung, sie finden uns nicht. Doch ich würde die zweite Möglichkeit vorziehen, dass wir uns diesen Verrätern stellen und mit ihnen die Klingen kreuzen. Ich habe es allmählich satt, wie der Hase vor dem Fuchs davon zu hoppeln, ich lasse mich nicht weiter jagen."

„Für Cammal und den Frieden, a kendram carai harai!", schrien Araks fünfzehn Begleiter im Chor und legten Pfeile auf ihre Bogen. Arak tat es ihnen gleich, als die Reiter immer näher kamen und es sich zeigte, dass diese mit bösen Absichten unterwegs waren. Je näher sie kamen, desto deutlicher wurde es, dass diese Verfolger, wohl an die vierzig Reiter, ebenfalls Söldner waren, denn auch sie trugen die schwarzen Umhänge und die silbernen Helme. Schon von weitem hörte man ihre Schlachtrufe, einer von ihnen schrie laut: „Tötet diesen Hund von einem Prinzen, sterben soll er! Tod den Schweinen Cammals, lasst sie Eure Klingen spüren."

Die anderen johlten laut und zogen ihre Schwerter, lange glänzende Schwerter, die erst gerade geschliffen worden waren. Sie ritten unter dem grauen Himmel auf Arak und dessen Männer zu, ohne selbst mit Verlusten zu rechnen. Zu viele schienen sie zu sein, zu gut ausgebildet und zu entschlossen, um gegen diesen kleinen erschöpften Trupp aus dem südlichen Königreich auch nur einen Kratzer einstecken zu müssen.

Es schien, als würde die Sonne sich in diesem Augenblick hinter einer besonders dicken Wolke verstecken, einer Wolke, die nichts Gutes bedeuten konnte. Es wurde still, weder das Pfeifen eines Vogels, noch das Säuseln des Windes waren zu hören. Einzig das Stampfen der Pferde und deren nervöses Schnaufen brachen die Stille ein wenig. Die Stimmung war angespannt und unheimlich. Schliesslich zogen Arak und sein Gefolge an ihren Sehnen und liessen die Pfeile sausen. Fast alle Pfeile trafen, doch blieb kaum Zeit, um neue aufzulegen, denn ihre Gegner waren schon zu nah. Mehr als ein Viertel wurde von den Pfeilen zu Boden geworfen, die Söldner blieben dennoch beinahe in der doppelten Überzahl. Einige von ihnen waren jedoch erstaunt darüber, dass bereits mehrere Kameraden gefallen waren, trotzdem stürmten sie weiter auf ihre Gegner zu. Arak erhob sein Schwert und stiess es dem ersten in den Leib, doch konnte er es nicht rasch genug herausziehen und wurde zusammen mit seinem Gegner zu Boden gerissen. Er versuchte sofort wieder aufzustehen, doch dann erwischte ihn ein Huf eines Pferdes. Den Prinzen umfing Dunkelheit und er fühlte kaum noch, wie er mit dem Kopf auf dem Boden aufschlug.

Währenddessen trafen die anderen auf der ganzen Front aufeinander und kreuzten die Schwerter mit eisernem Willen. Schnell wurden viele aus dem Sattel gerissen oder verloren das Gleichgewicht. Grendair konnte sich gerade noch an irgendetwas festhalten, bevor er aus dem Sattel fiel, doch erst zu spät merkte er, dass dieses Etwas Lariors Bein war. Dieser versuchte sich noch im Sattel zu halten, doch auch er verlor den Halt, sodass ihm das Schwert beinahe aus der Hand glitt. Knapp konnte er vor dem Fall noch den Stich eines Söldners abwehren. Unten schlug er auf Grendair auf, der laut stöhnte und dann versuchte, sich unter Larior heraus aufzurappeln, denn dieser schien beim Sturz das Bewusstsein verloren zu haben. Gleich neben ihm kämpfte Lakalt noch hoch zu Pferd mit einem der Söldner. Das Klirren der zahlreichen Schwerter ertönte weit über die kahle Ebene. Lakalt wurde arg bedrängt, bis Grendair schliesslich dem Angreifer einen Dolch ins Bein rammte, worauf sich dieser nicht mehr im Sattel halten konnte und mit einem Aufschrei das Gleichgewicht verlor. Der Ritter nutzte diesen Augenblick und trieb dem fallenden Gegner das Schwert in den Leib, allerdings riss dieser Lakalts Klinge mit sich, sodass der Ritter hilflos ohne Schwert dastand.

Lakalt wies mit erschrocknem Blick über Grendairs Schulter zurück. Grendair drehte sich um und sah gerade noch eine Klinge auf seine Kehle zustechen. Er schloss die Augen und wartete auf den Schmerz und auf sein Ende, es kam ihm wie eine Ewigkeit vor, nun erwischte es auch ihn noch, den altgedienten Hofgardisten, doch möglicherweise war dieses das gnädigste Ende. Aber dann öffnete er seine Augen, die Klinge war verschwunden und sein Gegner auch. Von unten hörte er nur noch ein schmerzvolles Stöhnen. Das Gesicht des Söldners war kreidebleich und aus seinen Mundwinkeln rann Blut. Seine Maske lag neben ihm am Boden und war blutbeschmiert. Über ihm war Larior gebeugt und flüsterte dem Toten voller Wut zu: „Ich werde jenen unter euch finden, der meinen Vater getötet hat, egal wie lange ich suchen muss."

Dem jungen Hofgardisten schwirrte immer noch der Kopf von seinem Sturz zuvor, doch langsam wurde es vor seinen Augen wieder klarer. Schliesslich drehte er sich wieder um und warf Lakalt das Schwert des Toten zu. Dieser bedankte sich mit einem Nicken und durchbohrte sogleich einen weiteren Gegner, der sich siegessicher von hinten herangepirscht hatte als er sah, dass der Ritter unbewaffnet war. Hendrior kämpfte auf der anderen Seite inzwischen zu Fuss gegen einen der Söldner, der im Kampf erfahren schien. Immer wieder parierten sie ihre Schläge gegenseitig, und Hendrior versuchte dessen Abwehr mit aller Kraft zu durchbrechen. Erst nach einer Weile glitt Hendriors Gegner in

einer Blutlache aus, was der Hauptmann der Palastwache ausnützte und so seinen Gegner besiegte.
Gawair versuchte währenddessen, möglichst alle Feinde vom bewusstlosen Prinzen fernzuhalten, der verrenkt neben der Leiche eines Söldners lag. Gawair stand breitbeinig vor Arak und liess niemanden durch, seine Klinge fuhr hin und her und glitzerte im Sonnenschein. Jeder, der es wagte, in die Nähe zu kommen, gab es so gleich wieder auf, wenn das Schwert des Hauptmannes der Hofgarde aufblitzte. Gawair hielt dem Angriff aller Gegner stand, doch dann kam ein grossgewachsener Söldner mit erhobenem Schwert auf ihn zu. Der Hofgardist fing den Schlag auf, doch schnitt ihn dabei sein eigenes Schwert tief durch die Handschuhe ins Fleisch. Ein rotes Rinnsal sickerte durch das dicke Leder heraus. Gawair konnte das Schwert zurückstossen, doch seinen Gegner nicht sogleich besiegen. Als der Recke zum entscheidenden Stich ausholen wollte, durchschnitt Gawair blitzschnell die Kehle des Söldners und schrie: „Niemand wird dem Prinzen auch nur ein Haar krümmen ohne zuvor mein Schwert geschmeckt zu haben."
Es ging nicht lange, bis mehrere Söldner gefallen waren und mehrere Hofgardisten hilflos am Boden lagen. Endlich ergriffen die Söldner die Flucht, da sie feststellen mussten, dass ihnen ihre Feinde, auch wenn durch Zahl unterlegen, im Kampf überlegen waren. Jene, die zu Pferd flohen, jagten in Richtung Osten, in die Richtung des Meeres und Meerschlossfels. Jene, die es nicht mehr schafften aufs Pferd zu springen, rannten in den nahen Wald und verkrochen sich dort zwischen den Bäumen. Obwohl die Kampfeskraft der Hofgardisten und Palastwachen weit über Cammals Grenzen hinaus bekannt waren, waren die fliehenden Söldner davon überrascht und schockiert.

Gawair stürzte sofort hin zum Prinzen, der stark aus einer Platzwunde an seiner Stirn blutete. Keine Regung ging mehr durch den Körper des Thronfolgers von Cammal, doch er atmete noch matt in langsamen Atemzügen. Sofort packte Gawair den Prinzen und schrie: „Seid nicht tot, Ihr dürft nicht tot sein, sonst wird es niemals Frieden geben!"
Plötzlich begann Arak zu Husten und bewegte sich langsam. Gawair liess erleichtert einen Jubelruf erschallen, bevor er dem Prinzen auf die Füsse half. Verwirrt stand Arak auf und sah um sich, er konnte sich nicht mehr an den Kampf erinnern und fragte Gawair benommen: „Was ist hier los, was ist geschehen, seit wir die Grenze überschritten haben?"
„Wir wurden verfolgt", antwortete Gawair mit triumphierendem Gesicht, „wir wurden verfolgt von Söldnern diesseits der Grenze und Ihr meintet, sie wären von Prinz Danrad gesandt worden. Ihr wurdet beim Angriff vom Pferd gerissen und verlort Euer Bewusstsein, doch nun sind alle Feinde tot oder vertrieben."
Die Hofgardisten und Palastwachen stellten sich nun vor Arak hin, allerdings konnten mehrere von ihnen kaum mehr gehen und brauchten die Hilfe ihrer Kameraden.
„Musste dieses Pferd mit seinem vollen Gewicht genau auf mein Bein stehen?", wetterte Friliair, während er von Grendair und Larior gestützt zu seinem Pferd hin humpelte. Drior, der sich ebenfalls mit schmerzverzerrtem Gesicht an seinem Pferd hochzog, rief aus: „Wieso müssen diese Mistkerle für dreckiges Geld kämpfen und können nicht wie jeder anständige Mann für ihr Land und ihre Ehre einstehen?"
„Weil sie weder das eine noch das andere haben", entgegnete Hendrior bestimmt, „sie gehen dorthin, wo sie am besten bezahlt werden und haben keine feste Heimat, die

sie lieben. Das einzige, was diese Halunken lieben, ist das Geld und das, was sie damit kaufen können, ob es Mädchen oder Land oder Wein sein mag, wer weiss."

Immer noch mit hämmerndem Schädel setzte sich Arak auf sein Pferd und befahl: „Macht euch bereit, wir reiten weiter. Sorgt dafür, dass die Verletzten ebenfalls sicher im Sattel sitzen."

Kerior band sich den Arm mit einem weissen Tuch ein, das schnell einen roten Fleck bekam, doch die Palastwache aus Periula liess sich nichts anmerken. Als alle endlich fest im Sattel sassen, ritt Arak voran in Richtung Nordosten. Sie eilten nicht mehr so schnell wie in den letzten Tagen, niemand schien sie mehr zu verfolgen, dennoch sahen sie sich unablässig und wachsam um.

Sie kamen an einem kleinen Dorf vorbei. Den schwarzgekleideten Reitern auf ihren Pferden folgten einige misstrauische Blicke der fleissigen Dorfbewohner. Erst am Ende des Dorfes stand ein Kontrollposten, es war nicht viel mehr als ein Steinhaus, umgeben von einer Palisade. Sofort kam ein Soldat mit einer langen Lanze herausgeschritten. Auf der Brust trug er das Schiff Salmarsats als Wappen und auf dem Kopf einen gut geformten Eisenhelm, der sein einziger Rüstungsgegenstand zu sein schien, ausgenommen von der Lanze und einem Kurzschwert, welches in der abgenutzten Scheide an seiner Seite steckte. Der junge Soldat blickte nicht besonders selbstsicher zu den Ankömmlingen hinauf.

„Halt!", rief er, während zwei weitere, gleich gekleidete Soldaten an seine Seite traten. Der eine der beiden anderen Soldaten begann sofort zu sprechen: „Wer seid Ihr? Was wollt Ihr hier so nahe bei der Grenze?"

„Ich bin Prinz Arak von Cammal", antwortete der Prinz, während er seine Kapuze zurückwarf, „die anderen sind mein Gefolge, Ritter Lakalt, acht Hofgardisten und sechs Palastwachen aus Periula. Wir sind Botschafter Cammals und wollen als solche behandelt werden. Was unsere Gründe angeht, so wollen wir zu Eurem König Gelrad, um uns für einen Frieden zu bemühen."

„Wenn Ihr Prinz Arak von Cammal seid, dann bin ich persönlich König Gelrad", entgegnete einer der Soldaten und fing laut an zu lachen. Die beiden anderen stimmten auch ein, bis Arak unter seinen Mantel griff und zwei Siegel herausholte. Der Prinz schrie den vordersten Soldaten an: „Hier ist mein Siegel und jenes von Prinz Bariad von Salmarsat. Wenn ihr uns nicht durchlasst, müssen wir selbst dafür sorgen, dass wir durchkommen. Ich muss zu König Gelrad, egal wie. Ein anderer Soldat beäugte die Siegel sorgfältig und rief dann aus: „Tatsächlich, das eine ist jenes des Prinzen und das andere scheint dem Königshaus Cammals zu gehören. Wir bitten um Verzeihung, Eure Majestät, Prinz Arak von Cammal."

Sie hatten aufgehört zu lachen und musterten den Prinzen misstrauisch. Der eine schien der ganzen Sache immer noch nicht so recht zu trauen und fragte Arak mit misstrauischem Unterton: „Woher habt Ihr das Siegel unseres Prinzen?"

„Das ist eine lange tragische Geschichte", antwortete Arak nachdenklich, „doch habt kein Bedenken, er ist noch am Leben."

„Nun gut", meinte daraufhin einer der Soldaten, „dann werdet Ihr nach Karlonden zu einem unserer grösseren Forts gebracht. Aber zuerst würde ich gerne wissen, wieso Ihr so ausseht, als wärt Ihr gerade in einen Kampf verwickelt gewesen. Es ist nicht besonders vertrauenswürdig, wenn die besten Soldaten eines Reiches, mit dem wir beinahe im Krieg stehen, blutig auf unserer Seite der Grenze auftauchen."

Arak knirschte mit den Zähnen und antwortete: „Das erste Mal wurden wir in Cammal von Söldnern angegriffen, kurz darauf auf Salmarsats Boden. Es sind keine zwei Stunden bis dort, wo die Leichen der Söldner liegen, die nicht fliehen konnten. Es waren Söldner, die um jeden Preis einen Frieden zwischen unseren Reichen verhindern wollen."

„Das sind keine guten Nachrichten, die Ihr da bringt, doch ruht euch erstmals ein bisschen aus, bevor wir morgen in der Früh aufbrechen. Eure Waffen müsst Ihr selbstverständlich in unsere Aufsicht geben", sagte daraufhin ein anderer Soldat, der nachträglich dazu gekommen war.

Arak und seinen Männern widerstrebte es, ihre Waffen abzugeben, doch hatten sie keine Wahl, ohne den Frieden zu gefährden. Sie wurden in eine Scheune geführt, wo ein weiterer Soldat meinte: „Hier könnt Ihr nächtigen. Ich weiss, es ist eines Prinzen nicht würdig im Heu zu schlafen, doch haben wir hier weder ein Gasthaus noch eine andere Möglichkeit, Euch in Laandenhegn unterzubringen. Euch sollte bald noch eine warme Suppe gebracht werden."

„Habt Dank", entgegnete Arak mit einem Lächeln, „diese Unterkunft ist mehr als genug, schliesslich hatten wir die letzten Nächte nicht einmal ein Dach überm Kopf, geschweige denn ein weiches Lager."

Der Soldat nickte erleichtert und machte sich dann davon. Draussen vor dem Scheunentor blieben zwei Soldaten stehen und bewachten sie, man schien ihnen trotz ihrer Absichten noch nicht völlig zu vertrauen.

Es dauerte nicht lange, bis zwei Soldaten zurückkehrten und einen grossen Topf mit sich trugen. Hinter ihnen kam ein dritter Soldat, welcher sechzehn Schalen und Löffel trug.

Die Schalen waren verschieden gross und bestanden aus verschiedenen Materialien. Während eine aus Zinn bestand, war eine andere aus Ton geformt und noch eine andere aus grobem Holz geschnitzt. Die einfache Suppe, die ihnen angeboten wurde, war für die Männer ein Festessen, da sie seit Tagen nicht mehr richtig warm gegessen hatten. Ihre Gesichter entspannten sich, und die Verletzten hörten auf vor Schmerzen zu Stöhnen, als ihnen die warme Suppe durch die Glieder fuhr. Sie kuschelten sich im Heu ein, wo sie bald einschliefen. Selbst Arak schlief wie ein Murmeltier und machte sich keine Gedanken mehr, er wusste nicht, ob es das Gefühl von Sicherheit war oder ob ihn die Ohnmacht wieder überkam. Diese Nacht schien es, als würde einzig Larior wach liegen. Ihm kamen immer wieder Mendrienos Worte in den Sinn, wonach dieser die Absicht hatte, Arak den Thron zu rauben und Celeyia zu heiraten. Doch fand auch der junge Hofgardist endlich seinen Schlaf, allerdings erst, als alle anderen schon lange am Schnarchen waren.

Am nächsten Morgen wurden sie bereits in aller Früh geweckt. Die Glieder und Wunden schmerzten, doch liessen sie es sich nicht anmerken. Ihre Pferde waren ebenfalls gefüttert worden und standen gesattelt bereit vor der Scheune. Sie wurden von vier Soldaten begleitet, die ebenfalls Pferde hatten, die einzigen im ganzen Dorf, wie es schien. Araks Waffen und jene seiner Leute hingen an Riemen an den Sätteln der Soldaten Salmarsats. Einer von ihnen meinte kurz nachdem sie sich aufgemacht hatten: „Etwas vor dem Mittag sollten wir in Karlonden sein, am Abend werdet Ihr in Delender eintreffen, wo Ihr sicherlich auf der Burg des Grafen von Delender nächtigen könnt."

„Doch vergeht Euch nicht an seiner Tochter", lachte ein anderer Soldat, „es heisst, der letzte, der sie haben wollte, sei erst wieder am nächsten Tag gefesselt auf einem Boot auf offener See aufgewacht. Einige sagen, man habe den armen Kerl mit geritzten Füssen ins Wasser hängen lassen, so dass ihn die Haie gefressen hätten. Allerdings sagen manche, der Graf streue solche Gerüchte selbst unters Volk, um nicht ganz so gutherzig zu gelten wie er ist. Ansonsten ist er ein ganz anständiger Kerl. Aber eben, seine Tochter ist sein wunder Punkt, es heisst, er sei noch empfindlicher als Euer Vater Urak. Allerdings glaubte ich es bei ihm noch, so viel wie ich über die Prinzessin Cammals und ihre Schönheit gehört habe. Es gibt sogar ein Gedicht eines Barden, der einst hier war, das ich noch kenne:

Golden ihr Haar
Zart ihre Haut
Ihre Augen so klar
Ist sie die begehrteste Braut

Die Prinzessin des Süden
Wunderschöne Pracht
Niemand will lügen
Sie erhellt die Nacht."

Grinsend sah Grendair daraufhin an Larior hinunter und flüsterte ihm schmunzelnd zu: „Du hast deine Füsse auf jeden Fall noch."
Larior antwortete mit einem verlegenen spitzbübischen Grinsen. Arak hingegen schien beim Klang des Namens seines Vaters nicht besonders erfreut zu sein und antwortete: „Langsam weiss ich nicht, zu was mein Vater fähig ist, doch so etwas, hoffe ich, würde er nicht tun."

Als die Soldaten merkten, wie mürrisch der Prinz aus Cammal war, schwiegen sie und ritten weiter, in guter Geschwindigkeit, doch bei weitem nicht so schnell wie die Tage zuvor. Das Wetter hatte sich gebessert und die Sonne schien hell. Überall hörte man Vögel auf den Bäumen pfeifen und die Gemüter erhellen. Auf den Feldern standen Bauern und pflügten den Boden mit vorgespannten Ochsen. Immer wieder kamen sie an kleineren Dörfern vorbei, doch auch dort wurden sie kaum eines Blickes gewürdigt. In der Ferne sah man schon bald aus vielen Kaminen Rauch aufsteigen. Die Türme der Stadtmauer waren ebenfalls nicht zu übersehen. Nun sah man sogar die alte Strasse, welche sich wie ein Band nach Norden zog. Sie führte westlich an der Stadtmauer vorbei. Ziemlich weit im Süden sah man ebenfalls Rauch aufsteigen, dort wo Grenheid liegen musste.

Sie kamen immer näher an die Tore Karlondens, welche weit offen standen und durch welche emsig Händler ein- und ausgingen. Hier ging es bunt zu und her, ganz anders als in vielen Städten Cammals. Die vier Soldaten führten sie jedoch nicht in die Stadt hinein, sondern zu einer Anhöhe nebenan, auf der eine grosse Burg stand. Die Festungsanlagen waren vorwiegend nach Süden, in Richtung Cammal, ausgerichtet. Ein breiter Weg führte hinauf zu einem hochgezogenen Fallgitter und einem offenen Eichentor mit goldenen Verzierungen. Dort standen mehrere Wachen, die sie sofort durchliessen, als sie sahen, dass sie von vier Soldaten aus Salmarsat begleitet wurden. Drinnen sprach einer der Soldaten aus dem kleinen Dorf, welcher der Hauptmann zu sein schien, mit einem Offizier aus der Burg. Kurz darauf verabschiedeten sich die vier Soldaten und gaben Arak und seinen Männern ihre Waffen zurück. Es ging nicht lange, bis fast zwanzig gut gerüstete Männer herauskamen, denen aus dem Stall sofort Pferde gebracht wurden. Sie alle trugen Helme, die mit Federn geschmückt waren. Der Anblick ihrer bunten schönen Rüstungen entzückte das Volk immer, wenn es sie zu sehen bekam. Jener unter ihnen, der die längsten Federn trug, ritt auf Arak zu und begann mit lauter klarer Stimme zu sprechen: „Wir werden Euch bis Salmarsat begleiten, Prinz Arak von Cammal. Ihr dürft Eure Waffen tragen, da diese keinem freien Mann abgenommen werden sollten. Es widerstrebte uns zuerst, da wir üblicherweise an der Ehrlichkeit der Männer aus Cammal zweifeln, doch haben wir von Eurer Ehre und Würde gehört. So haben wir uns entschlossen, das Recht gelten zu lassen, welches hier galt, bevor es unser Königreich gab, welches heisst, dass Boten stets ihre Waffen tragen dürfen, auch wenn es die Boten des Feindes sind."

„Ich danke Euch", entgegnete Arak höflich, bevor sie, umkreist von den Rittern aus Karlonden, die Festung verliessen. Die Leute, denen sie begegneten, machten einen leichten Knicks, als sie die edlen Ritter aus der Festung Karlondens sahen. Ihre Federn wehten im Wind, die Schweife ihrer Rösser flogen ihnen nach. Neben diesen Rittern sahen die in dunkle Mäntel gehüllten Männer aus Cammal aus wie Landstreicher. Die Mäntel waren kaum mehr schwarz, sie waren staubig, teilweise mit Blut beschmutzt, und an ihren Säumen klebte eine dicke Dreckkruste. Einzig ihre Gesichter waren stolz, und ihre Augen glänzten unter ihren silbernen Helmen hervor. Diese vermochten den Schein zu vermitteln, dass sie keine Leute aus dem einfachen Volk waren.

Sie ritten der Stadtmauer entlang in Richtung Norden, wo eine weitere Strasse in Richtung Osten abzweigte. Der Ritter, welcher der oberste zu sein schien und dessen Name Trad war, meinte kurz bevor sie abbogen: „Ich finde es jedes Mal beeindruckend, wenn ich diese alte Strasse sehe, was von den Menschen hier vor unserem Reich geschaffen wurde. Niemand weiss, wo diese Strasse endet, doch ist sie besser als jede neue Hauptstrasse in unserem Reich oder auch in Cammal. Als ich jünger war, ritt ich tagelang darüber hin, weit über unsere Grenzen hinaus, ohne dass sie dort auch nur im Geringsten anders ausgesehen hätte."

Arak nickte zustimmend und fügte bei: „Es heisst, sie sei vom Volk jener gebaut worden, die nun bei uns die Jäger genannt werden. Doch das ist so lange her, dass keiner weiss, wie alt diese Strasse ist, nicht einmal jene aus dem Volk, das sie einst geschaffen hat."

Schliesslich zweigten sie ab und kamen auf eine zum Teil gepflasterte Strasse, die der nördlichen Mauer Karlondens entlang führte. Die Sonne hatte allmählich ihren Zenit erreicht und es wurde immer wärmer. An einem Tümpel in der Nähe lagen einige Stadtbewohner über den Mittag in der Sonne, während einige Bauern nicht einmal über den heissen Mittag die Arbeit auf dem Feld unterbrachen. Die Bäume blühten allesamt, und die Reben an den Hügeln standen in voller Sonne. Freudig sah Trad dort hinauf und meinte: „Das wird ein gutes Jahr werden, es wird viele Äpfel, Birnen und Trauben geben. Letztes Jahr war es zu kalt, es gab wenig Saft zum Gären. Dieses Jahr werden die Säfte die Fässer in unseren Kellern füllen und uns so einige vergnügliche Feste bereiten."

Dabei grinste er und leckte sich voller Vorfreude die Lippen. Auch die anderen Ritter konnten sich ein Lächeln nicht verkneifen und sahen sehnsüchtig zu den Weinreben hinauf. Arak meinte: „Ich wünschte mir auch, wir hätten ein Fass

Wein aus Periula dabei, um es anzuzapfen und mit Euch anzustossen. Doch unsere Angelegenheiten sind dem nur hinderlich."

Daraufhin entgegnete Trad nun wieder ernst: „Ich hoffe, ihr könnt für Frieden sorgen, dann seid Ihr auf unserer Burg immer willkommen und könnt unseren Wein kosten."

„Ich hoffe, es kommt dazu", entgegnete Arak nachdenklich, „dann werde ich Euch unseren besten Wein mitbringen. Doch so wie mein Vater die Dinge betrachtet, sieht es für unser Weinfest eher schlecht aus, zumindest in nächster Zeit."

Auch Trad wurde daraufhin nachdenklicher und stimmte Arak zu: „Auch unser König scheint nicht besonders auf Frieden aus zu sein, er steht zu sehr unter dem Einfluss des Prinzen Danrad. Dieser ist machthungrig und will bereits möglichst viel Kontrolle über das Reich erlangen, noch bevor er den Thron bestiegen hat."

Daraufhin schwiegen die beiden Anführer, während der Nachmittag voranschritt und die Sonne langsam zu sinken begann. Sie kamen an grösseren Dörfern vorbei, die teilweise schon fast so gross wie Gar waren, jedoch weder über eine Mauer noch über sonst einen Schutz verfügten. Auf den Wiesen blühten die Blumen rund um diese Dörfer, und erste Schafe weideten hungrig auf den Fluren.

In der Ferne tauchte auf einem Hügel ein grosses Schloss mit vielen Türmen auf. Auf jedem der Türme wehte ein langes buntes Banner. An den Hängen des Hügels waren Weinstöcke bis zum Fusse angepflanzt, saftige grüne Reben. Einzig an der Strasse standen blühende Obstbäume, die ihren feinen Duft versprühten und den Reitern das Wasser im Mund zusammentrieben. Südlich hinter dem Hügel sah man einige Türme einer Stadtmauer, doch fast die ganze Stadt Delender blieb ihnen noch verborgen. Sie ritten den Hügel hinauf, während eine Strasse nach Delender südlich und die andere nördlich des Schlosses entlang des Hügelfusses verliefen. Sie alle zogen den Duft der blühenden Bäume ein, während sie die langsam ansteigende Pflasterstrasse zum Schloss hinaufritten.

Oben standen zwei Wachen zu beiden Seiten einer hohen Eichenpforte. Auch diese beiden hatten federngeschmückte Helme, doch bei weitem nicht so edle wie die Ritter aus Karlonden. Sofort wurden sie eingelassen, als die Ritter erkannt wurden, und konnten in einen grossen Innenhof reiten. In der Mitte war ein verzierter Brunnen, der von Blumen umpflanzt war. Rund herum standen Bauten, die alle sehr aufwändig aussahen, besonders jene gleich vor ihnen. Dieses Gebäude war der Hauptteil des Schlosses, denn es besass den höchsten Turm, und von einem Balkon über dem Tor hing das Banner des Grafen herunter, eine goldene Sonne über einem silbernen Hügel auf rotem Hintergrund. Sie stiegen ab, und ihre Pferde wurden weggeführt, als ein betagter stattlicher Herr aus dem Tor des Hauptgebäudes kam. An seiner Seite gingen eine junge, wunderschöne Frau und ein junger Mann, der etwas älter zu sein schien als Arak. Der ältere Mann war völlig in weiss gekleidet, was zu seinen Haaren passte. Es war Graf Jerad von Delender, von dem ihnen bereits berichtet worden war. Trotz seines Alters marschierte er in grossen Schritten auf Arak zu und begrüsste ihn höflich: „Seid willkommen, Arak, Prinz Cammals. Die Gerüchte über Eure Absichten sind Euch vorausgeeilt, darum ist mir Eure Anwesenheit umso lieber. Ich ahne, dass Ihr eine lange Reise hinter Euch habt und nach dem, was ich gehört habe, soll sie Euch von Eurem Vater nicht gerade erleichtert worden sein."

„Dann seid Ihr gut informiert, Graf Jerad von Delender", erwiderte Arak nicht weniger höflich, „ich bin hier im Versuch, einen grossen Krieg zu verhindern, obwohl nicht der ganze Adel Cammals meine Bestrebungen unterstützt. Ich denke, weder Euer, noch unser Volk erträgt es bereits wieder, in einen Krieg gezogen zu werden."

„Ganz bestimmt nicht, es würde schlimmer ausgehen als der Blaimkrieg, und dieser hat beide Reiche geschwächt, doch besonders unseres. Manche Schäden sind immer noch nicht behoben, ganz zu schweigen vom menschlichen Leid", stimmte der alte Graf Arak zu.

Als der Graf fragend Araks Begleiter musterte, stellte dieser sein Gefolge vor: „Nun, ich werde begleitet von Lakalt, dem wohl treusten Ritter Cammals, Gawair, dem Hauptmann der Hofgarde Cammals, Hendrior, dem Anführer der Palastwache aus Periula, den Hofgardisten Driar, Grendair, Drior, Friliair, Siliair, Larior und Nurair und den Palastwachen Kerior, Lirior, Valdrior, Carior und Glenair. Ich denke, Ihr werdet von Eurem tapferen Sohn und Eurer reizenden Tochter begleitet, wenn ich mich nicht irre."

„Genau, das sind mein Sohn Derad und meine Tochter Teral, sie sind mein ganzer Stolz", antwortete der Graf, „von einigen Eurer Männer habe ich bereits gehört, vor allem von Ritter Lakalt und vom Hauptmann Hendrior. Ausserdem habe ich vernommen, einige von Euch hätten bereits im Blaimkrieg gekämpft, was altershalber allerdings gar nicht möglich sein kann."

„Doch", erwiderte Grendair, „es liegt am Blute unseres Volkes, welches uns viele zusätzliche Jahre schenkt. Ich war damals dabei, als dieser furchtbare Krieg mehrmals über die gesamte Blaim hin und her fegte wie ein Sturm, der sich in seiner Richtung nicht entscheiden kann. Jene, die sich dessen erinnern können, sind sicherlich bestrebt, einen weiteren Krieg zu verhindern."

„Ich habe von diesen Gräueln gehört, doch konnte ich mir niemals etwas dermassen Schlimmes vorstellen, nicht einmal als ich in den letzten Jahren Berichte von grausamen Wesen hörte", meinte Jerad.

Daraufhin zog Grendair die Brauen hoch und entgegnete: „Der Blaimkrieg war schlimm, doch trafen wir bei weitem nicht auf jene Grausamkeit, die uns in den letzten Jahren begegnet ist. Das waren keine Menschen, manche sagen sogar, sie hätten unsere Gefallenen gefressen, denn einige Tage später wurden nur noch ihre Knochen aufgefunden. Diese Wesen haben weder ein Gewissen noch einen Sinn fürs Gute, sie sind vom Bösen für das Böse geschaffen."

Staunend hörte der Graf dem Hofgardisten zu und erschrakt über das, was er da hörte. Er schien es im ersten Augenblick kaum glauben zu können und meinte schliesslich: „Wer weiss, was noch auf uns zukommen wird. Und so denke ich, dass ein Krieg zwischen Salmarsat und Cammal unbedingt verhindert werden muss. Er kann niemandem etwas nützen."

„Auf jeden Fall", stimmte Arak dem Grafen zu, „es geht nur noch darum, zu einer friedlichen Aufteilung Helrendars zu kommen."

Der Graf stimmte dem Prinzen sogleich zu: „Ich will auch nicht, dass die wunderschönen grünen Hänge unter den weissen Spitzen der Sonnenberge mit noch mehr Blut getränkt werden, nur um der Gewinnung einiger Rohstoffe wegen. Doch genug geredet, Ihr seid sicher müde und froh, wenn Euch jemand etwas Gutes auftafelt."

Er sah die dankbaren Gesichter von Arak und seinen Männern, welche ihm sogleich durch das grosse Tor folgten. Am

Ende einer grossen Eingangshalle ging es eine kurze Treppe hoch in eine lange, jedoch nicht besonders hohe Halle. Dort stand eine lange Tafel, welche soeben gedeckt wurde. Mehrere Diener wuselten eifrig hin und her, um den Anweisungen des Grafen gerecht zu werden.

Achtes Kapitel - Sonnenschlösser

Vieles hier glich dem Schloss in Cammal, nur war alles etwas kleiner. Manche Dinge schienen sogar nachempfunden oder kopiert worden zu sein, doch nichts war so imposant wie im Schloss König Uraks. Auf diese Weise fühlten sich die Männer schnell heimisch, zudem wurden sie im Schloss des Grafen von Delrender rundum versorgt. Ihnen wurden mehrere Schüsseln und Krüge mit frischem Wasser hingestellt, sodass sie sich nach den langen Tagen unterwegs endlich wieder waschen konnten. Hungrig marschierten sie alle in Richtung der Halle, wo inzwischen aufgetafelt worden war. Ihre schmutzigen Mäntel hatten sie abgelegt. Sie waren nun in ihren roten Hemden und braunen Hosen unterwegs.
Am Tisch sassen bereits die Ritter aus Karlonden und der Graf mit seiner Tochter und seinem Sohn. Zudem waren noch einige andere geladene Gäste anwesend, die besonders Arak neugierig musterten. An den Wänden hingen einige Banner in den Farben Salmarsats und jenen des Grafen. Er selbst sass am Ende des Tischs und bot Arak gleich den Platz neben seinem Sohn an. Zur anderen Seite neben seiner Tochter hatte er dafür gesorgt, dass Trad, der oberste Ritter Karlondens, Platz nahm und mit ihnen speiste.
So sassen die Männer Araks den Rittern Karlondens gegenüber und konnten eifrig Neuigkeiten austauschen, doch versuchten sie zu verschweigen, dass Bariad gefangen in

einem der Verliese Cammals sass. Arak sprach vorwiegend mit Jerad und dessen Sohn, welcher sich vor allem für die Geschehnisse im Krieg gegen die Skralgas interessierte. Besonders aufmerksam wurde dieser, als Arak von der Hilfe der Jäger erzählte und fragte: „Ist es wahr, dass diesem Volk einst hier alles gehörte und sie es waren, welche die Bauten errichtet haben, die heute teilweise in Trümmern liegen?"

„Da fragt Ihr am besten Hendrior, er weiss am meisten über diese Dinge", antwortete Arak und stupste den Anführer der Palastwache an, der als zweiter an dieser Seite sass, gerade neben dem Prinzen.

Derad wiederholte seine Frage und Hendrior beantwortete sie nachdenklich: „Ja, es ist wahr. Doch das ist schon eine Ewigkeit her, manche meinen, es seien mehr als zweitausend Jahre vergangen, seit die Skralgas diese Seite der Sonnenberge heimsuchten und grosse Teile des Reiches zerstörten, unter anderem die damalige Statthalterschaft Salmarsat. Auch in der südlichsten Statthalterschaft, dem heutigen Cammal, konnten sie erst vor den Toren Periulas und Cammals aufgehalten werden, also vor Peyirisula und Isula, wie die Städte damals hiessen. Obwohl diese bestehen blieben, waren es zu wenige des Volkes, um die Städte weiterhin zu bevölkern. Währenddessen wurde der Anteil der Menschen, welchen kein langes Leben beschert ist, immer grösser, sie zogen in die fast menschenleeren alten Städte und begannen, sie in kleinerem Stil wieder aufzubauen wie das Beispiel von Salmarsat zeigt. Jene Ruinen, die man noch heute sieht, sollen der Sage nach nur ein kleiner Teil der Pracht sein, welche einst geherrscht hat, noch vor viel längerer Zeit."

Staunend hörte der Sohn des Grafen Hendrior zu und bekam immer glänzendere Augen. In seinen Gedanken sah er gigantische Festungen, riesige Heere, bunte Feste und grandiose Kunstwerke. Daraufhin meinte Derad: „Ich fragte mich bereits das erste Mal, als ich die Ruinen rund um Salmarsat sah, wer einst diese riesigen Bauten erstellte. Mir war klar, dass es nicht unser Volk war, doch hatte ich nie den Hauch einer Ahnung, wer es war oder wann sie gebaut wurden."

„Dann solltet Ihr unbedingt Periula besuchen, dort könnt Ihr noch fast eine ganze Stadt ansehen, die aus solchen Bauten besteht. Besonders der Palast, den wir bewachen, dürfte Euch gefallen. Dieser steht seit unzähligen Jahren auf dieser Klippe, und soviel ich weiss, sind er und die Stadt älter als Cammal."

Die Leute am Tisch liessen sich das Essen schmecken. Jerad sorgte dafür, dass das Mahl nicht allzu lange ging und sich die Ritter aus Karlonden und die Männer aus Cammal bald ausruhen konnten. Dennoch hatte es an Speis und Trank alles gegeben, was sich die Reisenden auch nur wünschen konnten.

Diese Nacht konnten sie in einem grösseren Lager in einem der Seitenflügel nächtigen, wo sonst Soldaten schliefen, die sich jetzt jedoch an der Grenze zu Cammal befanden. Wie Murmeltiere schliefen sie auf gemütlichen Betten. Keiner hielt seine Augen länger als fünf Minuten offen. So verging die Nacht, und die Dämmerung des nächsten Tages brach an.

Golden stieg die Sonne am Horizont empor und liess die Türme im Morgenlicht glänzen. Bereits früh wurden sie von einem Ritter Karlondens geweckt. Nach einem kurzen Frühstück brachten ihnen dienstbeflissene Stallknechte die bereits gesattelten Pferde auf den Schlosshof. Dankbar und höflich verabschiedeten sie sich vom gastfreundlichen Grafen, dessen Tochter und dessen Sohn nicht anwesend waren, da sie wohl noch schliefen. Kurz darauf ritten sie los, dem Tor entgegen, als Jerad ihnen noch nachrief: „Sorgt für Frieden, Prinz Arak, Ihr seid ein Mann, wie es sich die Reiche nur wünschen können."

Die Männer aus Cammal hatten ihre schwarzen Mäntel auf ihre Sättel gebunden und ritten nun ebenfalls in ihren glänzenden Rüstungen dahin, welche leuchtend von der Morgensonne angestrahlt wurden. Es sah aus wie ein Feuerball, der vom Schloss hinunterleuchtete, als die ganze Schar den Weg zwischen den blühenden Bäumen hindurch in der Sonne herabritt. Die Männer aus Cammal nahmen gleich den nördlichen Abzweiger, um die Stadt zu erreichen, und ritten dem Hügel entlang. Verwundert wurden sie von allen Leuten bestaunt, da sie, ausgenommen Arak, das Birkenblatt mit dem Schwert als Stiel auf ihren Harnischen trugen und nicht ein Wappen, das dem Volk bekannt war. Arak sahen sie misstrauisch an, da dieser den Überwurf mit dem Wappen Cammals trug. Doch beruhigt sahen alle, dass sie von vielen Rittern aus Karlonden begleitet wurden, denen sie begeistert zujubelten. Vor Trad beugten die meisten ihr Haupt und grüssten den obersten Ritter demütig.

„Wieso seid Ihr beim Volk so beliebt?", fragte Larior einen Ritter neben ihm. Dieser antwortete stolz mit einem breiten Lächeln: „Es war unser Orden, der die Truppen Cammals damals zwischen Karlonden und Grenheid zurückgehalten hatte, als diese von dort aus unseren Truppen nördlich der Blaim in die Seite fallen wollten. Der Graf von Karlonden war bereits zusammen mit seinem Gefolge geflohen, doch wir konnten die Burg halten, bis sich die Truppen aus Cammal zurückgezogen hatten. So konnten wir Karlonden vor der Zerstörung bewahren und grösseres Leid unter dessen Volk abwenden. Auf diese Weise erhielt unser Orden die Herrschaft über die ehemalige Grafschaft, ein Vorfahre Trads hatte die legendären Ritter damals angeführt. Doch obwohl wir die Verstärkung aus Cammal abhalten konnten, die Blaim von dort aus zu erreichen, ging die ganze Halbinsel verloren und das mehrheitlich deshalb, weil unser damaliger König die Truppen Cammals zu jenem Zeitpunkt für zu schwach hielt, um Salmarsats Stützpunkte rund um die Blaim einzunehmen."

Larior hörte dem Ritter aufmerksam zu und stellte sich vor, wie die Burg bei Karlonden von einem Heer aus Cammal belagert worden war. Der Ritter neben ihm schien etwas wehmütig geworden zu sein und schwieg nachdenklich, denn er befürchtete, dass es nicht mehr so fern lag, dass wieder Truppen aus Cammal vor Karlondens Toren stehen könnten.

Sie ritten immer weiter in Richtung Osten, in jene Richtung, von wo ihnen ein feuchter warmer Wind entgegen wehte. Rund um sie herum sahen sie immer wieder Hügel, auf denen kleinere oder grössere Schlösser standen, doch keines war so gross wie jenes des Grafen von Delender. Manche von ihnen bestanden nur aus einem Gebäude und schienen mehr Burg als Schloss zu sein, andere jedoch thronten mit mehreren Türmen über Abhängen voller Weinreben. Eines stach besonders ins Auge, es stand auf einem der höchsten Hügel und glänzte golden in der Morgensonne. Angezogen vom Glanz, sahen alle dort hinauf zu dieser prächtigen Baute. Dennoch wirkte dieses Schloss weniger mächtig als selbst die zerstörten, die mancherorts noch auf verlassenen Hügeln thronten.

„Das ist das Hausschloss des Königs, die Sonnenburg, von hier stammt dessen Geschlecht. Der Name dürfte Euch nun klar sein", erklärte Trad den anderen, welche zustimmend nickten. Der Strasse entlang des Hügels hinauf wehten viele Wimpel und Fähnchen. Trad erzählte weiter: „Diese Strasse ist das ganze Jahr geschmückt, obwohl der König kaum hier ist. Es heisst, einzig sein älterer Sohn nutze dieses Schloss immer wieder für wichtige Treffen. Dann jedoch darf niemand sich auch nur dem Fuss des Hügels nähern, selbst meine Ritter dürfen das Schloss bei jenen Treffen nicht betreten."

Sie ritten weiter einer schmalen Talsohle entlang der höher steigenden Sonne entgegen. Auf den Anhöhen standen viele kleine einfache Dörfer, aus denen überall Bauern nahe der Strasse arbeiteten. Den Bächen nach, welche zwischen den Hügeln verliefen, standen kleine Wälder, nicht zu vergleichen mit dem grossen Fachwald. Dann und wann stand eine kleine Mühle an einem solchen Bach. Immer wieder hörten sie die Rufe eines Esels, wenn sie an einer solchen Wassermühle vorbeiritten.

Der Mittag verging und der warme Nachmittag begann allmählich. Je näher sie Salmarsat kamen, desto mehr Wolken standen am Himmel. Der Seewind, welcher sich zuvor sehr angenehm angefühlt hatte, wurde allmählich zu einer kräftigen Brise und zog scharf ins Landesinnere. Schnell zogen die Wolken über ihre Köpfe hinweg und warfen gespenstische Schatten auf sie nieder. Die Freude über den sonnigen Tag verging immer mehr, je näher sie Salmarsat kamen und je dunkler der Himmel wurde. Doch als sie bereits dachten, sie würden die Sonne nicht mehr sehen, erschien vor ihnen eine grosse rotgoldene Fläche. Die Wolken über ihnen begannen zu brennen, und wenn sie sich umwandten, sahen sie den Feuerball der niedergehenden Sonne hinter den unzähligen Hügeln verschwinden.

Doch nun fielen ihnen viele graue Streifen vor Salmarsat auf, die sich weit vor die düsteren Stadtmauern hinaus zogen und in der roten Abendsonne matt glänzten. Die grauen Streifen waren zerstörte Grundmauern und Türme aus früherer Zeit. Überall befanden sich noch Überreste von Häusern, die vom Grundriss her jenen in Periula glichen, jedoch dem Erdboden gleichgemacht worden waren. Die verbliebenen Turmruinen waren teilweise weit grösser als die Bauten des Schlosses von Delender. Sie alle leuchteten noch einmal kurz in der Sonne, während die Schar auf das Haupttor der Hauptstadt Salmarsat zuritt.

Vor diesem Tor standen viele grimmige Wachen und kontrollierten jeden, der in die Stadt eintreten wollte. Mehrere Händler mussten beinahe die gesamte Ladung von ihrem Karren abladen, um eingelassen zu werden. Doch als die Ritter Karlondens geritten kamen, traten die Wachen sofort zur Seite und liessen diese durchreiten, ohne ihnen Fragen zu den Männern aus Cammal zu stellen. Die Hauptstrassen sahen sauber aus, doch in vielen Gassen lag einiges an Unrat umher. Manchen Menschen schien es nicht gut zu gehen. Andererseits fuhren Händler mit Wagen vorbei, hoch gefüllt mit farbigen Früchten und frischem Gemüse. Die Stadt war rund um einen Hügel herum gebaut, das Gelände stieg allmählich an, je weiter man zum Hügel kam. Misstrauisch wurde vor allem Arak von den Wachen gemustert, die überall an den Strassenrändern standen, denn das Wappen Cammals war ausserhalb der Grenzen von Uraks Reich nicht mehr gern gesehen.

Sie kamen an mehreren Marktplätzen vorbei, auf denen heftig um den Preis gefeilscht wurde, manchmal so heftig,

dass es zu einer Schlägerei auszuarten drohte. Doch die Schar gab diesen Schereien keine Beachtung, sondern ritt weiter die gepflasterte Hauptstrasse den Hügel hinauf zu den immer stattlicher werdenden Häusern.
Die Bauten glichen jenen in den Vorstädten von Cammal und Periula. Im Gegensatz zu den Städten im Reiche Cammals sah man hier jedoch viele Männer, welche ihrem Handwerk nachgingen oder sich eben auf den Marktplätzen stritten. Mitten auf der Strasse rannten Kinder umher und spielten mit Dingen, die sie gerade fanden. Oftmals wurden sie von älteren Leuten oder Soldaten davongescheucht, um nachher wiederzukommen und wieder davongescheucht zu werden.
An vielen Häusern hingen Schilder, welche die Läden bezeichneten, doch gab es kaum ein Gasthaus neben den zahlreichen Werkstätten. Einzig in den Zunfthäusern schienen Gaststätten offen zu sein, wo sich bereits am frühen Abend die ersten Handwerker der gleichen Zunft trafen.
Nur eine einzige schummrige Taverne war zu sehen, doch schienen sich dort eher zwielichtige Gestalten mit Freudenmädchen zu treffen. Schnell ritten sie daran vorbei und übersahen die vorwurfsvollen drohenden Blicke. Endlich kam das Schloss in Sicht, es stand fast auf der Kuppe des Hügels. Von einer grossen Wehranlage umgeben, thronte es mächtig über der Stadt, doch bei weitem weniger mächtig als das Schloss von Cammal, obwohl auch dieses hier die Häuser rund herum weit überragte.
Einzig die grosse Parkanlage, welche sich vor ihnen auftat, übertraf jene in Cammal. Hier arbeiteten eifrig zahlreiche Gärtner noch in den Abend hinein, um blühende Rosenbeete vorweisen zu können. An einer Stelle war aus verschiedenen Blumensorten das Wappen Salmarsats gebildet wor-

den. Selbst die Hofgardisten und Palastwachen hatten schon von den unübertroffenen Fertigkeiten der Gärtner Gelrads gehört.
Sie ritten an diesen Blumenbeeten vorbei hin zum Schlosstor. Die Wachen davor waren sehr zahlreich, deutlich mehr wohl als sonst. Als sie näher kamen, bildeten diese einen Kreis um Arak und sein Gefolge und hielten ihnen ihre spitzen Lanzen entgegen. Nicht einmal die Ritter aus Karlonden wurden durchgelassen. Kurz darauf öffnete sich das Tor, und ein grossgewachsener Mann mit edler Kleidung trat heraus. Nachdenklich zogen sich Falten über seine junge Stirn, als er Arak entgeistert ansah. Als dieser Mann vortrat und einen Diener zur Seite schob, der ihm gefolgt war, begann Arak sogleich zu sprechen: „Seid gegrüsst, Danrad, Prinz von Salmarsat. Ich bin hier, um mit Eurem Vater eine friedliche Lösung des Konflikts um Helrendar auszuhandeln. Weshalb werde ich hier empfangen, als wäre ich ein Mörder und Verräter?"
„Seid ebenfalls gegrüsst, Arak, Prinz von Cammal, der mit einer gespaltenen Zunge spricht. Ihr wurdet erwartet, doch als erstes wollen wir eine Erklärung, wieso mein Bruder als diplomatischer Bote gefangen genommen worden ist", entgegnete Danrad spöttisch, trat zu Arak hin und flüsterte, „doch tut nicht so, als würdet Ihr den Krieg verabscheuen. Ich habe von Euren Taten gehört. Ihr wurdet ein Held in Eurem Reich, ein Held des Volkes. Doch habt Ihr deswegen nicht das Recht, diplomatische Regeln zu missachten, somit denke ich, dürfte Eure Frage beantwortet sein. Dennoch hoffe ich, dass Ihr eine angenehme Reise hattet."
Seinen letzten Satz sprach er so hämisch aus, dass jeder Anwesende spüren musste, dass irgendetwas nicht stimmen konnte.

Schliesslich erwiderte Arak wütend, jedoch ebenfalls im Flüsterton: „Und das höre ich von Euch? Ich weiss, dass Ihr mit Mendrieno zusammenarbeitet, doch waren Eure Söldner nicht erfolgreich. Wir sind hier angelangt, und ich kann nun mit Eurem Vater über jenen Frieden verhandeln, den Ihr um jeden Preis brechen wollt. Eure Söldner und Ihr könnt uns daran nicht hindern."
Danrad drehte sein Gesicht wütend von Arak ab und rief: „Lasst sie herein und führt sie in den Kronsaal! Nehmt ihnen ihre Waffen ab! Achtet darauf, dass sie keine Dummheiten anstellen, ihre geringe Anzahl sagt nichts über ihre Stärke aus!"
Ungern übergaben die Männer aus Cammal den Wachen ihre Bogen und Schwerter. Keiner schätzte es, sich schon wieder von seinen Waffen trennen zu müssen. Daraufhin liessen die Wachen ihre Lanzen sinken, doch standen sie noch immer kampfbereit neben den Männern aus Cammal. Diener trugen die abgegebenen Waffen ins Schloss, und die Soldaten aus Cammal wurden über eine Treppe in die Eingangshalle geführt. Die Halle stand auf vielen Säulen, zwischen welchen unzählige Banner und Wappen hingen. Einzig Fackeln und Kerzen spendeten Licht in dieser fensterlosen Halle. Bedrückend bogen sich die Gewölbe über die Gäste. Zwischen den Säulen sah man viele hohe Türen, die in die verschiedenen Schlossflügel führten. Die grösste Tür war aus massivem Eichenholz gefertigt, und in ihr war eingeschnitten das Wappen Salmarsats zu erkennen. Über diesem Wappen prangte eine massive, aus Holz geschnitzte Krone, denn dies war der Kronsaal, der Hauptsaal des Schlosses von König Gelrad von Salmarsat.
Die Männer wurden durch die Eingangshalle geführt und von dort in den Thronsaal. Auch dieser Saal war weder be-

sonders hoch noch besonders lang, doch hatte er hohe Fenster, durch welche man den vorbeiwehenden Abendnebel sah. Erhellt wurde der Saal von mehreren goldenen Kronleuchtern, die von der Decke hingen und mit unzähligen Kerzen bestückt waren. Trotz der zahlreichen Kerzen wirkte der Saal etwas düster.

Am Ende des Saales sass auf einem mit Pelz ausgekleideten Thron ein dicklicher Mann mit einer massiven Krone aus Gold auf dem Kopf. Seine Erscheinung vermochte jener Uraks keineswegs das Wasser zu reichen, der König von Cammal war jenem von Salmarsat in Grösse und Kraft ganz offensichtlich bei weitem überlegen. Sein Gesicht machte einen müden Eindruck, doch sahen seine Augen die Gäste scharf an und musterten sie kritisch. An einem langen Tisch vor ihm sassen mehrere Fürsten, Grafen und Räte aus den Städten. Sie hatten sich bisher vehement über verschiedene Themen beraten, die ihnen als wichtig erschienen. Alle sprachen weiter, bis auf einmal einer nach dem anderen seinen Redeschwall beendete und staunend schwieg. Die Anwesenden sahen schliesslich verdutzt zur offenen Pforte hin, durch welche neben den Rittern Karlondens noch zahlreiche weitere Männer in silbernen Rüstungen schritten.

Der König selbst schien wenig überrascht und sprach mit beiläufiger Stimme: „Dann sind die Gerüchte also wahr, Arak, der Unbesiegbare, der Tapfere oder wie das Volk Euch auch immer nennen mag, hat den Weg in meine Hallen gefunden, um einen festen Frieden auszuhandeln. Doch ich sandte meinen Sohn zu Euch mit derselben Absicht, nur dass dieser nicht zurückgekehrt ist."

Obwohl es ein unangenehmes Thema war, erwiderte Arak ohne mit der Wimper zu zucken: „Euer Sohn wurde von meinem Vater, König Urak von Cammal, in einem Kerker

Cammals eingesperrt. Bariad hat mir dies hier gegeben, um zu zeigen, dass er überzeugt davon ist, dass wir diesen Frieden trotz grosser Widerstände noch erreichen können."
Daraufhin knallte Arak entschlossen Bariads Siegel mitten auf den Tisch. Erstaunt sahen die Anwesenden darauf und fragten sich, ob sie Arak trauen konnten. Erst als Gelrad wieder das Wort ergriff, sahen sie vom Siegel weg wieder hin zum König: „Euer Vater verstösst gegen Rechte, die älter sind als unsere beiden Reiche zusammen und hofft dennoch, Frieden zu schliessen?"
„Ich bin es, der Frieden schliessen will, ebenso wie das Volk von Cammal", entgegnete Arak zur Überraschung des Königs, „ich will dafür sorgen, dass weder Ihr noch mein Vater einen unheilvollen Krieg beginnt. Genau wie es Bariads Absicht war, als er nach Cammal kam, will ich nun eine friedliche Aufteilung des gefallenen Reiches Helrendar mit Euch vereinbaren. Doch das dürfte nicht einfach sein, denn obwohl mit sehr hoher Wahrscheinlichkeit Söldner den Grafen von Meerschlossfels umgebracht haben, ist mein Vater der Überzeugung, dass es Eure Männer gewesen sind. Er will mindestens zwei Drittel Helrendars, da es unser Blut war, welches in den Tälern der Sonnenberge vergossen wurde. Ich bin auf der Suche nach einer friedlichen Lösung und gegen einen Krieg, der beide Reiche an den Abgrund treiben würde."
Daraufhin zog König Gelrad gespielt erstaunt die Augenbrauen hoch und erwiderte: „Auch unser Blut wurde vergossen, so haben wir das Recht auf die Hälfte Helrendars. Zudem weiss ich auch, dass Euer Volk nicht die Kraft besitzt uns zu besiegen und unseren Aufschwung zu beenden, es ist den Krieg und die Unruhen müde."

„Täuscht Euch nicht", entgegnete der Prinz nun etwas erbost, „unser Volk ist stärker als Ihr meint und bereit, zu den Waffen zu greifen, solltet Ihr es wagen, dagegen anzutreten. Ihr erwähntet, dass auch Euer Blut vergossen wurde, doch sagt mir, wie viele Gefallene hat Salmarsat den Tausenden Cammals entgegenzustellen, einige hundert? Weder Ihr noch einer Eurer Söhne habt Euch aufgemacht, um für Euer Volk zu kämpfen, während ich für mein Volk zahlreiche Male beinahe mein Leben liess, ebenso all die Männer, die hier bei mir sind. Unterschätzt Cammal nicht wie es Euer Grossvater getan hat und so die Blaim verlor."

Daraufhin sah Gelrad den Prinzen mit etwas mehr Verständnis an und antwortete: „Ich habe von Euren Taten und jenen Eurer Männer gehört, doch spielt sich Politik nicht zwischen den Kriegern ab, sondern auf deren Schultern, das müsstet Ihr ebenso gut wissen wie ich. Ich werde nicht zusehen, wie Euer Vater die Minen Helrendars ausbeutet und eine Armee ausrüstet, um unseren Teil des gefallenen Reiches zu erobern oder gar bis hier her vorzustossen. Ich weiss von der Stärke Eurer besten Truppen, doch auch diese werden es nicht mit meinem gesamten Reich aufnehmen können."

Daraufhin öffnete sich die Pforte zur Halle, und im Licht der Kronleuchter erschien Danrad, welcher rief: „Lasst Euch nicht von ihm einschleimen Vater! Er will nur Eisen für seine Armee und keinen Frieden. Arak ist ein Mann des Krieges, nicht des Friedens, seinen Ruf würde er ohne das Schwert verlieren. Mein eigener Bruder wurde in Cammal gefangen genommen, obwohl er unter dem Botenrecht stand, welches jedem Boten freies Geleit durch feindliches oder verbündetes Territorium gewährt. Ihr könnt nicht jemandem trauen, der sich über dieses Recht hinwegsetzt."

„Trotz seiner Jugend hat mein Sohn recht", stimmte Gelrad daraufhin seinem Sohn zu, „man kann Urak oder Arak von Cammal nicht trauen. Sie werden jeden Vertrag brechen, wenn es ihnen von Nutzen ist, auch wenn dieser uraltem Recht entsprechen sollte."

Langsam wurde Arak wütend und verlor die Geduld. Der Prinz lief rot an und sagte laut: „Ich erwarte, dass für morgen eine Beratung anberaumt wird. Da Ihr Euch ja im Vergleich zu uns an alte Gesetzte haltet, müsst Ihr mir dieses Recht zugestehen."

Den letzten Teil sprach er mit einem kaum hörbaren ironischen Unterton. Er hatte sich in der Zwischenzeit breitbeinig vor Gelrad gestellt, sodass dessen Wachen bereits an die Hefte ihrer Schwerter griffen. Doch als Arak ein bisschen zurücktrat und sein Blick sich beruhigte, liessen die Wachen die Griffe ihre Schwerter los und traten wieder einen Schritt zurück hinter den Thron. Daraufhin stand der König von Salmarsat auf und antwortete, während sein Bauch auf und ab schwabbelte: „So soll es sein, morgen zur dritten Stunde nach Sonnenaufgang werden wir hier verhandeln. Doch denkt nicht, ich würde klein beigeben, nur weil ich Angst vor Eurem Reich habe. Auch ich habe mitbekommen, wie stark Euer Volk gelitten hat. Denkt nicht, Ihr könntet einfach Eure Macht spielen lassen, um mich unter Druck zu setzen und um zu erhalten, was Ihr wollt. Ich weiss, dass es Städte und Dörfer gibt, die nicht mehr viel auf Urak halten."

„Ich will Frieden", erwiderte Arak dem König genervt und sah ihn wütend an, „ich will einen Frieden, der lange, sehr lange halten wird. Keine Machtspiele, welche beide Reiche in den Abgrund stürzen könnten. Ihr mögt Gräuel gesehen haben, doch nicht solche wie ich bereits in meinem Alter

erblicken musste. Mein Ruf ist mir gleichgültig, wenn nur nicht weitere Tausende auf dem Feld ihr Leben lassen müssen!"
Daraufhin trat zu aller Erstaunen Hendrior vor und begann mit klarer Stimme zu Gelrad zu sprechen: „Ihr habt ebenso wie wir gesehen, dass es weit mehr Feinde geben kann als Cammal. Feinde, die wir vielleicht irgendwann nur noch gemeinsam besiegen können. Feinde, welche einen Krieg zwischen beiden Reichen sofort ausnützen würden, um daraus ihren eigenen Nutzen zu ziehen, sollte sich die Gelegenheit dazu ergeben. Glaubt Ihr etwa, Cammal und Salmarsat seien die einzigen Reiche, die es in diesen Landen gibt? Einst gab es weit mächtigere Reiche mit ebenso mächtigen Feinden, die wieder auferstehen können."
Gelrad sah die Palastwache herablassend an und fragte: „Seit wann mischt sich ein Soldat in die Angelegenheiten eines Königs ein?"
Er erwartete von Arak eine ähnliche Reaktion, doch dieser erwiderte dem König Salmarsats: „Hendrior hat recht, möglicherweise gibt es da draussen noch mehr Skralgas, und es gibt noch schlimmere Wesen, die es auf unsere Länder abgesehen haben. Hendrior ist einer der Palastwachen, welche älter sind als jeder von uns und mehr Erfahrung hat als der älteste König weit und breit. Ihr solltet keines seiner Worte anzweifeln, denn jedes ist mit Bedacht gesprochen in der Weisheit des alten Volkes."
Gelrad liess sich beschwichtigen und beschloss die Dinge bis zum nächsten Tag auf sich beruhen zu lassen. Arak und seine Männer wurden zu den gut ausgestatteten Gästekammern geführt. Besonders der Prinz erhielt ein nobles Zimmer mit einem weiten Balkon, während die anderen etwas bescheidenere Kammern erhielten, doch waren diese

damit rundum zufrieden. In den Zimmern brannten Kerzen, die flackernd die Räume erleuchteten. Draussen war es stockdunkel, nicht einmal Sterne waren zwischen den Wolken zu sehen, geschweige denn der Mond, welcher in der Zwischenzeit voll sein sollte. Ihre Waffen waren ihnen in der Zwischenzeit in ihre Zimmer gebracht worden und lagen nun auf den Tischen. Gedankenverloren starrte Larior zum Fenster hinaus, als er plötzlich weit draussen auf dem Meer etwas sah, vermutlich ein Schiff. Allerdings konnte er sich auch irren, zu verzerrt war die Silhouette im dichten Dunst. Auch er legte sich endlich ins Bett und schlief bald ein. Die Träume aller Hofgardisten und Palastwachen waren nach den Ereignissen der letzten Tage verwirrt, dennoch sanken sie dank ihrer Müdigkeit in einen tiefen Schlaf. Einzig Arak stand nachdenklich weiterhin am Fenster und sah aus seinem grossen Zimmer hinaus auf die weite See. Auf einmal hatte auch er das Gefühl, mitten in der Nacht am Horizont ein Schiff gesehen zu haben. Er redete sich ein, es wäre Einbildung und legte sich auch noch schlafen. Der Prinz glitt zwischen den blauen Tüchern seines Himmelbetts hinüber in eine Traumwelt, wo ihn jedoch nicht nur gute Träume erwarteten. Es waren düstere Träume, Träume, in denen Skralgas über ihn und seine Leute herfallen wollten, riesige Heere von Feinden, doch auf einmal wechselte der Traum, und er stand auf einem Schiff, einem grossen Schiff vor Periula, einem riesenhaften Dreimaster, über dem das Banner Cammals wehte, doch auf dessen Segel das Blatt mit dem Schwert eingestickt war. Hin und her wechselten seine Träume, doch schien keiner zu Ende zu gehen oder einigermassen einen Sinn zu ergeben.

Neuntes Kapitel - Nebelfeindschaft

Die Sonne schien bereits zum Fenster herein, der Nebel vor der Stadt hatte sich verzogen und gab den Blick auf den Hafen und das weite Meer frei. Es klopfte an der Zimmertüre des Prinzen. Dieser rieb sich müde die Augen und stand auf. Er warf einen Mantel über, welcher bereitlag und schritt zur Tür. Vor der Tür stand ein junges Dienstmädchen. Ihr Gesicht war hübsch, doch schien sie verängstigt, als sie den grossen Prinzen von Cammal anblickte.
„König Gelrad erwartet Euch in einer halben Stunde im Beratungssaal, gleich neben dem Kronsaal", sagte sie demütig, während sie dem Prinzen aus Cammal eine Obstschale überreichte. Arak schenkte ihr ein Lächeln, worauf das junge Dienstmädchen etwas selbstsicherer wurde.
Lakalt war ebenfalls wach und schritt ungeduldig vor Araks Tür auf und ab, bis dieser heraustrat. Der Prinz trug seine Rüstung und einen goldenen Reif im Haar. Den anderen aus ihrem Gefolge blieb die Teilnahme an jenen Verhandlungen verwehrt, einzig Arak und Lakalt waren eingeladen. Sie schritten gemeinsam die Gänge entlang in Richtung Kronsaal. Dort wurden sie von einer Wache angewiesen, den Kronsaal links von der Hauptpforte durch eine eiserne Tür zu betreten. Verschlafen traten die beiden Edelmänner ein und sahen sich König Gelrad, Prinz Danrad und einem weiteren Mann gegenüber. Der kleine Saal wurde von einem Kronleuchter erhellt, welcher jedoch die Ecken nicht aus-

leuchten konnte. Überall hingen Karten an den Wänden, und in einer Ecke brannte in einem Kamin ein Feuer, dessen Flammen den Raum spielerisch erleuchteten.
Sie erkannten auf einmal eine vierte Gestalt, die mit dem Rücken zu ihnen am Verhandlungstisch sass. Als Danrad Araks erstaunte Miene sah, meinte er hämisch: „Wir dachten, da Ihr zu dritt erscheint, sollten wir das auch."
Lakalt sah sich um, doch wurde ihm schnell alles klar, als sich die Gestalt erhob, sich umwandte, einen lächerlichen Knicks vor Arak machte und in künstlicher Demut sprach: „Ich dachte mir, ich könnte Euch als einer der engsten Vertrauten Eures Vaters zur Seite stehen und Euch bei den Verhandlungen unterstützen."
In Arak kochte Wut hoch, er trat nah an ihn heran und zischte leise, so dass es weder der König noch der Prinz von Salmarsat hörten: „Verzieh dich, Medrieno, du Verräter."
Doch der junge Graf warf Arak nur ein verächtliches Grinsen zu und zog dann ein Siegel aus der Tasche. Es war nicht das Siegel Meerschlossfels, sondern jenes mit dem Wappen des Königs, dasselbe wie Arak bei sich trug. Als Mendrieno den wütenden und zugleich fragenden Blick des Prinzen sah, meinte er: „Ritter Feriak und ich wurden mit diesen Siegeln von König Urak ausgestattet, wir haben nun das Recht, Abkommen in seinem Namen zu besiegeln, ebenso wie Ihr, Eure Hoheit."
Verärgert setzte sich Arak neben Lakalt. Mendrieno setzte sich neben Arak und legte sein eigenes Siegel und jenes, welches er von Urak erhalten hatte, auf den Tisch. Alle anderen Anwesenden legten ihre Siegel ebenfalls auf die geschnitzte Fichtentafel, während ein Diener eine Karte von Helrendar ausrollte.

Auf dieser Karte war eine gestrichelte Linie mitten durch Helrendar gezeichnet, welche das gefallene Königreich in etwa zwei gleich grosse Teile spaltete. Daraufhin rollte Mendrieno ebenfalls eine Karte aus und sagte laut: „Das ist die Mindestforderung seiner Majestät König Uraks von Cammal, eingezeichnet von Seiner Majestät persönlich."
Auf dieser Karte zog sich eine ebenfalls gestrichelte Linie weiter nördlich quer durch Helrendar, wobei der südliche Teil deutlich grösser war als der nördliche. Sofort sprang Gelrad voller Zorn auf und schrie den Grafen von Meerschlossfels an: „Das ist eine Frechheit, solch einen Vorschlag überhaupt vorzulegen. Solltet Ihr wirklich Frieden wollen, müsst Ihr einen neuen Vorschlag hervorbringen."
„Nun gut", erwiderte Mendrieno, bevor sich Prinz Arak zu Wort melden konnte, „wir hätten ein Angebot. Wenn wir Helrendar in zwei gleich grosse Gebiete teilen sollen, erwartet Cammal, dass die Küstengebiete nördlich der Blaim mit ihren Fischgründen an unser Reich gehen. Zudem erwarten wir in diesem Falle Unterstützung im Wiederaufbau der von den Skralgas zerstörten Gebiete."
„Ach so", entgegnete auf einmal Danrad, „Cammal will also unsere Hilfe wieder, um so weit zu erstarken, dass es dann ganz Helrendar erobern kann. Cammal will unsere Fischgründe, um seine Armee zu versorgen? Ihr könnt doch nicht wirklich erwarten, dass wir Euren Plan nicht durchschauen. Ihr erwartet tatsächlich, dass Salmarsat Cammal dabei unterstützt, jene Stärke zu erlangen, die unser Untergang wäre?"
Daraufhin setzte sich der Prinz von Salmarsat mit einem verächtlichen Schnauben wieder hin. Die Verhandlungen zogen sich schleppend dahin und drohten vermehrt auszuarten. So hielten Mendrieno und Danrad an ihren Stand-

punkten fest, um möglichst ihre eigenen Ziele zu erreichen. Rasch wurde klar, dass keiner der beiden an einer friedlichen Lösung interessiert war. Es ging so weit, dass die beiden jungen Männer die Verhandlungen beinahe selbst führten, um sie möglichst weit ins Nichts zu treiben.
Gerade, als sich Gelrad schliesslich wieder zu Wort melden wollte, kam einer der Wachen hereingestürmt und stiess keuchend aus: „Der Hafen wir angegriffen, Schiffe aus Cammal sind durch den aufziehenden Morgennebel gekommen und haben viele unserer Schiffe angezündet. Wir können dieser gewaltigen Flotte und der Überraschung nicht standhalten."
Gelrad sprang sogleich auf und schrie: „Wachen, nehmt sie fest, nehmt alle fest, die aus Cammal sind!"
Wachen stürmten nun herein und packten die Unterhändler aus Cammal unsanft. Als Arak und Mendrieno gerade nebeneinander standen, meinte Arak schadenfreudig zum jungen Grafen: „Ein Verräter wird von einem anderen Verräter verraten. Oder dachtest du, Feriak würde die Macht mit dir teilen wollen? Er wird schon dafür sorgen, dass du ausser Gefecht gesetzt wirst."
Daraufhin begann Mendrieno hämisch zu lachen und erwiderte: „Feriak mag kurz die Macht an sich reissen, doch werde ich irgendwann über euch allen stehen. Denkt Ihr, meine Söldner, die Todesengel, seien meine einzigen Mittel? Du wirst es sehen und Feriak auch, dass ich bald der mächtigste Mann diesseits der Sonnenberge sein werde."
Kurz darauf wurden sie an den Zimmern der Hofgardisten vorbeigeschleppt, welche ebenfalls verwirrt aus ihren Zimmern gezerrt wurden. Verärgert musste Gawair mitansehen, dass Mendrieno da war, hingegen freute es ihn, dass auch dieser hochnäsige Gockel abgeführt wurde.

Von draussen hörte man Lärm, es schien ein Chaos ausgebrochen zu sein. Wild hörte man Menschen mit angsterfüllten Stimmen durcheinander schreien. Manche Kinder weinten laut und voller Furcht. Sofort wurden die Männer aus Cammal eine steile Wendeltreppe hinuntergeführt, bis sie in lange feuchtkalte Gänge kamen. Seitlich dieser Gänge waren Gitter eingelassen, hinter denen man modernde Holzpritschen sah. Jeder der Gefangenen wurde in eine der Zellen gestossen. Nachdem alle Gitter klirrend verschlossen worden waren, trat Gelrad vor Araks Tür und schrie wütend in die Gänge: „Wenn Cammal nicht einmal eine Kriegserklärung unterbreitet, müssen wir Euch nicht mehr nach den alten Gesetzten behandeln, sondern wie einen Kriegsgefangenen, Arak, lügender Prinz des Verräterreiches. Nicht mehr als die Ehre einer Ratte ist die Eure nunmehr Wert."
Der König von Salmarsat spuckte zwischen den Gitterstäben hindurch in Araks Gesicht, ehe er auf den Stiefelabsätzen kehrt machte und laut fluchend davonschritt.

Draussen standen tatsächlich grosse Segelschiffe im Hafen, von denen unzählige Soldaten gerannt kamen. Etwas hinter den Schiffen, die angelegt hatten, stand das grösste, ein prächtiges Schiff, an dessen Bug ein goldener Drache seine Flügel ausbreitete. Hinter diesem Drachen stand ein Mann in der Rüstung der Ritter Cammal und grinste hämisch und voller Triumph über den lodernden Hafen hin. Es war niemand anderes als Feriak, der Heerführer und oberste Ritter des stolzen Cammal. Seine weissen Zähne leuchteten im Dunkel des Nebels, der sich langsam verdichtete, und er schrie: „Zerstört den Hafen und plündert die Gebäude, Freibeuter und Soldaten Cammals! Nehmt was ihr wollt, es gehört euch, brandschatzt ihre Gebäude und Schiffe."

Der Befehl wurde wiederholt und hallte durch das ganze Hafenbecken. Manche Gebäude standen bereits in Flammen, während andere erst noch angezündet wurden. Pfeile segelten den Wachen am Land entgegen und schleuderten diese ins kalte Wasser. Jene Wachen, welche noch nicht gefallen waren, flohen oder fielen unter den spitzen Lanzen der Soldaten Cammals, die nun in grosser Zahl an Land stürmten. Viele Fässer und sonstige Waren wurden auf die Schiffe Cammals gebracht, während mehrere der Freibeuter auch Frauen hinter sich herzogen, die sich weinend in deren Händen wanden und nach Hilfe schrien. Als grosse Hörner ihren dumpfen Schall über die Stadt ausstiessen, sprangen noch viele weitere Soldaten von Cammals Schiffen und gingen in Stellung, während Matrosen und Freibeuter weiter plünderten.
Nebenan sanken die ersten Schiffe Salmarsats bereits, das Deck anderer brannte lichterloh. Hoch oben auf ihren Masten verkohlten die Banner des Königreiches Salmarsat, während sich die Wachmannschaft, die noch lebte, Kopf über ins Wasser stürzte. Einzig ein Schiff war noch unversehrt, umrundet von zahlreichen brennenden Wracks, es war das grösste, sein Heck war von Gold überzogen, und an seinem Bug räkelte sich eine Meerjungfrau aus Gold. Hoch oben wehte ein riesiges Banner Salmarsats, das Banner des Königs über seinem besten Schiff, der Sermenia.
Gelrad selbst stand am Fenster und musste mitansehen, wie seine Flotte, ein Schiff nach dem anderen, in Brand gesteckt wurde und die ersten bereits gesunken waren. So trieben kleine Boote zwischen den brennenden Wracks hindurch auf das grösste Schiff Salmarsats zu, sie alle waren besetzt mit Horden von Soldaten, doch auch Matrosen fuhren mit ihnen durch den dichten Nebel und den beissenden

Rauch. Manche Wachen der Schiffe Salmarsats versuchten sich hilfesuchend an den Booten festzuklammern, doch wenn sie Glück hatten, wurden sie zurück ins Wasser gestossen, andernfalls bekamen sie die scharfen Klingen aus Cammal zu spüren. Still erreichten die Boote in der Hitze des Gefechts die Planken des Flaggschiffs, und Soldaten stiegen daran hoch. Salmarsats Wachen gingen hinter der Reling in Deckung, als vom Ufer her mehrere Pfeile auf die Angreifer abgeschossen wurden. Ungeachtet dieser Bedrohung stürmten die Soldaten Cammals an Bord des Schiffes und machten die machtlose Wachmannschaft nieder. Sofort rannten Cammals Matrosen herzu und takelten das Flaggschiff auf. Doch bevor sie damit fertig waren, eilten zahlreiche Soldaten Salmarsats über den Quai und stiegen rasch über den Steg zum Schiff hoch. Viele von ihnen stürzten, von Pfeilen getroffen, ins Wasser, doch einige erreichten das Schiff. Einer der Soldaten Salmarsats kreuzte gerade seine Klinge mit Edgar, der in der Zwischenzeit auch zu den Schlosswachen befördert worden war. Auf einmal machte das Schiff einen Ruck, und Edgar verlor das Gleichgewicht. Doch als die scharfe Klinge auf seinen Hals zufuhr, löste sich das Schiff vom Steg, der mitsamt den Männern ins kalte Wasser krachte.

Edgars Angreifer konnte sich noch unbemerkt an den Planken festhalten, doch ausser seinem Dolch trug er keine Waffe mehr. Mühsam klammerte er seine kalten Finger in einen Spalt zwischen den Planken, während seine Füsse von der Gischt nassgespritzt wurden. Edgar hatte sich in der Zwischenzeit auf eines der Schlachtschiffe Cammals gerettet.

Nun bewegte sich Salmarsats Flaggschiff zwischen den brennenden und sinkenden Wracks hindurch und glitt dem

offenen Meer entgegen. Gelrad musste von seinem Schloss aus zusehen, wie sein Schiff gestohlen und seine Soldaten geschlagen wurden.
Bald hatten die Männer Cammals den ganzen Hafen geplündert und alle Gebäude angezündet. Erst jetzt im lichterlohen Brand sah man, wie gross die Zerstörung durch Cammals Flotte war. Cammals Schiffe zogen Diebesgut aus den Booten hoch, das aus den Lagern Salmarsats stammte, wertvolle Güter, die erst gerade eingelagert worden waren.
Danrad schrie wütend neben seinem Vater: „Dieser hinterlistige Urak schickt seinen Sohn, um Frieden vorzutäuschen und fährt dann seine ganze Flotte auf. Die Schiffe sind nicht nur von der Blaim, einige müssen aus Periula stammen. Diesen Angriff hat er schon länger geplant. Wir müssen so schnell es geht zurückschlagen, Vater. Lasst das Volk zu den Waffen greifen, stellt eine Streitmacht auf, die Cammal vernichtet."
Gelrad starrte schweigend in die Nacht hinaus und presste seine Zähne knirschend zusammen, schliesslich meinte er drohend: „Heute Abend werden die Gefangenen aus Cammal im Hafen hängen, sie sollen dort hängen, wo unsere Güter geraubt wurden. Doch werden wir uns nicht kopfüber in einen Krieg stürzen. Vergiss nicht, zur See ist uns Cammal nun so weit überlegen, dass zumindest dort ein Sieg ausgeschlossen ist."
Im Licht der Flammen sah er das Flaggschiff der Flotte Cammals mitten zwischen den anderen Schiffen. Die Gestalten darauf bewegten sich emsig hin und her, doch am Bug blieb eine Gestalt ruhig stehen und sah grinsend zu, wie Salmarsats Hafen niederbrannte, vor ihm ein Schiff nach dem anderen brennend versank und das Letzte, was man von ihnen sah, das Banner Salmarsats war.

Triumphierend standen Soldaten Cammals auf dem Ausguck der Sermenia, zerrissen das grosse wehende Banner und liessen die Fetzen vom Wind in die lodernden Brände wehen. Feriak lachte laut und schrie in die Nacht: „Wir sind unaufhaltbar, Cammal wird siegen und Salmarsat untergehen. Auf Cammal!"
Die Soldaten und Matrosen jubelten Feriak zu, der sich nun stolz zu seiner Mannschaft umgedreht hatte und schrie: „Unsere Aufgabe ist vorderhand erfüllt, ruft die Plünderer und Soldaten zurück auf die Schiffe und stecht wieder in See!"
Dieser Befehl schallte nun durch den ganzen Hafen und weit der Küste nach. Die letzten Soldaten zogen sich vom Ufer zurück zu den Schiffen, während einige Wachen Salmarsats versuchten, ihnen zwischen den brennenden Häusern heraus Pfeile nachzuschicken. Hämischer Jubel schallte von den Schiffen Cammals, als diese die Segel setzten und den brennenden Hafen rasch verliessen. Die Flotte zog nun in ihrer Pracht davon, die Segel ihrer Schiffe spiegelten das rote Licht des brennenden Hafens. Bald war sie zwischen dicken Nebelschwaden und beissendem Rauch verschwunden, einzig die Masten der Sermenia waren noch neben jenen von Feriaks Schiff zu sehen. Während die Gischt über den Bug heraufspritzte, flüsterte Feriak triumphieren zu sich selbst: „Und wenn Arak, die Hofgardisten und die Palastwachen hingerichtet worden sind, werden deren Kameraden aus Cammal ohne Frage wutentbrannt in den Krieg ziehen. Mendrieno wird ebenfalls sterben und der König ohne Erben dastehen, dann wird er wohl seinen treusten Untertan zu seinem Nachfolger machen wollen und ihm seine Tochter zur Frau geben und mit ihr die Krone, König Feriak von Cammal."

Zehntes Kapitel - Nebelaktion

„Was ist da draussen los?", schrie Arak die Wache vor seiner Zelle an, „was passiert da draussen?"
Doch diese blieb stramm vor seiner Zelle stehen und machte keine Bewegung. Es waren nur noch zwei Wachen da, die anderen waren die Treppe hochgestürmt. Doch auch diese wären unnötig gewesen, da alle Männer aus Cammal hinter dicken Eisenstangen festsassen. Ihre Waffen waren unerreichbar für sie mitten im breiten Gang aufgehängt worden, um ihnen ihre Wehrlosigkeit noch mehr vor Augen zu führen. Lakalt lag müde und niedergeschlagen auf einer morschen Holzpritsche, als er auf einmal Schritte auf dem nassen Steinboden hörte. Er setze sich auf, doch das bisschen Hoffnung, welches in ihm aufgekeimt war, wurde gleich wieder von einer Stimme zerstört. Es war Danrad, der an seinem Handgelenk einen Schlüsselbund schwenkte. Herausfordernd liess er ihn vor Araks Zelle durchschwingen und ging dann auf Mendrienos Zelle zu. Er öffnete deren Gittertüre mit einem der Schlüssel und sagte hastig: „Du musst fliehen so schnell es geht. Ich habe dafür gesorgt, dass dich eine Kutsche im Schlosshof abholt. Diese Wache hier wird dich begleiten."
Er deutete auf die zweite Wache in der Gruft. Mendrieno schüttelte Danrad dankbar die Hand, eilte dann begleitet von der Wache die Treppe hoch und rief schliesslich Danrad

noch zu: „Wir werden unser Grossreich schon noch holen, glaube mir!"

Danrad lächelte hämisch, als er die Gruft ebenfalls verliess und schrie in das widerhallende Gewölbe: „Hängen werdet ihr alle, hängen noch heute Abend, dort wo eure Piraten unsere Güter und Frauen geraubt haben! Die Haie sollen eure Leiber verspeisen, ehe der nächste Morgen graut."

Mit diesen Worten verliess auch der Prinz von Salmarsat die Gruft nach oben. Wütend schimpfte ihm Arak hinterher und rüttelte an seinen Gitterstäben, doch schienen diese nicht lockerzulassen. Verzweifelt starrte der Prinz an die Wand und meinte schliesslich an seine Soldaten gewandt: „Es tut mir leid, meine Männer, ich habe versagt. Ihr alle seid die ehrenhaftesten Männer Cammals und aller anderen Reiche. In Ehren werden wir zum Galgen schreiten, im Wissen, dass wir es für den Frieden tun. Larior, ich habe von Celeyia die Geschichte erfahren, die du ihr erzählt hast, wonach alle, die für das Gute kämpfen, leuchtend im Sternenzelt aufleuchten werden, so hoffe ich, wir alle können irgendwann von dort oben hinunterleuchten. Wir werden reinen Gewissens sterben können, alles dafür getan zu haben, den Frieden zu bewahren."

Die anderen schwiegen nun allesamt und sahen mit leeren Blicken an die Wand, während der Tag allmählich verging und der Abend näher rückte. Bald schon kamen Wachen die Treppe herunter und öffneten die Gitter. Sie packten die Gefangenen grob und zerrten sie aus den Zellen heraus. Ihre Hände wurden in schwere Ketten gelegt, während ihnen ihre Waffen und Rüstungen umgeschnallt wurden. Unter dem Klimpern der schweren Eisenketten stiegen sie, geschlagen von den Wachen, mühsam die Wendeltreppe hoch. Oben stand Gelrad bereit und spuckte jedem einzel-

nen von ihnen ins Gesicht, doch auf einmal schrie er auf: „Wo ist Mendrieno, habt ihr ihn etwa entkommen lassen? Sucht ihn!"
Er schlug einer der Wachen ins Gesicht, während Danrad neben ihm hämisch grinste. Bald wurden sie aus dem Schloss hinausgeführt, wo bereits die wütende Menschenmenge wartete. Als Arak als Vorderster aus dem Schlosshof auf die Strasse hinaustrat, bekam er faules Gemüse ins Gesicht geworfen und wurde von den Leuten rundherum bespuckt. Den anderen, die ihm folgten, erging es nicht besser, auch ihnen wurde Unrat angeworfen und auch sie wurden bespuckt. So ging es weiter auf dem ganzen Weg hinunter zum Hafen. Ihre Gesichter waren völlig beschmutzt, und ihre Rüstungen hatten jeglichen Glanz verloren, überall klebte abscheuliches Zeug daran und liess ihnen den Gestank in die Nase steigen. Im Hafen hingen an einem Balken hoch über dem Wasser sechzehn Stricke, alle bereits geknüpft. Zwischen den Seitenpfeilern des Banners war ein grosses Banner mit dem Wappen Salmarsats aufgehängt.
Die Kette an ihren Händen wurde aufgeschlossen und die Schlingen über ihre Nacken gelegt. Sie selbst standen knapp am Ufer, während mehrere Meter unter ihnen die Wellen an der Hafenmauer hochschlugen und ihnen die Gischt in den Nacken spritzte. Ihre Helme wurden ihnen erst wieder aufgesetzt, als sie schon die Stricke trugen. So standen die sechzehn Männer aus Cammal in ihren vollen Rüstungen am Rande der Hafenmauer und blickten stolz der wütenden Menschenmenge entgegen. Rundherum lagen Wracks im Hafen, zwischen denen Leichen hin und her trieben. Gawair sah entsetzt, wie eine der Leichen auf einmal ins Wasser gezogen wurde und die Oberfläche sich rötlich färbte. Kurz darauf geschah dasselbe mit vielen anderen Leichen. Das

Wasser schien sich auf einmal zu bewegen, und dann sah man sie. Zahlreiche spitze Flossen erschienen an der Oberfläche, und grosse Mäuler voll von unzähligen spitzen Zähnen packten die Leichen. Haie schwammen durch den Hafen und verzehrten alles, was ihnen schmeckte. Einige kreisten schon lauernd unter den Stricken der Verurteilten. Arak sah, wie Trad eifrig und verzweifelt auf Gelrad einsprach, ehe dieser vor das Volk trat und seine Stimme laut erhob: „Sie sollen ihre Waffen und Rüstungen tragen, denn das ist das, was für diese Verräter zählt. Sie alle sind Männer des Krieges, während unser Reich vergebens nach Frieden sucht. Selbst das Meer entsendet seine Richter, um dafür zu sorgen, dass diese Männer ihre Strafe erhalten. Sie waren es, die unsere Güter und Frauen geraubt haben. Sie kamen und heuchelten Frieden, doch wollten sie ablenken, während sie einen Angriff planten. Sie waren es, die unseren Prinzen gefangen nahmen und unsere Schiffe versenkten. Unsere gefallenen Brüder werden von Haien zerfetzt, doch soll es jenen, die dies zu verantworten haben, nicht besser ergehen. Sie sollen hängen und fallen und ihre Knochen sollen auf den Meeresgrund sinken, wo sie hingehören. Sie sollen als Verräter in Erinnerung bleiben. Sie sind nicht die Helden aus dem Krieg in den Sonnenbergen, aus diesen erfundenen Geschichten, sondern Verräter eines Reiches, welches unser Reich verschlingen will. Edle Geschichten über Arak von Cammal hörte auch ich, doch nun weiss ich, dass diese nur erfunden wurden, um ihn zu einem Helden zu machen, der kaum einmal den Fuss über die Schwelle seines Schlosses gesetzt hat. Cammal begann einen Krieg ohne Grund, es griff uns an ohne Kriegserklärung. Urak will meinen Thron. Doch dies will ich nicht zulassen,

mein Volk, wir können zusammen diesen Feind zurückwerfen. Hängt sie nun, stosst sie über die Mauer!"
Doch bevor ihre Füsse den Quai verlassen konnten, verdichtete sich der Nebel und es wurde immer dunkler. Erschrocken sah das Volk in den düsteren Himmel. Gespenstische Stille umfing alle für kurze Zeit, doch schien es eine Ewigkeit zu dauern. Irgendwo aus der Finsternis ertönte eine tiefe Stimme, die jene Gelrads bei weitem übertönte: „Ihr wollt also jene hängen, die für Frieden eintreten, jene, die sich gegen ihren eigenen König gestellt haben, um Euch zur Vernunft zu bringen. Sie sind die Männer, von denen Ihr in Geschichten gehört habt, edle Krieger, die für das Gute kämpfen."
Es wurde stockdunkel, es schien, als wäre die schwärzeste Nacht hereingebrochen. Auf einmal blitzte es und der ganze Hafen wurde blendend erhellt. Der Blitz kam mitten aus dem Hafenbecken, wo nun ein kleines Segelboot zu sehen war, welches am längsten Steg vor Anker lag. Darauf stand ein Mann, der ein langes Schwert in die Luft hielt, aus welchem dieser Blitz zu kommen schien. Der Blitz zuckte in Richtung der Stränge und durchtrennte diese mit einem lauten Knall. Die Balken brachen zusammen, und das Banner Salmarsats versank im Wasser bei den Haien. Die Männer aus Cammal begannen unter dem Leuchten des Blitzes zu rennen, während die Wachen noch verdutzt dastanden und nicht wussten, was geschah. Erst als Arak als Vorderster über den Steg hin zum kleinen Segelboot rannte, erkannten die Wachen, was wirklich abging. Sie nahmen die Verfolgung auf, doch als sie den Steg erreichten, waren Arak und alle seine Männer bereits in das Boot gesprungen. Dieses legte sogleich ab und nahm rasch Geschwindigkeit auf, es entfernte sich viel schneller als jemals zuvor ein

Schiff oder Boot diesen Hafen verlassen hatte. Ein grosser Tumult brach am Ufer los, und der wütende Mob folgte den verwirrten Wachen auf den Steg.

Der Himmel erhellte sich allmählich wieder, während das kleine Boot zwischen den Wracks hindurch den Hafen verliess. Nun sah man jenen, der das Boot steuerte, einen alten Mann mit weissgrauen Haaren und Bart, es war Maral. Erfreut und staunend sprang Larior als Erster auf ihn zu und umarmte den alten Mann. Maral grinste breit und meinte lachend zum jungen Hofgardisten: „Kaum erfährt man, dass du noch lebst, muss man dafür sorgen, dass das so bleibt."

Auch die anderen umarmten Maral dankend und wechselten einige Worte mit ihrem Retter, alle in der Sprache der Jäger, ausgenommen Arak. Dieser konnte Maral gar nicht genug danken.

Hendrior sprach noch eine Weile so leise mit Maral, dass es die anderen nicht richtig verstehen konnten. Larior meinte, seinen Namen herausgehört zu haben, doch konnte er sich auch geirrt haben.

Salmarsat entfernte sich nun immer weiter von ihnen, und sie wandten sich entlang den steilen Klippen nach Süden. Mancherorts waren die Klippen unterhöhlt, andernorts hoben sich scharfe Nadeln aus der stürmischen See. Die Wogen schlugen an die schroffen Felsen und liessen die Gischt in die Höhe spritzen. Der Wind trug sie einige Stunden entlang dieser Klippen in Richtung Süden zu einer kleinen Bucht, die mitten in die Klippen hineingespült worden war. In dieser Bucht lag ein halbmondförmiger Sandstrand vor weiten grünen Wiesen und einem dunklen Wald. Mitten in der Bucht stand ein kleines Dorf. Davor waren mehrere Schiffe vertäut, unter anderem ein ziemlich grosses. Auf dessen Segeln war jenes Birkenblatt abgebildet, wel-

ches die Rüstungen der Hofgardisten und Palastwachen zierte, jenes Birkenblatt, dessen Stiel ein Schwert darstellte. Die anderen Schiffe waren weit kleiner, sie hatten kleine Segel aus gestreiftem Stoff und einen geschnitzten Drachen als Bugfigur. Maral lenkte das kleine Segelboot in diese Bucht hinein, in Richtung dieses kleinen Dorfes. Am Steuerruder stehend meinte er laut zu den anderen: „Das ist Carelden, ein kleines Fischerdorf, welches in den Königreichen kaum bekannt ist. So ist es immer noch eigenständig und niemandem untertan, niemand hat je den Versuch gewagt, über die Klippen herunterzuklettern oder es für lohnend gehalten, hier inmitten dieser gefährlichen Klippen mit einem Schiff anzulegen. Hier können wir in Sicherheit übernachten."
Idyllisch lag das Dorf hinter den an den Strand brandenden Wellen. Die strohgedeckten Blockbauten waren aus dem Holz des Waldes erbaut, der weiter hinten in der weiten Bucht stand. Goldene Felder erstreckten sich zwischen den hohen Bäumen und den Häusern, die in einem Kreis um einen Platz gebaut waren. Rund um die Häuser und dazwischen weideten grosse wollige Rinder, wie sie kaum einer der Hofgardisten je gesehen hatte. Ihre Hörner glänzten in der Sonne und spiegelten sich in alle Richtungen. Blökende Schafe sahen verwundert hin zu den Neuankömmlingen, die eben in die Sicht des Dorfes gekommen waren.
Als Hendrior Maral fragend ansah, fuhr dieser fort: „Ach ja, das grosse Schiff stammt aus einer stillgelegten Werft in Periula, ich wurde von einigen Palastwachen und alten Matrosen begleitet. So können wir morgen bereits wieder in See stechen und die Reise nach Cammal antreten. Ich sage euch, das ist ein Prachtsstück, wohl ist die Seemöwe nicht so gross wie die Schiffe aus Uraks Flotte, doch ist sie

viel schneller. Sie ist noch eines der alten Bauart Eures Volkes, doch wurde sie damals nie zu Wasser gelassen."

Dankend sah Arak Maral an und meinte schliesslich: „Ich weiss immer noch nicht, wie ich meinen Dank ausdrücken kann. Ich hoffe jedoch, wir alle werden einigermassen gefahrlos nach Cammal zurückkehren ohne am Galgen zu hängen."

Daraufhin sagte Kerior trocken mit einem ironischen Lachen: „Wir könnten dann auch hier in dieses Kaff ziehen, hier wird uns sicher niemand verfolgen. In Frieden könnten wir hier leben, auch wenn die Wogen des Krieges beide Reiche vernichten."

„Das wäre für uns selbst vielleicht klüger", entgegnete Lakalt, „doch braucht uns Cammals Volk. Der König wird sich kaum darum sorgen. Möglicherweise können wir durch unsere Dienste dem Volk helfen. Ausserdem muss Bariad vor dem Tode bewahrt werden."

„Dann lasst uns morgen in der Früh aufbrechen, mit der Seemöwe können wir Cammal noch beinahe zum gleichen Zeitpunkt erreichen wie Feriak", schlug Maral vor.

„Dachte ich's mir doch", rief Arak aus, „Feriak war es, der diesen Angriff durchführte. Er wusste vermutlich genau, dass sich alle, die ihm hätten im Weg stehen können, zu jenem Zeitpunkt in Salmarsat befanden."

„War Mendrieno etwa auch dort?", wollte daraufhin Maral wissen. Arak verzog sein Gesicht zu einem verbissenen ironischen Grinsen und antwortete wütend: „Er war dort, doch steckt er mit Danrad unter einer Decke und wurde von diesem befreit. Feriak hat sein Ziel dank unserer Rettung wohl nicht erreicht, trotzdem ist er nicht zu unterschätzen. Kaum jemand wird daran geglaubt haben, dass

wir die Stadt überhaupt erreichen, doch Feriak muss es geahnt haben."
Maral schnaubte verächtlich, ehe er seinen Blick wieder geradeaus zum Dorf hin wandte. Sie segelten immer näher auf Carlenden und die Seemöwe zu. Am Ufer wurden sie von mehreren Männern in Rüstungen empfangen, wie sie die Ankömmlinge trugen. Allerdings waren jene Rüstungen noch sauber, nicht so wie die der Flüchtenden aus Salmarsat. Sie lachten freudig, als das Segelboot auf den feinen Sand auflief und ihre Kameraden von Bord kamen. Vor Arak knicksten sie leicht ein, doch schien es mehr aus ritueller Gewohnheit zu sein als aus Respekt vor seiner Majestät. Maral hingegen begrüssten sie ehrfürchtig.
Neugierig kamen mehrere der Dorfbewohner herbeigelaufen und sahen die Männer bewundernd an, allerdings auch etwas belustigt, als sie die Gemüsereste auf den edlen Rüstungen sahen. Jener, der der Dorfälteste zu sein schien, Schritt auf Arak zu und sprach zwischen dem dichten grauen Bart in seinem Gesicht heraus: „Mein Name ist Olaf Henriks Sohn, ich habe bereits viel über Euch und Eure Männer gehört. Sollte nur ein Bruchteil der Geschichten über Euch stimmen, die wir gehört haben, so ist es uns eine Ehre, Euch ein Dach über dem Kopf zu bieten."
Im Unterschied zu den strohblonden Flechten der anderen Dorfbewohner war das Haar des Sprechenden weiss. Alle trugen wackere Bärte, einige von ihnen hatten sie rot eingefärbt. Alle ihre Kleider waren aus den warmen Zotteln ihrer Rinder gewoben, und an einem breiten Gürtel hing ein Trinkhorn an ihrer Seite. Keiner trug eine Waffe, so friedvoll schien dieser einsame Ort zu sein. Dankend schüttelte Arak dem alten Mann die sehnige Hand und entgegnete höflich: „Sehr gerne nehmen wir dieses Angebot an. Wir haben

einen langen Tag hinter uns und sind darum froh, von Euch eine Unterkunft zu erhalten."

Sie wurden von einer jungen Frau aus dem Dorf zu einem langen Blockhaus am oberen Ende des Dorfes geführt. Auch sie trug strohblonde Flechten, die in zwei langen Zöpfen über ihren Rücken fast bis zu ihrer Taille hinunterhingen. Das Blockhaus schien der Kornspeicher zu sein, doch war dieser nach dem langen Winter fast leer. Der Dorfälteste meinte daraufhin: „Tut mir leid, dass wir Euch nicht mehr bieten können, doch sind wir uns hier keine Gäste gewohnt. Ich kann mich nicht erinnern, dass wir in den zahlreichen Jahren meines Lebens jemals jemand anderen als ein paar Schiffbrüchige zu Besuch gehabt haben."

„Das ist uns mehr als recht", entgegnete Arak dankend, „wir alle haben bereits an Orten geschlafen, die um vieles unangenehmer waren. Ein Dach über dem Kopf und eine trockene Unterlage ist uns mehr als genug. Wir stehen tief in Eurer Schuld, Olaf, Henriks Sohn."

Als sie ihre Sachen niedergelegt hatten, wurden sie zum Haupthaus des Dorfes geführt. Es hatte einen runden Grundriss, und die stehenden Balken liefen einer erhöhten Spitze zu. Überall waren lange Schiffe ins Holz geschnitzt, sie schienen die Modelle von weit grösseren Gefährten zu sein. Drinnen hingen alte Schilde an den Wänden, zusammen mit Schwertern, welche jedoch deutlich kürzer waren als jene der Männer aus Cammal. Als Maral den fragenden Blick Lariors sah, erklärte er ihm mit seiner tiefen geheimnisvollen Stimme: „Diese Menschen hier stammen von einem Volk ab, welches einst von der See gekommen ist. Sie waren grosse Krieger, doch sahen sie, dass das Land hier bereits besetzt war und zogen wieder ab. Viele Küsten hatten sie geplündert, ehe sie in dieses Land kamen, doch stand damals das Reich von Marsat in seiner Blüte, als die Menschen des alten Volkes noch Städte jenseits der Sonnenberge bevölkerten und selbst Marsat nicht die grösste Stadt war. Sie kamen mit ihren Drachenbooten, doch gelang es nur den wenigsten, vor der Flotte der damaligen Statthalterschaft Salmarsat zu entfliehen. Jene, die um Schonung baten, erhielten diese Bucht zu ihrem Eigentum und leben noch heute da, während das Reich von Marsat gefallen und die Macht der Hochmenschen jenseits der Berge längst vergessen ist. Einige dieser Seefahrer liessen sich hier nieder, andere machten sich neugierig ins Landesinnere auf. Ich habe gehört, die Thoringer aus Gar sollen von diesem Volk abstammen. Die Leute hier in diesem Dorf haben seit ihrer Ankunft keine Schlacht mehr gefochten, sondern wurden einfache Fischer und Bauern. Dennoch sollte man sie nicht herausfordern, in ihrem Blut fliesst immer noch die Kampfeslust ihrer Vorfahren. Dank der Unzugänglichkeit durch Klippen und Meer hatten sie es allerdings nie mehr nötig ihre Waffen zu erheben."

Im Inneren der kleinen Halle befand sich eine runde Tafel mit zahlreichen Stühlen. Direkt gegenüber dem Eingang stand ein sorgsam geschmückter Stuhl. Olaf, der Dorfälteste, sass bereits darauf, neben ihm eine ältere rundliche Frau mit strengem Gesicht. Sie schien Olafs Frau zu sein, doch war sie die wahre Herrin über das Dorf, wie es bei ihresgleichen Sitte war. Neben den anderen wackeren Männern nahmen ebenso wackere Frauen mit dem gleichen Strohhaar Platz und füllten die Trinkhörner. Über Olaf hing am Dach ein Eisenhelm mit hohen vergoldeten Hörnern, über allen anderen Anwesenden gewöhnliche runde Helme mit den Hörnern ihrer Rinder.

Larior fiel etwas auf, das ihn verwirrte. Der Boden war nicht aus Holz, sondern aus Stein, und was ihn noch mehr erstaunte war die Tatsache, dass darin Eyilreäis Buchstaben in einem Kreis eingemeisselt waren. Kurz darauf machte Hendrior verwundert Larior auf die steinernen Säulen aufmerksam, welche die Balken über ihnen trugen. Maral, der neben ihnen sass, erklärte der alten Palastwache und dem jungen Hofgardisten sogleich: „Einst hatten hier die Eyilreä einen Hafen gebaut, doch wurde dieser vor sehr langer Zeit zerstört. Die Grundmauern des Hauptpavillons konnten jedoch nicht niedergerissen werden und stehen heute noch hier. Diese Zeit ist so lange her, dass sich ihrer kaum jemand erinnert. Es war, als die Dunkelste Stunde über dieses Land hereinbrach, ehe die grossen Reiche des alten Volkes entstanden."

Erstaunt über das Wissen des alten Mannes schwiegen die beiden und widmeten sich dem einfachen Mahl, welches ihnen vorgesetzt wurde. Larior konnte die wohltuende Mahlzeit nicht richtig geniessen, zu viele Gedanken machte er sich über die Erzählungen des weisen alten Mannes. Einmal mehr stellte nicht nur er sich die Frage, wer dieser komische Kauz genau war und was er wohl in seinen zahlreichen Jahren bereits erlebt hatte.

Maral, der neben Olaf sass, sprach emsig mit ihm. Manchmal ernst im Flüsterton und dann wieder laut mit viel Gelächter. Die Männer rund um sie herum wirkten ziemlich grimmig, doch waren sie besonders gutherzig. Auch ihre molligen Frauen meinten es ständig gut mit den Gästen, während ihre Kinder zwischen den Stühlen und unter dem Tisch spielten. Immer wieder schallte tosendes Gelächter durch den Raum und liess die Wände erzittern.

Lange noch sassen sie dort und sprachen im Spiel des Kerzenscheins miteinander, doch trotz der grosszügigen Gastfreundschaft waren die Gäste aus Cammal froh, als sie sich ins Stroh legen und einige Stunden schlafen konnten. Wilde Träume durchfluteten ihren Schlaf, viele Träume, die keinen Sinn ergaben, doch waren es zum Teil auch grausame Träume. Larior sah die Haie mit weit aufgerissenen Mäulern unter sich. Mit ihren gierigen Augen blickten sie einen durchdringend an, wartend, bis man zu ihnen ins kalte Wasser stürzte und sie einen zerfleischen konnten, wartend auf die wehrlose Beute, welche sie dann mit sich reissen und zwischen ihren schweren Kiefern zermalmen wollten. Doch nicht nur dem jungen Hofgardisten ging es so, auch die anderen träumten vom Strick um den Hals und den hungrigen Mäulern unter sich im Wasser. Umso schwerer fiel ihnen am nächsten Tag das Aufwachen. Alle waren müde, ohne einen ruhigen Schlaf gefunden zu haben, selbst der erfahrene Grendair war von bösen Träumen geplagt worden. Sie genossen noch schläfrig das Frühstück und folgten dann Maral im Morgengrauen an den Strand, wo Olaf bereits auf sie wartete. Jeder verabschiedete sich einzeln und dankbar vom stämmigen alten Mann. Für alle ausser Maral fand er fast dieselben Worte. Umso überraschter war Larior, der sich als Letzter von ihrem Gastgeber verabschiedete, als dieser leise sagte: „Solltet Ihr unsere Hilfe brauchen, so werden wir Euch folgen."
Verwirrt eilte Larior den anderen nach zu mehreren kleinen Ruderbooten, die auf dem feinen Sand lagen. Sie paddelten gemeinsam zur Seemöwe, während Olaf steif am Strand stand und ihnen durch den morgendlichen Nebel nachdenklich nachblickte. Bald hatten sie das Schiff bestiegen, wo bereits einige bewaffnete Matrosen auf sie warteten.

Diese halfen ihnen über die Reling zu klettern und verstauten die Vorräte, die ihnen mitgegeben worden waren. Bald waren der Anker gelichtet und die Segel gesetzt, und nach einigen Befehlen Marals nahm die Seemöwe rasch an Fahrt auf. Der Bug teilte das Wasser, die Gischt spritzte hoch auf und nässte die Planken. Der Wind trug die Seemöwe rasch gegen Süden, entlang der fortlaufenden Klippen. Müde, doch zufrieden standen die Soldaten an der Reling und liessen sich das nasse Haar vom Wind zerzausen. Nun wurden auch die letzten Reste Dreck von ihren Rüstungen abgewaschen, die nun wieder in der Morgensonne glänzten.

Elftes Kapitel - Rückkehrsflut

Etwas hinter ihnen sah man noch die letzten Mauern eines Schlosses auf dem südlichsten Punkt der Blaim, des Schlosses, welches das Meerschloss genannt wurde und auf dem Meerschlossfelsen stand, das Schloss des Adelsgeschlechts Mendrienos. Es war weitläufig, viele Türme mit grünen Dächern ragten empor, manche Mauern erreichten sogar die vordersten Klippen und drohten darüber hinauszustürzen. Mitten zwischen den zahlreichen Türmen und weitläufigen Mauern erhob sich ein besonders hoher Turm. Das Banner von Meerschlossfels wehte beinahe majestätisch im feuchten Seewind. Doch bald verschwanden die Türme hinter ihnen wieder im Dunst, und man sah knapp noch die Umrisse der Klippen unter den massiven Mauern. Sie segelten tief in die Nacht hinein, bis sie schliesslich in einer kleinen Bucht zwischen den steilen Klippen ankerten. Den Hofgardisten war es in den schwankenden Hängematten unwohl, während die Matrosen, die es sich gewöhnt waren, schliefen wie in einem Himmelbett.

Der nächste Tag brach an, und bereits in der frühen Morgendämmerung wurde der Anker gelichtet. Maral stand bereits an Deck, bevor die anderen es ebenfalls betraten. Das Haar und der Bart des alten Mannes wehten würdevoll im kühlen Morgenwind. Die Seemöwe preschte nun nahe dem Ufer entlang durch die tiefen Wassermassen und liess die Gischt an ihren Planken emporspritzen. Die Küste wurde

langsam flacher, und erste Sandstrände waren zu sehen. Auch die ersten Dörfer kamen zum Vorschein, kleine Dörfer, deren Existenz von den reichen Fischgründen unter der Seemöwe abhing. Bald waren auch grössere Dörfer zu sehen. Manche besassen kleinere Handelshäfen, andere grosse Umschlagplätze und wieder andere Häfen, deren Bedeutung für die Flotte Cammals besonders gross war.
Sie passierten die Küste der Grafschaft Mur und sahen von weitem Trenheim am Meer liegen. An all diesen Orten kamen sie vorbei, bis sich ihnen schliesslich der Anblick auf einen scheinbar endlosen Sandstrand auftat. Schräg lief er einer höheren Ebene zu, die leicht anstieg, so weit, dass ihr höchster Punkt den Horizont bildete. Zauberhaft war der Ausblick, so als würde es nichts Schlechtes auf der Welt geben.
Doch nun änderte sich der Wind, und Maral meinte nachdenklich: „Wir haben nun den nördlichsten Punkt von Cammals Halbinsel erreicht. Würde man hier gerade ins Landesinnere gehen und weiter bis an die gegenüberliegende Küste, wäre man in Periula."
Verwundert schauten manche in die angezeigte Richtung. Wenige von ihnen wussten, wo sie genau waren, selbst die Palastwachen waren es nicht gewohnt, sich ausserhalb des Landes aufzuhalten. Sie mussten dem alten kuriosen Mann blind vertrauen. Einzig einige Matrosen und Arak schienen ebenfalls zu wissen, wo genau sie sich auf der See befanden. An den Stränden waren in regelmässigen Abständen uralte Ruinen zu sehen, deren Überbleibsel immer noch stolz auf das Meer hinausschauten. In der Ferne erkannte man bereits die höchsten Türme Cammals, die aus dem Frühlingsnebel über der Hauptstadt hervorstachen. Man sah die lange Strasse, welche sich von den Türmen am Hori-

zont bis an die Küste schlängelte. An den flachen Hängen hinter dem Strand lagen zahlreiche Felder, zwischen denen man immer wieder kleine Dörfer sah. Dichte Weinreben erhoben sich entlang der Häuser den Hang hinauf.
Maral stand an der Reling neben Larior und sprach mit ihm in der Sprache der Jäger. Es schienen zum Teil sehr ernste Dinge zu sein. So meinte Maral im Flüsterton zu Larior: „Sollte Lakalt bereit sein, sein Erbe anzutreten, so musst du ihm zur Seite stehen. Du musst dazu bereit sein, dich gegen Urak zu stellen, denn dieser ist, wie du weisst, kein König, sondern nur der Statthalter von Isula. Es wird gefährlich, doch musst du das tun. Lakalt steht über ihm, doch Urak darf nicht erfahren, wer unter seinen Rittern zum Volk der Jäger gehört, denn würde er wissen, dass jener dabei ist, der ihn entthronen könnte, würde er diesen umbringen lassen."
Aufmerksam hörte Larior Maral zu und nickte nachdenklich. Dort wo die Strasse aus Cammal das Meer erreichte, sah man mehrere hohe Türme mit breiten Mauern rundherum. Es schien eine Art Festung zu sein, eine Festung, die den Hafen der Hauptstadt schützen sollte. Sie kamen näher heran und sahen zu ihrer Überraschung kaum Schiffe. Verwundert setzte Maral sein Fernglas auf und blickte in die Ferne. Auf einmal rief er verwundert aus: „Dort hinten im Nebel sind sie, wir müssen sie letzte Nacht überholt haben. Sie haben bestimmt mehrere Stunden Rückstand. Die Seemöwe hat ihren Erbauern von einst alle Ehre gemacht."
Das Segelschiff glitt weiterhin pfeilschnell auf den Hafen zu und liess die salzige Gischt von ihrem Bug hochspritzen. Die Matrosen sahen freudig in die Richtung des befestigten Hafens. Auch den Hofgardisten war es ins Gesicht geschrie-

ben, dass sie den festen Boden unter den Füssen vermissten.

Bald schon erreichten sie die äusserste Hafenmauer und warfen kurz davor den Anker aus. Gleich darauf liessen die Hofgardisten mithilfe der Matrosen die Beiboote ins Wasser. Die Palastwachen blieben zusammen mit Maral an Bord. Bald hatten die Männer aus Cammal das Ufer erreicht, und die Matrosen in den Beibooten ruderten wieder zurück zum Schiff. Maral winkte den Männern ein letztes Mal zu, bevor die Seemöwe hinter einer kurzen Landzunge verschwand und einzig noch ihre hohen Masten zu sehen waren.

Die Wachen am Ufer machten nicht den Anschein, als würden sie den Prinzen aufhalten wollen, sondern verbeugten sich ordnungsgemäss vor ihm. Auch die nun davonsegelnde Seemöwe schien bei ihnen kein Misstrauen zu erwecken. Anscheinend war ihnen nicht mitgeteilt worden, dass Arak gefangengenommen werden sollte. Auch beim Durchqueren und Verlassen der grossen Gemäuer rund um sie herum hielt sie niemand auf. Als sie den riesigen Torbogen durchschritten hatten und auf die Pflasterstrasse hinausgetreten waren, grinste Arak breit und meinte: „Ging doch einfacher, als ich gedacht habe. Schade nur, dass unsere Pferde in Salmarsat bleiben mussten, allerdings hoffe ich, sie werden den Rittern von Karlonden übergeben, dort wird es ihnen besser gehen als irgendwo sonst."

Die anderen waren ebenfalls erleichtert, während sie über die Strasse von der Küste weg bergwärts schritten. Es tat gut, endlich wieder die festen Pflastersteine unter den Füssen zu spüren, nach den Tagen auf den rutschigen, schwankenden Planken. Bald sahen sie über einer Kuppe das Schloss der Hauptstadt in den Nebel emporragen. Sie ka-

men an den Ruinen der zerfallenen alten Vorstadt vorbei, zwischen den Bäumen hindurch, bis sie schliesslich die Vorstadt des heutigen Cammal erreichten, wo die Männer mit ihren schimmernden Rüstungen gierig beäugt wurden. Misstrauisch lockerten die Männer ihre Schwerter, als sie immer wieder zwielichtige Gestalten an sich vorbeigehen sahen. Die Dolche in den Gürteln dieser Gestalten sahen neben ihren ungepflegten Gesichtern noch weniger vertrauenserweckend aus, manche von ihnen schlichen hinter ihnen her, sodass sich Grendair ständig umsah und an sein Schwert griff. Besonders, als mehrere dieser Vagabunden mitten auf die Strasse traten und riefen: „Der Prinz am Boden, wer hätte gedacht, dass dieser Nasehoch noch zu Fuss gehen kann. Nun muss er sich abfinden wie unsereiner und kann nicht auf seinem stolzen Gaul dahinhopsen."
Als die Hofgardisten ihre Schwerter zogen und mehrere Soldaten Cammals von irgendwo herbeigeeilt kamen, verschwanden die zwielichtigen Gestalten wieder in den dreckigen Gassen. Erfreut sahen die Soldaten, dass der Prinz zurückgekehrt war, und ihr Anführer meinte sogleich: „Lasst uns Euch und Eure Männer bis zur Stadtmauer begleiten. Langsam kennen die Halunken hier draussen keine Grenzen mehr."
Dankend nahm Arak das Angebot der Patrouille an. Begleitet von den sechs Wachen marschierten sie durch die Vorstadt in Richtung Stadttor. Bald schon durchschritten sie das Tor und erreichten den ersten Marktplatz. Dort wurden sie von ihren Begleitern wieder verlassen, da diese in die Vorstadt zurückkehren mussten.
Hier wichen die Leute misstrauisch zurück und tuschelten überrascht untereinander, als sie den Prinzen erblickten. Je näher sie zum Schloss kamen, desto argwöhnischer begeg-

neten ihnen die Menschen auf der Strasse, einige Gerüchte mussten sich herumgesprochen haben. Als sie weiter oben zu den grossen Häusern der Zunftmeister kamen, verschwanden sogar manche Menschen von der Strasse in die Häuser und man sah, wie sie ebenfalls mit abwägendem Blick aus den Fenstern linsten. Gerade, als sie unter dem Fallgitter hindurch in den Schlosshof marschieren wollten, kamen aus den Wachposten mehrere Schlosswachen gesprungen und hielten ihnen ihre spitzen Lanzen entgegen. Erschrocken wichen Arak und seine Männer zurück. Keiner von ihnen wollte das Schwert gegen die eigenen Männer richten, und so erhoben sie langsam ihre Hände. Es war Greg, der das Kommando zu haben schien und welcher nun rief: „Bringt sie zum König. Sie werden, bis Seine Majestät über sie richtet, als Gefangene angesehen. Selbst Prinz Arak wird nach Befehl Seiner Majestät als solcher behandelt."

„Seit wann bist du so?", schrie Larior Greg an, der nahe bei ihm stand, „es ist noch nicht lange her, da haben wir Seite an Seite gekämpft. Du hast Arak gesehen, wie er allen voran gegen das Böse und für das Volk Cammals gekämpft hat. Du hast ihn bewundert, du hast Ritter Lakalt bewundert, du hast selbst die Hofgardisten bewundert, und nun ist dir das gleichgültig."

Stramm schritt Greg neben Larior und sagte trocken: „Ich befolge die Befehle meiner Vorgesetzten. Der Aufstieg fällt halt nicht allen so in den Schoss wie jenem, der es gut mit dem Prinzen hält."

Bevor er sich entfernte, flüsterte er Larior ins Ohr: „Ausserdem bleibt mir nichts Anderes übrig, wenn ich nicht meinen Posten verlieren und dabei den Wohlstand meiner Familie aufs Spiel setzten will. Du solltest dich etwas in Acht nehmen, ich werde womöglich rasch aufsteigen können."

Nun wurden sie alle von den zahlreichen Schlosswachen vorangetrieben, bis sie schliesslich durch das hohe Tor eintreten mussten. Doch anstatt in den Kronsaal zu Urak, wurden sie weiter geführt und über die engen dunkeln Treppen zu den unterirdischen Grotten getrieben. Dort wurden sie hinabgeführt zu den vergitterten Verliessen. Die Schlosswachen zündeten in einem Tunnel mehrere Fackeln an. Im Flackern der Flammen sahen sie, während ihnen ihre Waffen abgenommen wurden, dass der Tunnel gegen hinten zugemauert war. Mit einem lauten „Klick" sprang das Gitter vor ihnen ins Schloss, und sie waren eingesperrt. Vor der kalten nassen Zelle der zehn Männer wurden mehrere Wachen postiert. Diese standen stramm da und machten keine Bewegung, sie drehten nur ihre Augen argwöhnisch zu den Gefangenen hin.
Auf einmal hörte man schlurfende Schritte, und einer der Wachen führte eine ausgemergelte entkräftete Gestalt an Ketten zur Treppe. Arak rief erschrocken: „Bariad! Was wurde dir angetan?"
Bariad drehte müde seinen Kopf zu Arak und war kaum wiederzuerkennen. Sein Gesicht war von wildem Bartwuchs überwuchert und seine Wangen tief eingefallen. Aus seiner Haltung war kaum mehr Stolz zu erkennen, der Prinz von Salmarsat schien gebrochen zu sein.

Stolz schritt Feriak seinen Offizieren voran in den Kronsaal und sprach, während er sich vor Urak verbog: „Seid gegrüsst, Eure Hoheit, ich komme mit der Nachricht eines errungenen Sieges zur See zu Euch, jedoch euch mit einer traurigen Botschaft. Wir konnten die Flotte Salmarsats versenken und deren Flaggschiff entern, welches nun Euch gehört. Andererseits gelang es uns nicht, Euren Sohn aus den Fängen Gelrads zu retten, und so musste ich erfahren, dass Euer Sohn zusammen mit all seinen Begleitern am Abend unseres Angriffs gehängt und den Haien verfüttert wurde. Auch Mendrieno soll scheinbar bei ihnen gewesen sein, so viel ich gehört habe. Allerdings weiss ich nicht genau, was der junge Graf von Meerschlossfels dort getan hat."

Urak schien nicht allzu überrascht zu sein, während Celeyia neben ihm einen Schrei des Entsetzens ausstiess. Als Urak mit hochrotem Kopf seinen Heerführer ansah, sprach dieser weiter: „Es tut mir so leid um Euren Erben. Die Flotte hat nun jedoch die Macht über das gesamte Meer um unsere Reiche. Zu Wasser können sie uns nicht mehr besiegen, mein Herr. Die Stadt Salmarsat ist nun verwundbar, der Hafen ist ungedeckt und schwierig zu verteidigen. Wenn Ihr verlangt, werde ich in nächster Zeit vermehrt Angriffe auf die Stadt unternehmen."

„Was Mendrieno von Meerschlossfels betrifft, so kann ich Euch beruhigen, Feriak", meinte daraufhin Urak zu seinem Heerführer, „er sei wohlbehalten zurück in Meerschlossfels, wo er zusammen mit seinen Beratern die Verteidigung der Blaim vorbereitet, so wurde mir mitgeteilt. Er selbst hätte dafür sorgen sollen, dass mein Sohn keinen schlechten Friedensvertrag unterzeichnet. Doch durch Euren Erfolg wäre das gar keine Notwendigkeit gewesen. Glücklicherweise hat Mendrieno gute Beziehungen zu Danrad von Salmarsat. Ich denke, dieser hat ihn mit irgendeiner List befreit."

Scheinbar dankend für die lobenden Worte verbeugte sich Feriak vor seinem König. Gerade als der Ritter wieder etwas sagen wollte, kam Greg, der nun ein Offizier der Schlosswache war, in den Kronsaal und berichtete: „Wir haben sie,

Eure Majestät, sie sind in die Grotten gesperrt. Sie sind alle wohlauf, auch Euer Sohn. Eben erst sind sie angekommen."
Feriak blickte die Schlosswache entgeistert an und stotterte: „Was für ein Glück, dass Euer Erbe noch lebt. Wahre Heldentaten muss er vollbracht haben, um aus den Verliesen Gelrads zu entkommen."
Urak schenkte Feriaks Worten keine Beachtung und befahl Greg sogleich: „Holt die Verräter, dann werde ich über sie richten. Ihnen soll trotz ihres Hochverrats ein Prozess gebühren. Zudem schwöre ich bereits hier, dass keiner von ihnen zum Tode verurteilt wird. Auf Grund ihrer Dienste am Reiche Cammal will ich mich gnädig erweisen."
Feriak schaute drein, als hätte er in eine saure Zitrone gebissen, doch versuchte er diesen Gesichtsausdruck so schnell wie möglich zu verbergen. Der König wandte sich wieder an seinen höchsten Ritter und befahl ihm: „Ihr werdet von nun an eine Seeblockade errichten und stellenweise vom Meer aus Angriffe aufs Hinterland einleiten. Nehmt dazu die Hälfte der Männer aus Cammal und beladet Eure Schiffe mit Vorräten. Der Krieg an Land wird Mendrieno zusammen mit den anderen Rittern führen."
„Euer Wunsch ist mir Befehl, Eure Hoheit", erwiderte Feriak mit einem übertrieben tiefen und ergebenen Knicks. Schliesslich drehte er sich um und verliess den Kronsaal würdevollen Schrittes mit stolz erhobenem Haupt.
Es ging nicht lange, bis von draussen Befehle erschallten und die Schritte vieler Männer zu hören waren. Als Vorderster erschien Arak, gefolgt von Lakalt, Gawair und den restlichen Hofgardisten. Sie alle mussten sich in einer Reihe vor Urak aufstellen. Die Männer trugen ihre Waffen und Rüstungen wieder, als sie stolz und unerschrocken vor den König traten. Bevor er zu den einzelnen Angeklagten kam,

begann er mit lauter wütender Stimme zu sprechen: „Aus freien Stücken habt ihr alle euch königlichen Befehlen widersetzt, was mit dem Tode bestraft werden müsste. Allerdings lasse ich Milde walten in Anbetracht dessen, was ihr alle für Cammal geleistet habt. Strafe muss jedoch sein, so kann ich nicht so tun, als hättet ihr mich nicht hintergangen. In guter Absicht, so dachtet ihr, wart ihr losgezogen, doch ist es eine Schande, was ihr getan habt. Ihr alle zähltet einst zu den edelsten Männern am Hofe Cammals, doch habt ihr Eure Würde und eure Pflicht verraten. Ihr könnt nun einige Worte zu Eurer Verteidigung vorbringen, ehe ich meinen Entschluss fasse. Zuerst werde ich über den Drahtzieher dieses Verrats richten, Arak von Cammal."

Arak trat vor seinen Vater und begann mit heller klarer Stimme zu sprechen: „Ist das wirklich nötig, dieses erneute Blutvergiessen? Wieso können wir nicht versuchen, in Frieden mit Salmarsat zu leben und anstatt einen Krieg zu führen, jene bestrafen, die einen Keil zwischen uns treiben? Ein Friede wäre das Beste für alle gewesen, doch hast du auf jene gehört, in deren Interesse es liegt, weiteres Leid über die beiden Reiche zu bringen."

Erbost sah Urak daraufhin den Prinzen an und schrie: „Du wirst dieses Reich eines Tages noch zugrunde richten. Somit wirst du bis zum Tage, an welchem du dein Erbe antrittst, zu einem gewöhnlichen Ritter degradiert und nimmst den Platz von Ritter Lakalt ein. Du wirst auf die Blaim entsandt und unterstehst dort den Befehlen Mendrienos."

„Ich werde es also in den Abgrund treiben?", erwiderte Arak nun spöttisch, „das wird kaum möglich sein, denn nach einem weiteren Krieg gegen Salmarsat wird Cammal genau dort sein. Ihr werdet es noch sehen, Eure Majestät,

was geschieht, wenn es dem Volk noch schlechter geht, irgendwann wir es genug vom König haben."
Arak trat mit giftigem Blick wieder zurück und sah seinen Vater scharf an, der ihm jedoch keine Beachtung mehr schenkte und Lakalt vortreten liess.
Dieser begann mit müder Miene zu sprechen: „Ich bin Eurem Sohn aus eigenem Willen und aus freien Stücken gefolgt, Eure Majestät, ich habe die Gräuel in den Sonnenbergen miterlebt. Das Volk will keinen Krieg mehr, es will Frieden."
Urak brauste erbost auf: „Ihr seid ein Lügner und Betrüger, Lakalt, Sohn eines Jägers. Es hätte mir bereits klar sein sollen, als Ihr in die Hofgarde eintratet und überlebtet, doch sah ich weg. Nun sprachen sich immer mehr Gerüchte herum, die über Eure Abstammung berichten. Eben erst ist Eure Mutter geflohen und wurde nicht mehr gesehen. Ihr, ehemaliger Ritter Lakalt, seid verbannt, als falscher Adliger gebt Ihr Euch aus. Verlasst mein Reich! Solltet Ihr das nicht tun oder zurückkehren, blüht Euch der Tod."
Überrascht und schockiert sahen alle Edelmänner im Saal den König an, der, während er sein Urteil fällte, mit seinem Schwert auf Lakalt zeigte. Der verbannte Ritter hörte dem Urteil des Königs regungslos und ohne ein Zeichen der Erbitterung zu. Eher umspielte ein feines überlegenes Lächeln seine Mundwinkel, und ein Stechen trat in seine Augen, wie es kaum schon jemand an ihm gesehen hatte. Gawair sprach beinahe dieselben Worte wie Lakalt, worauf der König sein Urteil fällte: „Euer Posten wird aufgehoben und ebenfalls durch meinen Sohn übernommen, Ihr seid von nun an ein gewöhnlicher Hofgardist und werdet ebenfalls auf die Blaim verlegt, wo Ihr Eure Würde zurückverdienen könnt."

Einer nach dem anderen wurde nun dem Alter nach vor den König befohlen und mit der Verlegung auf die Blaim bestraft. Als Letzter kam Larior mit versteinerter Miene und sprach sofort zum König: „Ich bin Eurem Sohn gefolgt, um den Frieden zu erhalten, doch bestraft meine Loyalität meinem Feldherrn gegenüber, der seinem Volk dient, wenn Ihr es für richtig haltet."
„Ich mag es nicht, wenn jemand leere Dinge spricht", schrie Urak den jungen Hofgardisten an, „ich habe erfahren, dass Ihr meine Tochter bedrängt und beschmutzt habt. So etwas nennt Ihr Loyalität? Ihr werdet ebenso wie Lakalt verbannt. Solltet Ihr zurückkehren, droht Euch der Tod!"
Larior sah Celeyia neben dem König tief in ihre wundervollen Augen. Dann wandte er sich noch einmal an den König, schritt dicht an ihn heran und sagte flüsternd mit drohender Stimme: „Sollte Celeyia irgendetwas widerfahren, was sie nicht will und aus Eurem Willen geschah, werde ich zurückkehren. Keine Eurer Armeen wird mich aufhalten können. Es gibt Dinge, wofür es sich zu kämpfen und zu sterben lohnt, doch Ihr habt noch kein solches Ding gefunden. Denkt ausserdem daran, dass Ihr nicht der höchste Herr über dieses Reich seid. Kailam, gilai Isula."
Daraufhin drehte er sich um und schritt mit einem Lächeln an Celeyia gewandt zusammen mit Lakalt davon. Auch Grendair drehte sich auf seinen Absätzen und sprach laut, so dass es im Saal widerhallte: „Einstmals dachte ich, ich würde dem Volk dienen, doch das scheint mir nicht mehr so zu sein. Ich werde meinen beiden Freunden ebenfalls in die Verbannung folgen!"
Schliesslich folgte er den beiden anderen, während Urak mit versteinerter bleicher Miene zurückblieb. Die Prinzessin hatte ihn noch nie so gesehen. Lariors Wort mussten ihn

tief im Stolz und in seinem Selbstbewusstsein getroffen haben. Als sie die Pforte bereits durchschritten hatten, fasste sich Urak wieder und winkte Greg zu sich. Zuerst knirschte Urak mit den Zähnen, bis er schliesslich Greg leise und böse befahl: „Bringt sie um, sobald sie die Grenze überschreiten, doch lasst es so aussehen, als wären sie von Truppen aus Salmarsat umgebracht worden. Benachrichtigt Mendrieno davon, er soll sich zur Sicherheit ebenfalls um die Sache kümmern. Diese Verräter dürfen nicht überleben, bei dem, was sie wissen."

Entsetzt hörte die Prinzessin nebenan, was der König der Schlosswache flüsternd befohlen hatte. Greg machte sich sofort auf den Weg, um den Befehl auszuführen. Die sechs zurückgebliebenen Hofgardisten und Arak schritten unbeeindruckt und aufrechten Hauptes davon, ohne sich auch nur ein letztes Mal zum König umzudrehen.

Zwölftes Kapitel - Sommerflucht

Müde ritten sie auf ihren schwachen erschöpften Pferden über die alte Pflasterstrasse. Vor ihnen tauchte in der Dämmerung des milden Juniabends endlich Gar auf. Zahlreiche Bauten standen nun wieder ausserhalb der Stadtmauer auf den Grundmauern der Ruinen. Die drei Reiter trugen zerfetzte braune Mäntel. In den gossen Bündeln auf den Rücken der Pferde klirrte etwas Metallisches. An ihrer linken Seite trugen sie ein Schwert, der jüngste von ihnen zu beiden Seiten. An ihren Schultern hingen ein Bogen und ein mit guten Pfeilen gefüllter Köcher. Misstrauisch wurden die drei bewaffneten Landstreicher von allen Seiten her beäugt, als sie die Strasse zu Lariors Heimatstädtchen hinaufritten. Durch das Tor wurden sie erst gelassen, als Lakalt einem der Stadtwachen einige Münzen in die Hand drückte und sagte: „Ihr habt uns nicht gesehen, so wird es für keinen von uns Probleme geben."

Sie ritten zwischen den Häusern hindurch in Richtung des Goldenen Fuchses. Auf einmal fiel Larior ein grosses neues Haus direkt auf dem Hügelkamm auf, es war beinahe so gross wie das neue Rathaus. Er fragte einen der Anwohner leise: „Wem gehört dieses Haus dort oben?"

„Unserem Bürgermeister", bekam er vom mürrischen Gerber zur Antwort, „der gute Herr liess es als Zeichen des Wohlstands unseres Städtchens errichten und wohnt nun selbst mit seiner Frau darin. Zudem hat er noch mehrere Bedienstete."

„Euer Bürgermeister ist immer noch Grindor?", stocherte Larior neugierig weiter.

„Ja", antwortete der gefragte Bürger kurz, „und wer seid Ihr, wenn ich fragen darf?"

„Nur ein Mann mit seinen Kumpanen auf der Durchreise. Stimmt es eigentlich, dass man im Goldenen Fuchs gut isst?", schwindelte Larior im Wissen, dass es immer noch wahr sein musste.

Der Mann nickte und schritt daraufhin mit argwöhnischem Gesicht davon, während von überall her neugierige Blicke zu ihm herüber wanderten. Die drei Landstreicher ritten nun weiter zum Goldenen Fuchs, wo sie ihre Pferde in den Stall bringen liessen und ein köstliches Mahl bestellen konnten. Allerdings mussten sie erfahren, dass keine Zimmer mehr zu haben waren, zu viele Leute versuchten, in Gar Fuss zu fassen. Larior schob seine Kapuze während des ganzen Essens nicht zurück, um nicht erkannt zu werden. Nachdem sie bezahlt hatten, berieten sie sich, und der Jüngste von ihnen schlug vor: „Ich könnte meinen Bruder in seinem Stadtpalast fragen, ob wir dort übernachten dürften."

„Ein Versuch ist es wert", stimmte ihm Grendair leise zu. Lakalt nickte ebenfalls, so verliessen sie den Goldenen Fuchs und schlenderten den Weg hinauf zum Haus, welches die ganze Stadt überragte.

Grindor tafelte mit seinen zahlreichen geladenen Gästen. Alle Sippenoberhäupter waren da, doch auch die vornehmen und vermögenden Handelsfamilien, die es im Reich noch gab. Besonders seinen Ehrengast, einen königlichen

Fürsten und Ritter, begrüsste er noch einmal stolz und höflich. Lachend genossen sie den Wein und die warme köstliche Speise, die seine Köchin zubereitet hatte. Frische Spargeln wurden an einer leckeren Rahmsosse serviert, während der glänzende Rehrücken in einer Pfeffersosse schmorte. Alle griffen wacker zu und liessen es sich schmecken. Grindor selbst wartete, bis die Handelsleute etwas angetrunken waren und lobte ihre Taten daraufhin feierlich: „Euch sei der Dank unserer Stadt gewiss. Ihr seid es, die noch den Mut aufbringt und trotz der zahlreichen Banditen die Strapazen der Reise auf Euch nehmt. Ein Hoch auf Euch, Ihr mutigen Handelsleute Cammals."
Dabei erhob er seinen Kelch, was ihm alle nachtaten. Selbstverständlich erhoffte er sich dadurch noch weitere Sympathien der Handelsleute zu sichern und sie auch weiterhin nach Gar zu locken. Der junge Bürgermeister wusste genau, dass seine Stadt eine der einzigen war, die sich im Aufschwung befand, die meisten anderen Städte machten schwere Zeiten durch.
Als einer der Kaufleute aufstehen wollte um den Dank zu erwidern, kamen drei ärmlich gekleidete Gestalten in Begleitung von zwei Stadtwachen herein. Sogleich ertönte eine höhnische Stimme: „Ein Ritter und zwei Hofgardisten in Kleidern von Bettlern? Ah, welche Überraschung, ihr seid ja nun so gut wie Bettler und weder Ritter noch Hofgardisten. Mir ist sowieso ein Rätsel, wieso solche Hochverräter wie ihr nicht zum Tode verurteilt worden sind. Besser wäre es für Cammal gewesen, doch die Strassen hier sind sowieso gefährlich und bringen manches Leid über den einen oder anderen Reisenden."
Die Drohung, die aus dem letzten Satz des Sprechenden klang, war nicht zu überhören. Der Ehrengast zu Grindors

Linken war aufgestanden und sprach mit abgewandtem Gesicht, bis er es schliesslich hämisch lächelnd den Ankömmlingen zeigte. Grindor blieb beinahe das Essen im Mund stecken, als er das Gesicht eines Ankömmlings erkannte, obwohl es kaum mehr jenem glich, das er vor Jahren zum letzten Mal gesehen hatte. Der Bürgermeister glaubte seinen Augen nicht zu trauen und wollte gerade etwas sagen, als die Männer aus Cammal das Gesicht des Ehrengastes erkannten. Lakalt entgegnete ruhig: „Wenn jemand Hochverrat begangen hat, dann seid Ihr das, Mendrieno von Meerschlossfels."

Hämisch grinste die angesprochene Person und befahl dann auf einmal: „Schnappt sie euch!"

Von draussen traten auf einmal mehrere Stadtwachen und einige von Mendrienos Söldnern ein. Die drei Männer wurden sofort eingekreist und an den Tisch gedrängt. Entsetzt sprangen die Gäste auf und zogen sich in eine Ecke zurück. Eine der Tischdamen begann laut zu weinen, als sie die blanken Schwerter sah.

Grindor wollte den Stadtwachen gerade ein Zeichen geben, zurückzutreten, doch Mendrieno schob ihn zur Seite und sprach zu den Dreien mit einem höhnischen Lachen: „Ihr greift uns an und wollt uns ausrauben, wir aber wehren uns."

Dann zückte er selbst das Schwert an seiner Seite und schritt auf Larior zu, welcher nun zusammen mit seinen Kumpanen ebenfalls das Schwert zog. Um die Mundwinkel des Grafen spielte immer noch ein leichtes gemeines Lächeln, als er drohend flüsterte: „Du hättest besser einfach die Finger von der Prinzessin gelassen, wie ich es dir bei unserer ersten Begegnung empfohlen habe."

Mendrieno holte zum Stich aus, doch Larior wich aus. Mendrieno wollte ihm nachsetzen und zerriss dabei zwischen den Stühlen sein Hemd. Unter den Fetzen des Stoffes sah man seinen kahlen Oberkörper. Larior stockte beinahe das Blut, denn er sah entsetzt die Tätowierung aus kantigen Buchstaben und einer schwarzen Flamme auf der Brust Mendrienos. Die Tätowierung war von einer langen Narbe durchzogen, und die Erinnerung an die schreckliche Nacht in Gar traf ihn wie ein Blitz.

„Du!", schrie Larior, sodass es durch das ganze Haus hallte, „du hast meinen Vater umgebracht!"

„Stimmt, das war unsere erste Begegnung, nicht erst in Cammal", flüsterte der Graf, ehe er sich höhnisch grinsend auf Larior stürzte, doch dieser versuchte nicht mehr auszuweichen, sondern liess sich in einen wilden Zweikampf verwickeln. Seine Miene verzerrte sich zu einer wilden Fratze, und er stürzte sich auf den jungen Grafen, welcher nun halb überrascht, halb ängstlich zurückwich. Sofort stürmten Mendrienos Soldaten auf die drei Gäste zu. Grindor sass währenddessen immer noch hilflos am Tisch und wusste nicht, was er tun sollte. Er konnte sich nicht gegen Mendrieno wenden, das wäre zu gewagt gewesen, noch weniger konnte er sich gegen seinen Bruder stellen.

Plötzlich packte Lakalt Larior an der Schulter, während er das Schwert seines Gegners abgleiten liess und zog seinen Kameraden mit sich aus dem Raum. Grendair folgte ihnen und blockte dabei mehrere Schläge ab. Mit Mühe konnte Lakalt Larior mit sich reissen, der dem verdutzten Mendrieno entgegenschrie: „Du wirst für deine Schandtaten büssen, nicht nur für jene, die du meinem Vater angetan hast, sondern auch für alle anderen. Du bist ein Diener des Bösen."

Mit seinen letzten Worten verschwand Larior aus Grindors Haus, und die drei Männer rannten zu den Ställen des Goldenen Fuchses, verfolgt von Mendrienos Söldnern. Überrascht sah ihnen ein Stallbursche zu, wie sie hastig die Stricke ihrer Pferde durchschnitten, sich hinaufschwangen und sofort losritten. Durch das Eingangstor der Ställe kamen bereits ihre Verfolger hereingerannt, doch blieb diesen nichts anderes übrig, als sich zur Seite zu werfen und den Hufen der Pferde auszuweichen. Donnernd sprengten die flüchtenden Reiter über die Pflastersteine davon in Richtung Stadttor.

Aus dem Fenster blickend, sah Philipp, wie sich drei Reiter davonmachten und meinte zu Fredgar: „Mich laust der Esel, gerade dachte ich mir, das war Larior, der da in Begleitung von diesem Ritter aus dem Spitzbachtal davonritt. Allerdings schien mir, als wären sie wie Bettler gekleidet. Ich muss wohl ein Bierchen zu viel getrunken haben, sollte wohl besser Schluss machen für heute."

Fredgar erwiderte ebenso überrascht: „Du hast vermutlich nicht richtig gesehen. Dieser Vollidiot ist doch dort irgendwo gefallen, kurz nachdem er zum Hofgardisten ernannte wurde, wie ich gehört habe. Ich glaube eher, dass du einen Krug zu viel geleert hast."

„Dann wird er es kaum gewesen sein", mischte sich daraufhin Gustav ein, der ebenfalls am Tisch sass, „das beweist doch, dass er kein richtiger Jäger war. Man sagt ja, dass einzig die Jäger die Einsätze in der Hofgarde überleben."

„Dann müsste doch auch Ritter Lakalt ein Jäger sein", zweifelte Philipp an den Worten seines Freundes.

Nun schien Fredgar ein Gedanke gekommen zu sein, den er sofort vorbringen musste: „Ich habe Gerüchte gehört, wonach Lakalt nicht der Sohn eines Adligen sein soll, sondern

der eines Jägers. Man soll seine Mutter, die vor ihrem Mann und wahrscheinlich vor dem Tode flüchtet, hier in der Gegend gesehen haben. Ausserdem dachte ich vorher, dass dieser Ritter ebenfalls einer der Flüchtenden war, was heissen würde, er wäre ein Jäger."
„Ich sage doch schon lange", begann Gustav nach einer kurzen Pause, „dass man den Jägern nicht trauen kann. Nun sieht man es wieder, sie haben sich irgendwelchen Ärger eingebrockt und müssen nun fliehen."
Daraufhin nahmen alle drei einen kräftigen Schluck aus ihren Bierkrügen und sahen aus dem Fenster hinaus in den schönen Frühsommerabend.

Die drei Reiter preschten durch die lebendigen Gassen auf das offene Tor zu, mehrere Leute mussten sich vor den gefährlichen Hufen in Sicherheit bringen. Die Wachen wichen sofort zurück, als die Pferde in vollem Galopp auf sie zurasten und machten ihnen Platz. Verdutzt sah man ihnen nach und schüttelte ahnungslos den Kopf. Erst als auch noch einige von Mendrienos Männern gerannt kamen, schien mehreren Bürgern ein Licht aufzugehen, doch konnten sich viele das Geschehen nicht erklären. Bald hörte man das laute Klappern der Hufe auf den Pflastersteinen in der Dunkelheit verklingen.
Der Abend war immer noch mild, und es schien eine warme Sommernacht zu werden, als die müden Reiter erschöpft den gegenüberliegenden Hügel hinaufkeuchten. Die müden Pferde führten sie an den Zügeln über das weiche Gras. Ihnen gegenüber sah man immer noch die Lichter Gars leuchten. Vor ihnen ragten die dicken Mauern der Ruine in den klaren Nachthimmel auf. Jener Ruine, bei welcher Larior als junger Bursche den flinken Umgang mit dem Schwert

erlernt hatte. Bereits von weitem roch man den Geschmack von gebratenem Fleisch, und bald schon sah man den Schein eines Feuers zwischen den erleuchteten Mauern. Sie schritten vorsichtig zwischen die Mauern hinein, nachdem sie ihre Pferde draussen angepflockt hatten.
Sofort richteten sich mehrere Bogen auf sie, als sie in den Schein des Feuers traten. Es waren gerade mal fünf Männer, die da waren, doch alle hatten Pfeile aufgelegt. Larior erkannte sofort Trendior und Greiair, welche die Ankömmlinge misstrauisch musterten. Die Jäger erkannten ihre Gesichter nicht sofort, doch Lakalt beruhigte sie in ihrer Sprache: „Ich bin es, Lakalt. Wir sind aus Cammal verbannt und nun auf der Durchreise. Dürfen wir bei euch übernachten? Aus Gar wurden wir von Mendrieno von Meerschlossfels verjagt."
Trendior sprang sofort auf und liess seinen Bogen fallen. Dann ging er hastig auf Larior zu, den er endlich erkannte und rief erfreut: „Wenn das nicht unser Junge mit dem Zauberschwert ist!"
Mit einem breiten Lachen im Gesicht umarmte er seinen ehemaligen Lehrling und meinte besorgt: „Was ist denn geschehen, dass ihr nicht mehr Eure Stellung inne habt?"
Nun stellte sich Grendair den jungen Jägern vor, und Lakalt begann die ganze Geschichte am Feuer zu erzählen. Als er endete, verzog sich Trendiors Gesicht bei der Erwähnung von Mendrienos Namen. Allerdings vermied es Lakalt vorsichtshalber, Trendior zu erzählen, was Larior heute erfahren hatte. Die drei Reisenden konnten sich ihre leeren Mägen füllen und die Hände am Feuer wärmen.
Während sich Lakalt und Larior nebenan zum Schlafen hinlegten, sass Grendair neben Greiair am Feuer und unterhielt sich mit dem jungen Jäger, welcher besonders interes-

siert an Grendairs Geschichten war. Lakalt schnarchte bereits, als sich Grendair ebenfalls zum Schlafen legte. Doch als er die Augen schliessen wollte, sah er, dass Larior gar nicht schlief, sondern mit offenen Augen da lag und in den Sternenhimmel starrte, während Tränen über seine Wangen liefen.
Grendair flüsterte: „Was meintest du damit, dass sich Mendrieno dem Bösen verschrieben hat? Er mag ja die Herrschaft über Cammal anstreben, doch ist er nicht zu Höherem in der Lage."
„Er hat damals in einer fremden Sprache gesprochen", begann Larior seine Antwort, und seine Stimme verwandelte sich von einer traurigen in eine wütende, „damals, als er meinen Vater tötete. Es war eine Sprache, die noch grausamer und viel machtvoller klang als jene der Skralgas. Eine Sprache, der man das Böse anhörte. Seine Tätowierung steht vermutlich auch in dieser Sprache. Ich glaube, seine Absichten sind weit dunkler als wir bisher vermutet haben. Die Schwarze Flamme auf seiner Brust wurde auch als Wappen von mehreren Skralgas getragen. Wir haben es hier nicht nur mit jemandem zu tun, der versucht, den Thron Cammals zu besteigen, sondern mit jemandem, dessen Machthunger keine Grenzen kennt."
Ihren Gedanken nachhängend, lagen die drei Flüchtigen nebeneinander auf der Wiese, umgeben von Steinen der Ruine. Sie starrten hinauf in den klaren Sternenhimmel, bevor sie endlich einschliefen.
Früh am nächsten Morgen wurden sie leise von Trendior geweckt. Es begann zu dämmern, als der junge Jäger ihnen zuflüsterte: „Kommt, seht euch das an."
Gähnend standen die drei aus Cammal auf und folgten Trendior zu den anderen Jägern, die mit gespannten Bogen

auf der Anhöhe lagen. Trendior legte sich ebenfalls ins Gras und robbte geräuschlos an die Kuppe. Die anderen taten es ihm nach und legten sich neben ihn. Dann flüsterte er beinahe ohne Ton: „Seht ihr dort unten die Gestalten, die dort durchs Gras schleichen?"
„Mendrienos Todesengel!", rief Grendair leise aus. Sofort huschte er zurück zu den Pferden und kam mit ihren drei Bogen und den Köchern zurück. Sie schätzten sich glücklich, dass sie ihre Kettenhemden auf der ganzen Reise nie ausgezogen hatten, allerdings wären sie jetzt froh gewesen, wenn sie etwas mehr von ihren Rüstungen umgeschnallt gehabt hätten. Greiair kroch an sie heran und flüsterte kaum hörbar: „Es sind ihrer dreizehn, Mendrieno scheint nicht dabei zu sein. Am besten warten wir, bis sie so nahe sind, dass unsere Pfeile mit Sicherheit ihr Ziel finden. Auf einmal kam einer der anderen jungen Jäger von hinten herbeigeeilt und wisperte ihnen zu: „Von der anderen Seite kommen nochmals sechs. Sie haben die Anhöhe schon fast erreicht, sie bieten allerdings kein gutes Ziel. Ich glaube nicht, dass sie etwas von uns gemerkt haben."
Daraufhin gab Trendior den Dreien aus Cammal das Zeichen, die Rückseite zu decken, während sie die Vorderseite halten würden. Besorgt schlug Lakalt leise vor: „Besser ziehen wir uns in die Ruinen zurück und lassen sie denken, wir würden noch schlafen. Sie werden nicht durch die Gemäuer kriechen können und damit bessere Ziele bieten."
Trendior hob den Daumen und kroch zurück zur Ruine. Alle anderen taten es ihm gleich, und sie verbargen sich seitlich in den schattigen Spalten der Gemäuer. Bald schon sahen sie, wie sich das Gras an der Kuppe langsam bog und mehrere Gestalten gleichzeitig auf die Ruine zu gekrochen kamen. Als Mendrienos Söldner niemanden sahen, schlichen

sich die meisten von ihnen zur kalten Feuerstelle, doch die sechs von der Rückseite des Hügels zwängten sich mit gezückten Schwertern durch die Gemäuer.

Grendair stand lauernd in einer Spalte und legte langsam seinen Bogen ab, als er die schleichenden Schritte von links auf sein Versteck zukommen hörte. Er zog einen Dolch aus seinem Gürtel und wartete, während sich jede Faser in seinem Körper spannte. Die Gestalt wollte gerade umkehren, als Grendair ihr die Hand auf den Mund drückte und ihr den Dolch durch ihre Kehle fahren liess. Lautlos brach der Mann zusammen und wurde von Grendair in die dunkle Spalte geschleift.

Nun hatten Mendrienos Todesengel die Schlafplätze abgesucht und riefen leise die anderen aus den Gemäuern zu ihnen. Wütend zerschnitten einige die Zelte mit ihren scharfen Schwertern. Allerdings kam auf ihre Rufe einzig einer zu ihnen gelaufen, während er sich verwirrt nach den anderen umsah. Sie wurden unruhig, als nach einigen verstrichenen Minuten immer noch niemand aufgetaucht war. Argwöhnisch und mit gezogenen Schwertern sahen sie sich um, doch wagte es keiner, wieder alleine zwischen die Mauern zu kriechen.

Lakalt stand über der Leiche eines Gegners und blickte unruhig auf die Blutspur, die er zurückgelassen hatte. Die steigende Sonne machte ihm ebenfalls zunehmend Sorgen. Er sah die Feinde in der Deckung warten, wohl bis das Tageslicht heller würde. Larior gleich neben ihm, ebenfalls über einem toten Feind stehend, hatte bereits die Sehne seines Bogens gespannt.

Alles war ruhig rund herum, selbst die Vögel waren verstummt. Greiair hörte einzig aus der Nähe eine Stimme: „Lasst sie uns holen. Er will nicht, dass uns das Volk hier

sieht. Sie sollen denken, die Jäger seien von Banditen getötet worden und nicht von uns."
Nun hörte Greiair langsame Schritte auf sein Versteck zukommen und jemand rief leise: „Seht, da ist eine Blutspur!"
Der Jäger neben Greiair hatte bereits seinen Bogen gespannt, während er selbst sein Schwert zog. In der Spalte konnten ihre Feinde sie zwar nicht sehen, doch wussten sie, wo sie waren. Einer von Mendrienos Todesengeln legte einen Pfeil auf und schoss ihn in die Spalte. Der Jäger neben Greiair fluchte leise und hatte Mühe sich aufrecht zu halten. Der Pfeil steckte tief in seinem Bein. Doch der Laut der Stimme wurde gehört, und mit erhobenen Schwertern stürmten vier der Feinde auf sie zu. Einer von ihnen liess sein Schwert plötzlich mit einem lauten Scheppern fallen und ging, sich die Schulter haltend, auf die Knie. Ein Pfeil steckte tief in seinem Fleisch und hatte den Armknochen durchbrochen. Larior legte nun einen neuen Pfeil auf, doch die anderen waren bereits nicht mehr zu sehen, als plötzlich ein lauter Schrei erschallte.
Der Jäger neben Greiair warf seinen Bogen zur Seite und zog nun sein Schwert aus der Scheide. Einer der drei noch stehenden Feinde ging langsam taumelnd zu Boden und starrte auf den Pfeil in seiner Brust. Langsam rann Blut an ihm hinab und tränkte seinen schwarzen Umhang, bis er schliesslich regungslos zur Seite fiel. Die beiden anderen stürmten nun in die Spalte hinein und stachen wild um sich. Greiair schrie auf, als ein Schwert in seine linke Schulter stach, doch wusste er nun, in welcher Richtung sein Feind stand und stach entschlossen zu. Mit dem Zurückziehen seines Schwertes fiel ihm der leblose Körper des Angreifers auf die Füsse. Er rief nach dem Jäger neben ihm, erhielt jedoch keine Antwort. Beunruhigt machte er sich auf den

Weg zum Ausgang, als auf einmal ein Schwert auf seinen Hals zu sauste. Schnell konnte er sich noch bücken und sich zur Seite werfen. Der letzte Todesengel innerhalb der Mauern sprang daraufhin aus dem Versteck zu den anderen, er wusste, dass der Jäger ihn gesehen hatte. Neben sich hörte Greiair ein Röcheln und kniete nieder. Sein Freund lag mit durchgeschnittener Kehle da und tat seine letzten Atemzüge, seine Augen leuchteten im Dunkeln und verblasten langsam.

Währenddessen hatten die anderen Jäger ihre Verstecke verlassen und feuerten wild ihre Pfeile auf die Feinde ab. Diese gingen sofort in Deckung, doch ahnten sie nicht, dass nicht alle Jäger direkt auf sie zukamen. Larior und Grendair waren über die Ruinen der Mauern in die Höhe geklettert und kamen langsam näher. Als der Pfeilhagel aufhörte, hoben die Söldner ihre Köpfe wieder und sahen keinen Feind mehr. Auf einmal brachen allerdings die äussersten beiden zusammen und griffen mit letzter Kraft an ihre Kehlen, beide waren von Pfeilen durchbohrt worden. Die anderen blickten hinauf, wo die Pfeile her kamen. Dort sahen sie die beiden Schützen im Licht der aufgehenden Sonne lauern. Sofort zielten sie, doch von der Seite her wurden ihre Hände von Pfeilen durchbohrt, und sie liessen mit schmerzverzerrtem Gesichter ihre Bogen fallen. Allerdings hatten zwei von ihnen bereits ihre Pfeile abgefeuert.

Larior rutschte ab, als er auszuweichen versuchte, und konnte sich gerade noch an einer Mauerritze festhalten. Ein Pfeil hatte ihm die Seite des Halses aufgeritzt und lag nun auf der Kuppe des Hügels im Gras. Sein eigener Bogen lag mehrere Meter unter ihm auf der Wiese. Grendair musste hinter einer Säule in Deckung gehen und konnte seinem jungen Kameraden nicht zu Hilfe eilen. Jener, der vor

Greiair geflüchtet war, musste nun zusehen, wie sich die Jäger auf die anderen Söldner stürzten. Er legte noch einen Pfeil auf und schoss ihn in die Brust des Jägers neben Trendior. Dieser wandte sich mit wutverzerrtem Gesicht in die Richtung des Söldners, der jedoch bereits ausserhalb der Burgmauer in Deckung gegangen war. Ein anderer Söldner schien schon länger verschwunden zu sein. Der Schütze rannte um die Mauer herum und wollte bereits fliehen, als er eine hilflose Gestalt über sich an der Mauer baumeln sah. Von unten schrie er hinauf: „Sieh nach unten, bevor ich dich töte!"

Larior blickte nach unten und sah, wie der Gegner einen Pfeil auflegte. Der Todesengel wollte gerade die Sehne spannen, als sich Larior zu ihm hinunterfallen liess. Der einstige Hofgardist zog im freien Fall rasch sein Schwert und stürzte auf den erschrockenen Feind, dessen Finger krampfhaft den Bogen hielten. Der Söldner kam erst wieder aus der Starre, als er niedergeworfen wurde und einen schmerzhaften Stich in seiner Brust spürte. Er stiess einen Schrei aus, wurde daraufhin von all seinen Gefühlen verlassen und von Dunkelheit umfangen.

Larior rollte sich zur Seite und blieb zuerst regungslos im Gras liegen. Dann versuchte er sich aufzurappeln, musste sich jedoch auf sein Schwert stützen, um sich aufrichten zu können. Der Pfeil seines niedergestreckten Feindes hatte sich bei der Landung in sein Bein gebohrt. Bereits kamen die anderen Jäger um die Biegung gerannt und schossen beinahe ihre Pfeile ab, doch sahen sie Larior vor sich, der soeben jenen Feind besiegt hatte, der zuvor einen ihrer Freunde getötet hatte.

Dreizehntes Kapitel - Sonnenweg

Wutentbrannt schlug Mendrieno dem Söldner ins Gesicht und schrie ihn an: „Nur zwei, sagst du? Nur zwei habt ihr getötet und es waren nicht einmal die Flüchtigen? Man sollte euch euren Lohn wegnehmen! Wozu seid Ihr dann zu gebrauchen? Muss ich wirklich noch die wahren Todesengel anfordern? Eins ums andere Mal enttäuscht ihr mich. Ihr wart in Überzahl und werdet noch abgeschlachtet, als wäret ihr in grausamer Unterzahl. Nun entkommen sie euretwegen, ihr Nichtsnutze. Sie dürfen nicht nach Marsat gelangen, denn dort hin werden sie gehen wollen."
Der Angesprochene, der neben der Kutsche des Grafen stand, schwieg betroffen, während der wutentbrannte Graf seinen Dolch in das polierte Holz rammte.

Aufgebahrt lagen ihre toten Freunde am lodernden Feuer. Aus der Festung trugen Trendior und der dritte Jäger Steine herbei, die anderen vier versuchten Gräber in die harte Erde zu graben. Greiair und Larior taten das Ganze unter grossen Schmerzen, der junge Hofgardist konnte sich kaum auf den Beinen halten und trug einen Verband über die Einstichstelle des Pfeils. Greiair rauchte in einer Pfeife altbewährte Kräuter und hoffte auf die Milderung seiner Schmerzen, doch waren nun seine Gedanken ziemlich benebelt. Larior lehnte das Angebot, ebenfalls zu rauchen, dankend ab, als er den verträumten Blick des Jägers sah. Als Trendior Greiair ein bisschen beobachtet hatte, rief er mit einem säuerlichen Lächeln aus: „Dieses Kraut mag Wunder wirken, doch kann es dem weisesten Mann die Sinne vernebeln."

Als es bereits Mittag wurde und die Leichen ihrer treuen Freunde von Steinen zugedeckt in ihren Gräbern lagen, schichteten sie Holz darüber auf. Die Schwerter der Gefallenen wurden in deren Gräber gesteckt und das trockene Holz entzündet. Während die Jäger um die Gräber knieten und ihre Wünsche aussprachen, stieg der Rauch über dem lodernden Feuer empor in den dämmernden Himmel. Trotz des starken Windes, der über ihnen wehte und die Bäume neigte, stieg der Rauch gerade in die Höhe empor, es schien, als würde nichts die Rauchsäulen über den spielenden Flammen verbiegen können. Der Tag hatte sich bereits dem Ende zugeneigt, und die Rauchsäulen stiegen dem aufgehenden Mond entgegen in den klaren Himmel, hin zum Sternenzelt.

Die Nacht umhüllte bereits das ganze Garland, als die drei Reiter wieder aufbrachen und die drei Jäger bei den Gräbern zurückliessen. Ungern hatten sie sich voneinander verabschiedet, doch blieb den drei Verbannten nichts andere übrig als weiterzuziehen. Die Hufe ihrer Pferde drückten in das hohe saftige Gras, als sie den Hügel hinunterritten und sich langsam der alten Strasse zuwandten. Gar hatten sie bereits ein gutes Stück hinter sich gelassen. Niemand in der Stadt ahnte auch nur, was sich am Morgen in der alten Ruine abgespielt hatte, einzig die beiden kerzengeraden Rauchsäulen hatten sie argwöhnisch werden lassen. Die Bürger Gars waren zu einem grossen Teil noch nicht zu Bett

gegangen, vielerorts brannte noch Licht. Es schien jedoch nicht die friedliche Stimmung vom letzten Abend zu herrschen, sondern es klang so, als würden sich Tumulte bilden.
Die drei Reiter bekamen vom Geschrei aus der Stadt wenig mit. Bald schon herrschte um sie herum Totenstille, nicht einmal mehr das Zirpen der Grillen war zu hören. Einzig das Rauschen des Windes in den Baumwipfeln durchbrach die Ruhe der Nacht. Im fahlen Mondlicht sah man die Umrisse der Bäume, welche den Strassenrand hoch säumten.
Die Nacht verstrich, und die drei Landstreicher wurden immer müder, doch hielten sie auch im Morgengrauen nicht an. Sie wollten unbedingt so schnell wie möglich die Grenze überschreiten und endlich Cammal verlassen.
Erst als der Tag anbrach, stiegen sie von ihren erschöpften Gäulen und liessen diese neben sich her trotten, während sie rasch dahinschritten. Lange schwiegen sie, bis Grendair schliesslich das Schweigen brach und seine Kameraden mit müder Stimme fragte: „Wohin werdet ihr euch wenden, wenn wir Cammal verlassen haben?"
„Nach Marsat", antwortete Lakalt, während Larior noch schwieg, „dorthin, wo ich hingehöre. Ich werde das tun, was mein Vater bereits hätte tun sollen. Ich tue das, was ich tun muss."
Als Larior danach immer noch schwieg, hakte Grendair nach: „Und du Larior, gehst du auch nach Marsat? Wo zieht es dich hin?"
Nun schreckte Larior auf, und sein verträumtes Gesicht schien überrascht zu sein. Zuerst stotterte er etwas vor sich hin, doch dann antwortete er etwas zögernd: „Ich bin mir noch nicht sicher, doch denke ich, dass ich nach Dailron gehen werde. Vielleicht gehe ich irgendwann auch noch nach Marsat, doch in nächster Zeit werde ich mich in den

Bergen nach dieser Stadt umsehen, wie Maral es mir empfohlen hat. Und du Grendair, wohin gehst du?"
„Ich wollte ja eigentlich in den Norden, wo meine Eltern herkommen", antwortete der Angesprochene, „doch denke ich, es wäre klüger, zuerst einem von euch zu folgen. Vorerst muss ich wohl auf dich, Larior, aufpassen, ich kann dich doch nicht alleine durch das wilde Gebirge streifen lassen."
Beim letzten Teil begann er zu grinsen und klopfte seinem jungen Freund auf die Schulter. Schliesslich meinte er an Lakalt gewandt: „Ich bin überzeugt, dass du dich in Marsat zurechtfinden wirst. Es soll wirklich eine schöne Stadt sein, doch sei nicht überrascht, wenn sie völlig entvölkert ist. Ich selbst war nie dort, doch hat mir Hendrior aus Periula erzählt, dass man bis an den Hafen gehen müsse, um eine lebende Seele anzutreffen."
Nun lächelte Lakalt und entgegnete entschlossen: „Es ist ja genau meine Aufgabe, dies zu ändern und wieder mehr Leute unseres Volkes nach Marsat zu bringen und mindestens einen Teil der Stadt wieder zu bevölkern."
„Mendrieno und Urak werden dich beneiden", meinte Grendair nun wiederum mit einem breiten Lachen, „wenn sie merken, dass du der mächtigste Herrscher diesseits der Sonnenberge bist. Auch Arak wird staunen, wenn er deine Stadt sieht, doch wird er dich kaum beneiden. Ich würde gerne sehen, was Urak tut, wenn er akzeptieren muss, dass er nur ein Statthalter ist und dir zu gehorchen hat. Doch besonders würde ich gerne Mendrienos Gesichtsausdruck sehen, wenn er erkennt, dass du plötzlich so hoch oben stehst."
Nun mischte sich Larior ein und meinte bedrückt: „Was Urak betrifft, so mag das sein, doch denke ich, dass Mendrieno etwas Grösserem dient als wir ahnen. Ich glaube

nicht, dass er es nur auf Cammal und Salmarsat abgesehen hat. Er weiss mehr über unser Volk als uns lieb sein kann."

Sie redeten auf einmal wild durcheinander, und Grendair meinte etwas genervt zu Larior: „Ahne doch nicht immer gleich das Schlimmste. Dieser Fürst hat nur seine eigenen Interessen im Sinn. Das einzige was er will, ist die Herrschaft über Cammal und vielleicht noch über Salmarsat, sonst nichts."

Auf einmal wurden sie still und wachsam. Sie hörten auf der Strasse das Hufgetrappel von Pferden. Erschrocken sprangen sie von ihren Pferden und hielten sie an den Zügeln.

„Das sind keine normalen Pferde", vermutete Lakalt, während er aufmerksam lauschte.

„Streitrosse!", erkannte Grendair sofort, „in Deckung!"

Schnell führten sie ihre Pferde zwischen die Bäume am Strassenrand und versteckten sich dort mit gespannten Bogen. Das Hufgetrappel wurde immer lauter. Sie spannten die Sehnen und warteten, bis die schäumenden Nüstern der kräftigen Pferde in ihr Blickfeld kamen. Dann jedoch liessen sie ihre Bogen sinken, und Grendair sprang hinter den beiden Reitern aus der Deckung. Ein breites Lachen umspielte seine Mundwinkel, als er mitten auf der Strasse stand.

„Halt!", schrie er, „Haltet, ihr Wachen des Palastes von Periula!"

Die Reiter hielten ihre Pferde an und liessen diese auf ihren Hinterbeinen wenden. Sofort nahmen sie ihre Helme ab und trabten langsam auf den ungepflegten Landstreicher zu. Der eine von ihnen hatte vorsichtshalber sein Schwert gezogen. Es ging eine Weile, bis einer der Reiter endlich ausrief: „Ah, da seid ihr ja endlich, wir haben euch gesucht."

Nun hatten auch Lakalt und Larior ihre Deckung verlassen und traten vor die Reiter. Sofort erkannte Grendair die beiden und rief erfreut aus: „Hendrior, Kerior, was macht ihr denn hier?"

Hendrior sprang aus dem Sattel und kam auf Grendair zu, schlug per Handschlag ein und berichtete dann: „Wir waren auf der Suche nach euch. Wir vernahmen, ihr wäret verbannt worden, und der König habe heimlich befohlen, euch nach dem Übertreten der Grenze umzubringen. Zudem erfuhren wir, dass ihr euch in Gar mit Mendrieno angelegt hattet. Es hiess sogar, der Bürgermeister hätte beinahe seine Stellung verloren. Ich denke, Mendrieno war es, der das Volk wegen eines Verwandten des Bürgermeisters gegen diesen aufgestachelt hat. Es waren Feriaks Truppen, die dann für Ordnung gesorgt haben sollen. Sogar Feriak selbst haben wir in Gar gesehen. Ich denke, der Bürgermeister kann seinen Posten nun behalten. Das Bündnis der beiden Verräter dürfte seit unserem Treffen in Salmarsat zerbrochen sein, nun sind sie vermutlich erbitterte Rivalen."

Dabei zwinkerte er Larior zu und fügte dann noch an: „Eure Spuren in der Sonnenfestung waren zudem kaum zu übersehen. Trendior hat mir gesagt, wann ihr losgeritten seid, und so konnten wir euch folgen. Schrecklich, was mit den beiden jungen Jägern geschehen ist, doch taten sie es für das Gute und werden nun im Sternenzelt ruhen. Wir beide werden mit euch gehen und dann Lakalt folgen, sollte er das tun, was ich erwarte. Und was ich auch hoffe, dass er es tun wird."

„Ich denke, dass ich das tun werde, was du erwartest, ich werde nach Marsat gehen und meinen Platz einnehmen", entgegnete Lakalt mit ernster Miene und stolzem Blick.

Die anderen zwei Flüchtigen teilten den beiden Palastwachen ebenfalls ihre Absichten mit, bevor sie sich wieder in die Sättel ihrer Pferde schwangen. Nun waren sie zu fünft auf der alten Pflasterstrasse unterwegs. Die Palastwachen mussten das Tempo ihrer Streitpferde etwas zügeln, um die drei anderen nicht abzuhängen, deren Pferde müde waren und auch zu guten Zeiten die Schnelligkeit der Pferde der Palastwachen nicht erreicht hätten. Der Morgen verging, und der Mittag kam mit einem Bärenhunger, so dass das Gasthaus an der Strasse höchst willkommen war.

Als sie nach einem reichen Mahl wieder nach draussen traten, sah sich Hendrior um und meinte: „Wir befinden uns im Augenblick vermutlich irgendwo mitten in der Grafschaft Garlendburg. Hier sollte Mendrieno es nicht wagen uns etwas anzutun, schliesslich sollte ein Fürst nicht in ein anderes Fürstentum oder eine andere Grafschaft reisen, ausser er wäre eingeladen oder auf der Durchreise. Dennoch dürfen wir nicht alle Vorsicht fallen lassen."

Das beruhigte die anderen, selbst Larior schien nicht mehr so misstrauisch zu sein. Sie liessen ihre Pferde über die Strasse in Richtung Norden zur Grenze Garlendsburg traben. Sie übernachteten noch in der Grafschaft Garlendburg, bevor sie sich am nächsten Tag wieder in scharfem Galopp in Richtung Brückstadt aufmachten.

Die Türme der Stadt sah man bereits von weitem. Die alte Brücke schwang sich wie ein Schatten über das im fahlen Mondlicht glitzernde Wasser. Die Tore zu beiden Seiten der Brücke waren geschlossen. Jenseits des Flusses war das einstige Heerlager einem kleinen Vorposten gewichen, aus welchem ein flackernder Lichtschein schimmerte. Langsam liessen sie ihre Pferde der Stadtmauer entlang in Richtung Norden traben. Die Tore selbst waren gut bewacht, und

auch die Posten auf der Mauer waren mit wachsamen Soldaten besetzt. Obwohl ihnen nichts angetan werden durfte, hielt es Grendair für besser, ungesehen zur Grenze zu gelangen. Lakalt flüsterte daraufhin beinahe lautlos: „Nun gilt es noch Salmarsat zu durchqueren. Wie hoch ist da die Wahrscheinlichkeit, dass wir irgendwo einem Grenztrupp oder einer ganzen Streitmacht über den Weg laufen?"
„Etwa so sicher, wie die Sonne morgen aufgehen wird", scherzte Kerior leise, als sie gerade den letzten Turm der Stadtmauer hinter sich gelassen hatten. Vor ihnen tat sich ein offenes Gelände auf, und sie zogen ihre Kapuzen tief ins Gesicht. Selbst in der Dunkelheit hätte man die gebückten Reiter kaum für die flüchtigen Männer aus Cammal gehalten.
„Bald müssten wir die Grenze zu Salmatsat überschreiten, wenn wir in dieser Richtung weiter gehen. Ich denke, wir sollten uns in diesem mit Soldaten gespickten Land eher nach Osten wenden, wo die schwer begehbaren Grenzen kaum bewacht sind", schlug Hendrior nachdenklich vor. Die anderen nickten zustimmend und folgten Hendrior in diese Richtung, denn die Palastwache kannte die Gegend von früher her ziemlich gut. Weit vor ihnen sahen sie die Silhouette der bewaldeten Hügel, welche die Grenze bildeten. Diese waren vorerst ihr Ziel.

Die grünen Äste schlugen ihnen ins Gesicht und Dornen kratzten ihre Wangen auf. Immer wieder drohten ihre Pferde auf den Wurzeln auszurutschen und konnten sich nur mit knapper Not auf den Hufen halten. Mehrmals mussten sie wenden, um die Schluchten der kleinen Rinnsale zu umgehen. Sie kamen nur langsam voran und bekundeten Mühe, den Weg zu finden. Selbst Grendair und Hendrior, die diese Grenze vor Jahren bereits einmal überschritten hatten, fühlten sich hier beinahe verloren.

„Hier wird auf keinen Fall irgendjemand mit einem grösseren Heer durchmarschieren. Das wäre ja abartig", nörgelte Kerior müde und ständig den Weg suchend.

„Dafür gibt es hier niemanden, der uns an den Kragen will", entgegnete Lakalt mit ironischer Munterkeit.

Den ganzen Tag benötigten sie, kamen jedoch nicht an das Ende der Wildnis. Die Nacht hindurch wagten sie es nicht weiterzugehen. Am nächsten Tag schafften sie es bis zum Abend erschöpft durch das letzte Unterholz. Ihre Mäntel waren zerrissen, so dass nun auch die drei Flüchtigen ihre Rüstungen umschnallen mussten. Die Abenddämmerung liess den Waldrand unheimlich wirken und bewog die fünf Reiter dazu sofort aufzubrechen. Zu ihrem Glück war die Grenze Salmarsats ebenfalls unbewacht, und sie konnten weiter über die Ebene in Richtung Norden ziehen. Die Nacht hindurch sahen sie weder eine lebende Seele, noch eine Siedlung. Einzig ein Fuchs wagte sich in die Nähe der trabenden Pferde und verschwand dann gleich wieder, als er im fahlen Mondschein die Rüstungen aufblitzen sah. Alle anderen Tiere hielten sich auf Entfernung, man sah einzig das Leuchten ihrer Augen.

Es war am nächsten Tag, als Grendair auf einmal die Hand hob und sie zum Anhalten aufforderte. Sie lauschten aufmerksam in die Ferne und hörten das Stapfen zahlreicher Stiefel. Sofort gingen sie im dichten Hochmais nebenan in Deckung und versuchten ihre Pferde ruhig zu halten. Zu ihrem Glück war der nordische Hochmais hoch genug, um auch die Pferde zu verbergen. Diese Maissorte gab es in Cammal kaum, einzig in einzelnen nördlichen Regionen. Larior und Grendair schlichen wieder näher zur Strasse hin

und spähten vorsichtig durch die Sträucher in die Richtung, wo der zunehmende Lärm herkam.
Vorsichtshalber lockerten sie die Schwerter in ihren Scheiden. Was auf sie zukam, verschlug ihnen beinahe den Atem. Mann an Mann, Pferd an Pferd, scheinbar die halbe Streitmacht Salmarsats, welche sich in Richtung Helrendar aufgemacht hatte. Doch nicht nur Kavallerie und Fusssoldaten marschierten in Richtung Westen, sondern auch schwere Katapulte wurden auf grossen Karren von Ochsen gezogen. Es war eine gewaltige Streitmacht, wie sie selbst Grendair kaum einmal gesehen hatte. Larior hatte angefangen zu zählen, doch gab er es beim etwa tausendsten Mann auf, denn es war wohl erst ein Fünftel des Heeres vorbeimarschiert.
„Ganz Salmarsat ist auf den Beinen, sie marschieren nach Helrendar", flüsterte Grendair. Während Larior weiterhin den nicht endenden Strom beobachtete, huschte Grendair zu Lakalt zurück und berichtete ihm, Hendrior und Kerior, was sie gesehen hatten: „Ein gewaltiges Heer marschiert in Richtung Helrendar, ich weiss nicht, ob ich jemals eines von solcher Grösse gesehen habe. Gelrad will nun mit voller Wucht Helrendar an sich reissen und es befestigen, ehe Urak ihm ein Heer entgegenstellen kann."
Endlich endete dieser Strom von Soldaten. Vorsichtig verliessen sie ihre Deckung und näherten sich der Strasse.
„Passt auf die Nachhut auf", warnte Hendrior, bevor sie zusammen mit ihren Pferden aus dem Hochmais hinaustraten. Misstrauisch blickte Larior in die Richtung, aus welcher Salmarsats Heer gekommen war. In der anderen Richtung sah man zwischen den Feldern immer noch die Katapulte und Reiter des grossen Heeres im Strassenstaub westwärts ziehen. Schnell überquerten sie die Strasse und verschwan-

den im Feld jenseits davon. Erst als sie wieder ein Stück in guter Deckung zurückgelegt hatten, blickte Kerior zurück und sah die Nachhut vorbeireiten. Erschrocken musste er feststellen, dass diese weitere fünfhundert Reiter stark war und meinte: „Das sieht schlecht aus für Cammal. Der König müsste mindestens seine halbe Streitmacht nach Helrendar entsenden, um sich dort festzusetzen, es wird nun allerdings zu spät sein."
„Mit seinen abgekämpften Soldaten, die nur noch nach Hause wollen, soll Urak einen Krieg um Helrendar gewinnen?", zweifelte Hendrior, „erst einmal muss er dafür sorgen, dass er die Blaim nicht verliert."
Nun mischte sich auch noch Grendair ein und erwiderte: „Was soll es Gelrad bringen, wenn die Stadt Salmarsat unter den Angriffen von der See her fällt? Wie soll Gelrad die Hauptstadt halten, wenn seine Armee auf Helrendar und die Blaim verteilt ist? Nicht lange wird es dauern, bis er seine Truppen aus Helrendar zurückziehen muss, um sein Reich an der Küste zu verteidigen."
Die anderen nickten zustimmend und diskutierten noch lange weiter über dieses Thema. Das Ende in Helrendar ging in jedem Szenario schlecht aus für Cammal, während die Szenarien für die Blaim gut aussahen für das Reich Uraks und schlecht für das Reich Gelrads. Besonders für die Hauptstadt Salmarsat und die Küstenstriche sahen die fünf Männer schwarz.
Mit der Zeit hatten sie sich immer weiter durch die Felder von der staubigen Strasse entfernt, als sie plötzlich ein Geschrei hörten und hinter ihnen ein Mann mit einer Heugabel auftauchte und schrie: „Verschwindet, ihr Lumpenpack, verlasst meine Felder! Sollte ich euch noch einmal hier sehen, bekommt ihr meine Gabel zu spüren."

Bald kam ein Stein geflogen, worauf sich die Reiter davonmachten, nicht ohne zuvor noch ein paar Maiskolben zu pflücken. Wütend sah das der Bauer und rannte ihnen nach. Durch sein schlechtes Gewissen gezwungen, klaubte Larior eine salmarsatische Münze aus seinem Geldbeutel und warf sie dem Bauern hinter sich zu. Dieser fing sie auf und lachte zufrieden, als er sie ansah. Nun winkte der zuvor so wütende Bauer den Reitern zum Abschied zu und lachte grimmig in sich hinein.
„So schnell ändert sich das Ganze", meinte Larior und zwinkerte Lakalt verschmitzt zu. Dieser lachte und entgegnete: „Mit Geld lässt sich die Laune jedes Menschen aufheitern, selbst dem griesgrämigen Urak könnte man mit genügend Geld ein Lachen entlocken."

Vierzehntes Kapitel - Sonnenstadt

„Wie konntest du nur", fuhr der König die Prinzessin schreiend an, „er ist ein einfacher Mann und du die edelste Prinzessin überhaupt. Du bist meine Tochter, die Tochter des mächtigsten Königs, und hast dich mit diesem Schmiedejungen eingelassen."
Sie standen im leeren Kronsaal, und Urak schrie mit hochrotem Kopf Celeyia an, welche jedoch nicht klein beigab, sondern kühl erwiderte: „Weder bin ich Eure Tochter, noch ist er ein einfacher Mann."
„Wie kannst du es wagen? Du solltest mir dankbar sein, ich habe dich gerettet und aufgezogen, ich habe", doch bevor der König weitersprechen konnte, wurde er von Celeyia unterbrochen: „Ihr wolltet mich nur an den Mächtigsten vergeben, um Eure eigene Macht zu stärken. Zudem haben Eure Soldaten mich gerettet und nicht Ihr. Vermute ich richtig, dass es möglicherweise die Hofgardisten waren?"
Nun wurde der Kopf des Königs glühend rot, und er schrie seine Adoptivtochter an: „Was weisst du denn von diesem Verräter, jenem, der meinen Thron zum Wanken bringen will?"
Nun antwortete Celeyia mit einem herausfordernden und kühlen Lächeln: „Vielleicht interessiert es Euch zu wissen, dass Larior neben der gehobenen Sprache des alten Volkes auch Hocheyilreäis spricht. Zudem scheint er so einiges

über die Geschichte zu kennen. Wie ich zuletzt hörte, meint er sogar zu wissen, dass Ihr nur Statthalter seid."
Nun konnte der König nicht mehr an sich halten und gab Celeyia mit voller Kraft eine Ohrfeige, dass diese zur Seite taumelte und sich ihre zarte Wange dunkel rötete. Schliesslich riss der König die Pforte auf und befahl zwei Schlosswachen wütend: „Bringt sie in ihr Gemach und lasst sie nicht wieder raus, bevor ich es euch befehle. Sollte einer von euch diesen Befehl missachten, schmeisse ich ihn persönlich in den Kerker."
Doch bevor sie die Prinzessin mit sich reissen konnten, eilte Mendrieno durch den Gang, begleitet von Greg und mehreren seiner Männer, und rief dem König zu: „Sie sind tot, alle drei. Die Truppen Salmarsats haben sie gequält und dann bei lebendigem Leibe, doch schwer verwundet, in die Schluchten an der Grenze geworfen, wo sie nun verendet sind. Ihre verstümmelten Leiber waren kaum wieder zu erkennen, als wir sie fanden und sie retten wollten."
Die Ironie war nicht zu überhören, als Mendrieno die Truppen Salmarsats hämisch grinsend erwähnte. Der König wusste sofort, dass sein treuer Ritter selbst den Auftrag ausgeführt hatte. Alle anderen konnten auch erahnen, dass Mendrieno dahinter steckte, doch schien keiner das Offensichtliche erwähnen zu wollen, um den König nicht noch zorniger zu stimmen. Still liefen der Prinzessin Tränen über ihre Wangen, was Mendrieno mit einem höhnischen Blick und schadenfroh beobachtete.
Als die Prinzessin in ihr Zimmer kam, trat sie an das Fenster und blickte traurig hinaus. Sie sah hinter dem Schleier ihrer Tränen kaum etwas und wurde erst von einem Klopfen an der Tür aufgeschreckt. Die Tür öffnete sich und Arak trat

ein, auch sein Gesicht hatte einen traurigen Ausdruck, doch versuchte er dies so gut es ging zu verbergen.

„Wie konnte mein Vater nur", fing er wütend an, „drei ehrenhafte und tapfere Männer zu betrügen und ihnen ihre versprochenen Leben zu nehmen. Zudem gibt er Salmarsat die Schuld dafür."

Nun legte Arak den Arm um seine Schwester, welche sogleich meinte: „Larior hat ihn in der Sprache seines Volkes Statthalter genannt, vielleicht ist das der Grund, weswegen er sie nicht ziehen lassen wollte."

„Was?", rief Arak fast etwas erfreut aus, „dann ahnt mein Vater jetzt vermutlich, was das alte Volk plant. Allerdings ist das womöglich besser so, wenn er es nun weiss, das könnte die Jäger zusammenschweissen und sie endlich ihrer alten Stärke erinnern."

Als er den fragenden Blick Celeyias sah, begann er ihr alles über Lakalt und dessen adlige Abstammung zu erzählen. Sie kam nicht aus dem Staunen heraus, als sie erfuhr, dass Lakalt eigentlich rechtmässiger Herrscher über das ganze Land diesseits der Sonnenberge hätte werden sollen. Doch umso mehr trauerten nun beide über den Tod der drei einstigen Hofgardisten.

Sie wussten beide nichts von Mendrienos Schwindel, ebenso wenig wie der König selbst. Und die drei Flüchtigen wussten nicht, dass sie für tot gehalten wurden, als sie über einen Weg mitten durch Sommeräcker ritten. Nach wenigen Kilometern erklärte Hendrior: „Hier ist die eigentliche Grenze Salmarsats, doch haben die Bauern weitere Felder Richtung Norden angebaut, Richtung Marsat, Lakalts Statthalterschaft. Allerdings steht ihm nun als Vertreter des Königs von Marsat eigentlich das ganze Gebiet von Isula bis zur Grenze zu Milrea zu. Zudem ist er der höchste der Statthalter und hätte nun auch das Recht, Urak Befehle zu erteilen."

Staunend hörten die anderen der alten Palastwache zu, worauf sie in Gedanken versunken den Weg weiter ritten, bis sie schliesslich bei einer hohen Steinsäule anlangten. Diese reckte sich an einer breiten gepflasterten Strasse in die Höhe, die aufs Haar jener Strasse glich, die an Gar vorbeiführte. Wieder staunten sie, als sie auf der Spitze der Säule die Blüte aus den vier Blättern erkannten. Hendrior brach nachdenklich ihr Schweigen: „Hier müssen wir uns trennen. Larior und Grendair werden der Strasse eine Weile lang in Richtung Westen folgen, doch weiss ich nicht, wie man später nach Dailron kommt. Wir Palastwachen begleiten Lakalt in Richtung Osten zum Meer, wo Marsat liegt. Die Zeit für den Abschied ist gekommen, meine Freunde, ich hoffe, wir werden uns wiedersehen.

„Ich werde Euch vermissen", begann Lakalt an Grendair und Larior gewandt, „doch hoffe ich, dass euch euer Weg irgendwann auch nach Marsat führt."

Nun wandte sich Larior an Lakalt und entgegnete: „Alles Gute beim Antritt deines Erbes, führe Marsat wieder zu alter Stärke! Versuche doch, Maral nach Marsat zu holen, er weiss mehr als jeder andere und noch viel mehr als er bisher preisgegeben hat. Meine Treue habt Ihr, gilai Marsat."

Nun verabschiedete sich Hendrior von Larior: „Dein Eyilreäis wird dir in Dailron sicherlich zugutekommen. Dort sollen scheinbar mehrere verschiedene Völker leben, neben Menschen und Eyilreä sogar verschiedene Völker der Grimbolds, sicherlich Gnome, möglicherweise auch noch Zwerge und Kobolde."

Einmal mehr waren die anderen darüber erstaunt, was Hendrior alles wusste. Daraufhin verabschiedeten sich beide Gruppen voneinander. Keiner drehte sich mehr um, doch hielten alle im Davonreiten ihre Schwerter in die Höhe. So ritten sie auseinander, die einen nach Osten, die anderen nach Westen, die einen nach Marsat, die andere nach Dailron.

Lakalt, Hendrior und Kerior trugen nun keine Mäntel mehr, nur noch ihre Panzer mit dem Birkenblatt, als sie auf der Kuppe eines Hügels anlangten. Dieser war etwas höher als die umliegenden. Von hier aus sahen sie in der Ferne hohe Mauern und dahinter zahlreiche Dächer und hinter diesen den blauen Schimmer des Meeres. Weit innerhalb der Mauern erhob sich ein Berg, doch war dieser nicht etwa ein gewöhnlicher Berg. Mauern und Türme zogen sich spiralförmig an ihm hoch und umgaben eine grosse Stadt, eine Stadt auf dem Berg innerhalb der weitläufigen Stadt in der Ebene. Mitten aus diesem Gebilde wölbte sich eine gigantische Brücke auf einen etwas kleineren Berg nebenan. Das Dach des Palastes auf diesem Berg glitzerte in der hellen Sonne. Es war aus gleissendem Glas wie das Dach des Palastes in Periula und schien ihre Herzen verzaubern zu wollen. Hendrior deutete mit glänzenden Augen auf diesen Palast und erklärte Lakalt: „Das ist der Palast des Statthalters, von dort aus wirst du dein Reich regieren. Ein Hoch auf Euch, gilai Marsat, mögt Ihr unser Volk wieder ins Licht führen."
Doch als ihre Blicke weiter den hohen Berg nach oben wanderten, erstarrten sie, selbst Hendrior sass nun steif und voller Demut im Sattel und rührte sich nicht mehr. Dort oben stand ebenfalls ein Palast, der die Pracht des unteren bei weitem übertraf. Seine Türme streckten sich weit in den

Himmel hinauf, sie schienen selbst die Wolken zu berühren, und die Dächer der Türme, die Blüten aus den spitzen Blättern, glitzerten grell im klaren Schein der Sonne. Das Dach war ebenfalls aus glänzendem Glas. Die Blütenblätter dieses Palastes waren mit Gold verziert. Das Schwert, die Blattadern und der Blattrand glänzten heller als alles andere, selbst heller als das Meer in der Sonne. Es war ein Anblick, wie es sich keiner der Männer jemals hätte träumen lassen, ein Werk von Menschenhand, wie sie es nicht für möglich gehalten hatten.
„Der Palast des Königs", erklärte Hendrior staunend, „jenes Königs, der verschollen ist, er sei der Nachfahre eines grossen Hochkönigs, der in einer noch prächtigeren Stadt jenseits der Sonnenberge geherrscht haben soll."
Die anderen vermochten kaum ihre Münder vor Verwunderung wieder zu schliessen, so überwältigend war der Anblick des imposanten Palastes. Obwohl sie von einer Stadt dieser Grösse viel Lärm erwartet hätten, herrschte Totenstille über dem Land. Kein Geräusch war zu hören, einzig das Singen der Vögel in den wenigen Bäumen am Wegrand. Die drei Reiter zogen weiter, der hohen starken Bastion entgegen. Das Tor stand weit offen, und sie ritten gerade hindurch, bis vor ihnen in der Sprache des alten Volkes ein lautes „Halt!" erschallte. Sofort traten zwei Männer aus dem Schatten hervor und hielten ihnen lange Hellerbarden entgegen. Lakalt kamen die Männer bekannt vor, er wusste nun, weshalb Hendrior ihn begleitet hatte. Die beiden Wachen trugen dieselbe Rüstung wie die Palastwachen Peyirisulas und beinahe dieselbe wie die Hofgardisten und somit er selbst. Hendrior ritt vor die anderen hin und begann ebenfalls in der Sprache des alten Volkes mit bestimmter klarer Stimme zu sprechen: „Seid gegrüsst, Palastwachen

Marsats. Ich, Hendrior, Palastwache aus Peyirisula komme in Begleitung des rechtmässigen Statthalters und Stellvertreters des Königs hier nach Marsat."

Nun liess er Lakalt vortreten und fuhr mit seiner kräftigen Stimme fort: „Das ist Lakalt, Urenkel des letzten regierenden Statthalters, Hakalt von Marsat, des Stellvertreters des Königs Nirbrior, der in der letzten Schlacht der grossen Skralgaskriege fiel. Sein Vater, Haldrior von Marsat, verzichtet zu Gunsten seines Sohnes auf das Recht, das Erbe nach zweitausend Jahren anzutreten."

Die Wachen machten einen leichten Knicks vor Lakalt, es schien für sie keinen Zweifel zu geben, dass Lakalt der rechtmässige Erbe Marsats war. Der eine von ihnen rief laut: „Seid gegrüsst, gilai, Eure Erscheinung ist jener Eurer Ahnen zu ähnlich, als dass eine Täuschung vorliegen könnte. Ich bin Feleralt und Euch und unserem Volk treu ergeben."

Daraufhin zog Lakalt eine Kette unter seinem Panzer hervor und hielt sie den Wachen hin. Es war eine goldene Kette mit einem roten Birkenblatt mit goldenen Verzierungen. Die zweite Wache sprach mit tiefer Stimme: „Ich, Rendrior, Palastwache von Marsat, bin Euch ebenfalls treu ergeben, gilai Marsat."

Nun holte Feleralt sein Pferd hinter der Mauer hervor und bat die drei Reiter ihm zu folgen, während Rendrior auf seinem Posten blieb. Sie ritten gemeinsam in die Stadt und in den Schatten der mächtigen Häuser hinein. Es waren Häuser, die jenen in Peyirisula stark glichen, jedoch noch grösser und imposanter waren. Die Strassen waren breit und fein gepflastert. Sie waren sauber, obwohl niemand zu sehen war, der sie reinigte. Die Wände der Häuser glänzten hell, doch schienen die Fenster von innen völlig verstaubt zu sein. Immer tiefer ritten sie in die Stadt und kamen dem Berg näher. Es kam ihnen vor, als ritten sie durch einen steinernen Wald. Sie schienen sich gleichzeitig dem Meer zu nähern, denn die Luft wurde immer feuchter und der Geschmack des Salzes hing im warmen Wind. Endlich begegneten sie einem einzigen Menschen in dieser leeren Stadt. Er war in einen dunklen Mantel gehüllt und trug ein schweres Bündel. Kurz darauf ritten sie auch an einem Karren vorbei, voll beladen mit Kartoffeln. Zwischen den vordersten Häusern sahen sie die glitzernde Oberfläche des Meeres vor sich und bald auch die ersten Schiffe, deren Segel selbst jene der Flaggschiffe von Cammal und Salmarsats bei weitem übertrafen. Als sie den Hafen erreichten, erblickten sie weiter draussen im Hafenbecken etwas, was ihnen die Sprache verschlug. Dort ankerte ein Schiff, welches alles übertraf, was sie sich je erträumt hätten. Es erhob sich so würdevoll und anmutig aus der See, dass sie ihren Augen kaum trauten. Es war ein Gigant, der sogar alle anderen riesigen Schiffe rundherum in den Schatten stellte, ein Traumbild, an das man erst glaubte, wenn man es wahrhaftig vor sich sah. Die Länge übertraf jene des Flaggschiffes von Salmarsat um mehr als das Zehnfache und ebenso die Breite. Weit oben wehte das Banner mit dem blauen Birkenblatt und dem goldenen Schwert. Die Flanken waren mit bläulichem Stahl überzogen und die Kommandobrücke mit Gold verziert. Im blauen Panzer waren Klappen für die Riesenarmbrüste mit ihren Feuerpfeilen eingelassen. Vorne am Bug war eine dieser Ballisten angebracht, welche eine Länge hatte, wie es Lakalt niemals für möglich gehalten hätte. Die Waffe selbst war beinahe so lang wie einige Schiffe der südlichen Reiche. Kerior bestaunte den blauen

Panzer mit offenem Mund: „Dailronera! Es gibt den Stahl also wirklich und das in diesen grossen Mengen."

Feleralt begann sofort zu erklären, als er die verdutzten Gesichter der Gäste sah: „Das ist die *Neyirela*, die Windgreif, das Schiff des Königs. Ihr Panzer ist aus Eisen, gewonnen in den tiefen Mienen der Zwerge, geschmolzen in den grossen Öfen der Gnome und von Menschen geschmiedet. Der Rumpf wurde von den Eyilreä aus Milrea gezimmert und ist besser geformt als jeder andere. Das Schiff ist schneller als jedes andere hier und dies trotz seiner Grösse. Die Ballisten wurden von den Kobolden geschaffen und suchen ihresgleichen. Die Segel wurden von den Weberinnen aus Walron gewoben. Die Verzierungen waren ein Geschenk der Zwerge an den einstigen Hochkönig, dessen Erben Marsat regierten. Eine Sage erzählt, dieses Schiff alleine hätte einst mehr als zwanzig andere Schiffe mit seinen Feuerpfeilen versenkt, ohne auch nur den kleinsten Schaden davonzutragen. Es lag vor Zeiten noch in Peyirisula, als jener Hafen durch den Mallabas direkt mit der verschwundenen Stadt verbunden war."

Rundherum ankerten weitere Schiffe, die jene von Cammal in jeder Hinsicht bei weitem übertrafen. In all ihren riesigen Segeln war das Blatt eingenäht. Die anderen kamen aus dem Staunen nicht mehr heraus und Lakalt meinte: „Diese Flotte könnte jene Cammals versenken, bevor die Matrosen nur ein Schiff gewendet hätten. Allein das Schiff des Königs könnte die halbe Flotte besiegen, doch eher denke ich, dass es die ganze schaffen würde, solange Männer darauf stehen, die es verteidigen."

„Was das betrifft, können wir auch von Glück sprechen", begann Feleralt nachdenklich, „denn die Schiffe, welche einst in Peyirisula lagen, wurden hierhergebracht, bevor sie

Keliak, der Verräter, übernehmen konnte. Zu treu standen die Leute zu ihrem König. Nie wurde diese Flotte geschlagen, doch fehlen uns heute die Matrosen, um die Schiffe seetüchtig zu machen. Hier in Marsat leben ausser den Palastwachen nahezu alle Leute am Hafen, und es sind fast nur noch Bauern, Handwerker und Händler. Doch nun hoffe ich, Ihr, Lakalt, stellvertretender Herrscher über das Reich unseres Volkes, werdet alle Brüder und Schwestern aus unserem Volk nach Marsat rufen. Denn nicht das Wasser ist es, was uns Sorge bereitet. Es ist das Land, doch darüber solltet ihr mit Glenrior, Marsats Schlüsselwahrer, sprechen."

Sie folgten der Palastwache weiter und ritten auf den vorstehenden Hügel zu. Am Hafenbecken erblickten sie zahlreiche Leute, die ihrem Handwerk nachgingen. Mehrere Wagen mit Gemüse standen an einem Stand bereit und wurden auf höfliche Art angepriesen. Hier wohnte und arbeitete also noch der grösste Teil des alten Volkes. Es mochten mehrere Tausend sein, doch ahnte Hendrior, dass hier einst hundertmal so viele gelebt haben mussten, wenn nicht gar tausendmal so viele.

Immer weiter schritten sie an den bewohnten Bauten vorbei und erreichten bald den Fuss des Bergs des Statthalters. Eine breite Strasse führte durch einen Torbogen in ein weitverzweigtes Mauersystem, dessen Bau so angelegt war, dass kein Feind, der bis dahin vorgedrungen war, es auch nur einen Meter weiter schaffte, es sei denn, er wäre in hundertfacher Überzahl. Langsam stieg diese Strasse dem Berg des Königs entgegen und führte schliesslich über eine spiralförmig ansteigende Strasse zwischen den Häusern. Lange ritten sie, fast eine halbe Stunde, bis sie endlich den Berg das erste Mal umrundet hatten. Ihnen war aufgefallen, dass die Bauten glänzend sauber waren, obwohl sie unbenutzt zu sein schienen. Kurz vor dem Eingangstor zum ersten Kreis war ein breites Tor aus schwerem Stahl in die Hauptmauer eingelassen. Es stand weit geöffnet und offenbarte den Neuankömmlingen den Blick auf eine geschwungene Brücke hin zum Palast des Statthalters. Auf der anderen Seite stand ebenfalls ein Tor, das die Brücke hätte versperren können.

Kerior sah, wie Lakalt die Brücke mit erhobenem Haupt überschritt und drüben auf die dortigen Palastwachen zumarschierte. Der einstige Ritter hatte nun wirklich mit seiner Vergangenheit abgeschlossen und schritt seiner Zukunft entgegen. Die Palastwachen schienen sofort zu wissen, um wen es sich handelte und verbeugten sich leicht vor ihm. Nun trat ein sehr alter Mann aus einem hohen Gebäude neben dem Palast auf den Palasthof heraus und schritt trotz seines, selbst für einen Jäger, hohen Alters würdevoll auf Lakalt zu und knickste leicht mit den Worten vor dem Ankömmling ein: „Seid gegrüsst, gilai Marsat, wir erwarten Euch schon seit langem. Es ist höchste Zeit, dass sich das alte Volk sammelt und bereitmacht. Mein Name ist Glenrior, das Volk hat mich zu Eurem Schlüsselwahrer gewählt. Es war Euch bestimmt nun zurückzukehren, denn alte Gedichte sagen uns schlimme Zeiten voraus.

Vorboten sind gekommen
Diener des Bösen
Den Widerstand vernommen
Kann man sich von ihnen kaum erlösen

Die guten Zeiten werden schlecht
Die Winter werden kälter
Wer kämpft noch für das Recht
Wenn die Jungen werden älter

Die Jungen müssen für Ordnung sorgen
Das Böse stellt sich ihnen entgegen
Doch sonst gibt es keinen Morgen
Geschweige denn über das Gute einen Segen

Das Licht kehre zurück zur rechten Zeit
Doch die Dunkelheit stösst vor
Kämpfer des Guten seid bereit
Hütet Euer freies Tor

Ihr, Lakalt, seid einer der Jungen, welche unser Volk und unser Reich ins Licht führen werden, doch wird es Euch nicht ohne grossen Widerstand gelingen."
Nun sah Lakalt Glenrior fragend an, bis dieser nachdenklich fortfuhr: „Die Skralgas dachten, sie könnten wohl die Menschen diesseits der Sonnenberge mit der Vernichtung der letzten südlichen Statthalterschaft letztendlich doch noch besiegen, doch Isula hielt stand. Nun glaube ich jedoch wirklich den Gerüchten, dass *er* die Jahrtausende trotz seines Todes irgendwie durch die Hilfe des Bösen überlebt hat und nun sein Werk vollenden will. Es wird nicht mehr lange gehen und *er* wird ein Heer schicken, das sich nicht mit den mühseligen Pässen und Gängen der Sonnenberge begnügen wird, sondern eines, welches die Mallabas Festung zu stürmen versuchen wird. Es wird ein Heer sein, wie es seit den grossen Skralgaskriegen vor zweitausend Jahren nicht mehr gesehen wurde, eher wird es sogar ein Heer sein, wie *er* es

ins Feld schickte, bevor die Könige nach Marsat kamen. Wir mögen noch mehrere Jahre Zeit haben, doch wird der Tag kommen, an welchem *er* zuschlägt, und dann müssen wir bereit sein, wir müssen zusammen stehen mit den alten Verbündeten. Der Tag wird kommen, da Ihr in die Bündnisstadt reiten müsst um dafür einzustehen, dass die Bündnisvölker wieder Seite an Seite, Schulter an Schulter in den Krieg ziehen und für die Freiheit des Guten kämpfen."

Schliesslich wollte Kerior wissen: „Salmarsat gibt es auch noch, und das war ja anscheinend auch eine Statthalterschaft, oder?"

Glenrior musste bitter lächeln und antwortete: „Es war einst eine solche, doch ist der Name das einzige, was geblieben ist. Die Städte wurden zerstört und das Volk vertrieben oder getötet. Die Menschen, die nun dort leben und ihr Reich aufgebaut haben, kamen einst von den Sonnenbergen herab. Manche sagen sogar, sie hätten auf der Seite der Skralgas gekämpft, um ihr eigenes Reich zu erhalten. Doch den Namen behielten sie des machtvollen Klanges wegen. Sie wagten es nicht, die verbliebenen Menschen unseres Volkes zu verärgern, denn wir waren letztendlich doch die Sieger in jenem Krieg."

Lakalts Stirn überzog sich sogleich mit Sorgenfalten, und er schien nun langsam seine Jugendlichkeit zu verlieren. Nachdenklich sah er Glenrior und die anderen um ihn herum an. Auf einmal richtete sich der rechtmässige Statthalter in seiner vollen Grösse auf und befahl laut: „Da es meine Pflicht zum Wohle der Angehörigen unseres Volkes ist, fordere ich euch auf, alle unseres Volkes, die entbehrlich sind, nach Marsat zu bitten, ihnen steht es frei, dem Ruf Folge zu leisten, denn wenn wir sie dazu zwingen, verstossen wir gegen ihre Freiheit, für die sie kämpfen sollen. Allerdings bin ich sicher, dass jeder Polariä bereit sein wird für die eigene Freiheit, jene unseres Volkes und das Gute einzutreten. Sucht sie auf, ob sie im Wald umherstreifen oder die Rüstung eines Königreichs tragen mögen. Sie sollen alle ihrer Treue folgend nach Marsat kommen. Ich werde unserem Volk so gut dienen wie ich kann. Ich werde versuchen, ihm die Dienste zu erweisen, wie es einst die Könige getan haben, doch benötige ich dazu die Hilfe jedes einzelnen Mannes und jeder einzelnen Frau unseres Volkes."

Fünfzehntes Kapitel - Schattenschlucht

Die ganze Zeit waren sie auf der alten Strasse geritten, doch hatten sie das Gefühl, als würden sie kaum vorwärts kommen. Viele Tage waren verstrichen, seit sie sich von den drei Kameraden getrennt hatten. Nach einem langen eintönigen Ritt kamen nach den endlosen Stunden der öden Ebenen und der lichteren Wälder endlich die Sonnenberge in die Sicht der beiden Reiter. Die Gipfel ragten weit über die Wolken hinaus und trugen stolz ihre Schneekappen. Unzählige Bäche stürzten durch tiefe Schluchten aus den Bergen hervor oder über donnernde Fälle herab. Die beiden Jäger ritten weiter darauf zu und wandten sich leicht nordwärts über weite grüne Graslande, wie sie Larior noch nie gesehen hatte, über fruchtbare Ebenen, die sich von den Sonnenbergen bis weit in die Ferne erstreckten und nicht zu enden schienen. Es war die Gegend Kebairen, das weite Grasland.

„Irgendwo müsste doch nun das Tal des Grossen Flusses sein. Von dort soll sich an der nördlichen Flanke ein Weg nach Dailron befinden", meinte Grendair etwas unsicher.

Doch auf einmal hörte er Larior rufen: „Sieh doch! Dort vorne ist der Mallabas, wir sind bald da, wie ich denke. Nur noch eine Weile nach Norden, dann sollten wir ihn erreichen."

Tatsächlich erblickte nun auch Grendair weit vor ihnen in einer leichten Vertiefung ein silbernes Band, aus dem Norden kommend. Nun sahen die beiden auch, dass dort die Strasse aus Brückstadt in jene Strasse mündete, auf welcher sie ritten und in ihrer Pracht dem Grossen Fluss folgte. Von neuem Abenteuergeist gepackt, liessen sie ihre Pferde etwas weiter ausgreifen und kamen immer näher an die Abzweigung. Bald sahen sie rund um diese Abzweigung herum Grundmauern grosser alter Gebäude. Mitten zwischen diesen Mauern lagen bearbeitete und von Moos überwachsene Steine.

„Geschosse der Katapulte", staunte Grendair, „sie haben einstmals diese Prachtbauten zerstört. Wenn man den Sagen Glauben schenkt, wurden sie von Yetis gebaut, riesige Katapulte mit gewaltiger Reichweite."

Staunend sah Larior beim Näherkommen die Ausmasse dieser Steine an und schauderte beim Gedanken, diese auf sich zufliegen zu sehen. Das Einzige, was an der Weggabelung noch erhalten geblieben war, war eine Säule mit der Blütenspitze.

Von da an wandten sie sich auf der Strasse nach Norden und ritten weiter. Immer wieder sahen sie zerstörte, überwucherte Dörfer und moosüberwachsene Städte. Hier schien der Hammerschlag einst ganz heftig niedergegangen zu sein. Nach einem weiteren Tag ihrer Reise gelangten sie am Abend zu einem gigantischen Durchbruch zwischen den beiden Bergketten der Sonnenberge. Steil erhoben sich die Hänge an beiden Talseiten hin zu den weissen majestätischen Bergspitzen. Je weiter sie nach Norden kamen und je breiter das Tal wurde, desto eindrücklicher wurde der Anblick der Landschaft, welche in den letzten Sonnenstrahlen des Tages vor ihnen lag. Das Tal war so überwältigend breit, dass es ihnen beim Anblick beinahe den Atem verschlug. In der Ferne sahen die beiden Reiter eine Erscheinung, die sie

nie wieder vergassen, einen blauen Glanz, das wundersame Leuchten eines seltsamen Gesteins. Sie wurden geradezu geblendet und konnten kaum mehr die Umrisse dieser rätselhaften Erscheinung erkennen, bis die Sonne wie ein Feuerball weit entfernt in der leeren Ebene hinter dem Tal versank. Nun konnten sie die schattigen Umrisse mächtiger Bauten erkennen. Es waren drei ovale Mauerringe über dem Mallabas, welche eine hohe Bastion aus hellem Stein einschlossen. Der Mallabas floss durch ein ebenfalls bläulich schimmerndes Gitter unter diesem Bauwerk hindurch und kam auf sie zu. Türme standen mitten zwischen den Mauern. Türme, die jenen in Periula glichen. Türme grösser als alles, was Larior oder Grendair je erblickt hatten. Über den Mauern schwangen sich breite Bogen von Turm zu Turm und liessen das Werk noch gewaltiger wirken. Die Türme der Burg überragten alles noch einmal und es schien, als seien sie unerreichbar, so gewaltig majestätisch standen sie über dem Tal. Doch bevor sie weiter in das Tal hineinritten, hielt Larior unverhofft an, sodass auch Grendairs Pferd augenblicklich stillstand. Der alte Reiter fuhr seinen jungen Kameraden an: „Was hast du auf einmal?"
Larior wies mit seiner Hand auf eine alte Säule mit einem feingeprägten Eisenschild. Grendair konnte mit den Buchstaben darauf nichts anfangen, doch Larior erklärte ihm: „Das heisst Dailron, geschrieben in der Schrift der Eyilreä, hier muss die Abzweigung sein."
Daneben wies ein Pfeil zu einem Wasserfall, der steil über die Felsen heruntderdonnerte und kurz danach sein Wasser in den Mallabas fliessen liess. Nun sah auch Grendair eine schmale, doch ebenfalls gut gepflasterte Strasse, welche jedoch neben dem Wasserfall zu enden schien. Allerdings

war Larior bereits entschlossen in diese Strasse eingebogen und ritt rasch auf den Wasserfall zu. Grendair erwartete, dass sie sogleich nass würden, doch Larior schien nicht zum Wasserfall hin zu reiten, sondern preschte weiter auf die steile unüberwindbare Felswand zu. Grendair wollte gerade „Halt!" schreien, als Larior in der Dämmerung verschwand. Schnell folgte im Grendair, während die Spritzer des Wasserfalles den Schweiss von seiner Stirn wuschen. Das Donnern des Wassers verschluckte das Hufgeklapper vor ihm. Er wusste nicht, wo Larior verschwunden war, dennoch preschte er weiter voran.

Die Strasse führte nicht, wie er befürchtet hatte, durch den Wasserfall, sondern links davon in eine wagenbreite Schlucht, machte eine scharfe Rechtskurve und stieg dann leicht an. Endlich sah er im fahlen Mondlicht Lariors Schatten und dessen Pferd. Erst als Grendair dem jungen Reiter zurief, hielt dieser an. Es dunkelte, und die beiden beschlossen, die Nacht in dieser Schlucht zu verbringen, obwohl es ihnen hier alles andere als wohl war.

Am nächsten Morgen erwachte Grendair bereits, als noch kein Sonnenstrahl in die Schlucht traf. Er sah sich um und bemerkte das Licht des blauen Himmels weit über ihnen. Hier konnten selbst zwei grosse Wagen zwischen den steilen Felswänden kreuzen, wie er sogleich erkannte. Die Schlucht war breit, doch ihre Seiten beinahe senkrecht und spiegelglatt. Er blickte an den steilen Wänden hoch, wo die Sonne den Felsen in der Höhe bläulich erstrahlen liess. Staunend blickte auch Larior hinauf und suchte vergebens das obere Ende dieser Schlucht. Wohl zweitausend Meter mochten hier die Felsen neben ihnen in die Höhe ragen. Nachdem sie ein Stück Brot und Dörrfleisch aus ihrem Vorrat gegessen hatten, setzten sie sich wieder in ihre Sättel.

Ihre Pferde trabten über die Pflastersteine, welche den ganzen Grund der Schlucht ausfüllten. Die Strasse stieg allmählich etwas steiler an und machte eine Kurve. Weit vorne und deutlich höher sahen sie einen breiten Brückenbogen aus massivem Stein. Immer weiter kamen sie voran und hatten inzwischen eine ordentliche Höhe erreicht. Nun sahen sie auch die ersten Sonnenstrahlen an den steilen Wänden über ihren Köpfen. Sie kamen über eine Art Kreisweg durch breite hohe Tunnels und schritten, ihre Pferde an den Zügeln führend, über die schwindelerregende Brücke, die sie zuvor gesehen hatten. Die Pferde scheuten, drohten immer wieder auszubrechen und wollten ganz offensichtlich den Rückweg antreten. Doch genau die eingeschlagene Richtung war ihr Weg und keine andere. Sie deckten den Pferden mit Tüchern die Sicht in die Tiefe ab, konnten sie damit beruhigen und stiegen immer weiter bergan, bis sie von der Mittagssonne gekitzelt wurden. Die Felswände entfernten sich allmählich voneinander und gaben den Blick auf hohe Berggipfel frei. Weisse Gipfel über grünen Wiesen und Alpen weit oben unter dem blauen Himmel. Endlich hatten sie die Schlucht überwunden, doch die Strasse schlängelte sich weiter aufwärts einem steilen Pass zu. Mitten durch dichte Fichtenwälder ritten sie über die Pflasterstrasse hinauf, während sich der Tag langsam seinem Ende entgegen neigte. Neben ihnen fielen die Hänge steil in Täler und tiefe Schluchten ab. Die beiden Reiter waren nun höher als viele Grate und Kuppen, die von weitem beeindruckend aussehen mussten. Sie kamen an einem tiefblauen See vorbei, ab und zu sprangen Fische aus dem Wasser, um gleich wieder abzutauchen. Am Rande des Sees stand eine grosse alte Holzhütte, doch die Reiter zogen sofort weiter, als sie sahen, dass davor ein Bursche mit rotem verfilztem Haar und Bart sass und sich das Fleisch von einem gebratenen Wildschwein schnitt. Der Kerl war riesengross, doch seine Klugheit schien es nicht gerade zu sein. Er sah ihnen nur grummlig nach, doch waren sie ihm offenbar gleichgültig. Sie ritten weiter einem klaren Bach entlang in Richtung Passhöhe. Der Bach rauschte munter über die vom Wasser geschliffenen Steine in Richtung des beinahe schwarzen Sees mit der geheimnisvollen Hütte. Nun kamen sie auf eine offene Bergwiese mit verschiedenen Gehöften, von ganz klein bis sehr gross und von edel geputzt bis vernachlässigt und baufällig. Vor einem kleinen Hof der in der Nähe eines seltsamen Baumes sass ein Mann Pfeife rauchend auf einer Bank. Larior fiel auf, dass die Gestalten, die ihre Werkzeuge von den Feldern heimtrugen, unterschiedlicher kaum sein konnten. Einer war ziemlich klein und trug unter seinem breiten Lächeln einen langen rötlichen Bart. Ein anderer hatte die Erscheinung eines gewöhnlichen Menschen und wieder ein anderer war so gross wie der Mann am schwarzen See, also mehr als dreimal so gross wie ein Mensch und etwa fünfmal so gross wie die kleine Gestalt mit dem langen Bart. Grendair stupste Larior mit einem „Sieh doch!" an. Kurz unter der Baumkrone eines hohen Ahorns mitten zwischen den Fichten befand sich eine Hütte. Unten am mächtigen Baumstamm stand ein kleiner Stall, aus dem mehrere meckernde Ziegen herausblickten, und darüber sahen sie, wie sich ein kleiner rundlicher Kerl mit spitzen langen Ohren und schwarzem Kraushaar flink den Baum hinaufschwang. Oben guckte eine kleine Frau aus dem Fenster und rief heraus: „Na, Rudolf, komm doch endlich, das Essen wird kalt. Sonst fange ich schon mal ohne dich an."

Die Frau hatte ebenfalls lange spitze Ohren, doch im Gegensatz zu ihrem Mann viel längere Haare. Mit ihrem rundlichen freundlichen Gesicht machte sie einen gutmütigen Eindruck.
„Kobolde!", rief Grendair aus, „Das sind Kobolde, ich habe sie immer für Märchenfiguren und Sagengestalten gehalten.

Spitze Ohren
Spitze Pfeile
Zu grossen Kriegern erkoren
Selbst tapfer hängend an einem Seile

Das Ziel getroffen
Die Schlacht gewonnen
Doch dann wird gesoffen
Und ihre Sorgen sind zerronnen

Krug um Krug
Wird getrunken
Das ist kein Trug
Und auch nicht erstunken

Die Fässer leeren sich
Der Kopf wird schwer
Doch würden andere kleinlich
Wollen die Kobolde noch mehr."

Als Grendair Lariors fragenden Blick sah, erklärte er ihm: „Das ist ein uraltes Gedicht und ich dachte, es sei einzig für das Märchen „Bondogart und sein Goldtopf" gedichtet worden und betreffe nicht wirkliche Gestalten."

Larior schüttelte verwirrt den Kopf und begann auf einmal mit offenem Mund zu staunen, Grendair folgte sogleich seinem Blick und entdeckte sie auch, die Mauern auf der Passhöhe. Tatsächlich waren auf der Passhöhe zwischen den hohen Tannen etwa dreimal so hohe Mauern zu sehen, Mauern, die sich vom Pass bis zu den Berggipfeln zogen, jedoch kaum sichtbar waren. Überall musste man genau hinschauen, um sie zu erkennen, denn sie schienen die Farben ihrer Umgebung anzunehmen. Doch jetzt im Schein des Abendrots begannen die gewaltigen Bauwerke in gleissendem Feuerrot zu leuchten. Die beiden Reiter näherten sich über die breite Strasse der Mauer und trafen nun zwischen den Bäumen auf ein breites, hohes Tor, welches weit offenstand. Die Sonne warf die Schatten der beiden Reiter durch das Tor hinein auf die Innenseite der Mauer. Hoch über dem Tor war ein Wappen eingelassen, ein Wappen, wie es Larior bereits in Gar gesehen hatte. Ein weiss glänzender Stern auf majestätischem rotem Grund. Als sie gerade das Tor durchschreiten wollten, traten aus einer Nische zwei grundverschiedene Gestalten hervor und versperrten ihnen mit langen Hellebarden den Weg. Auf ihren Rücken waren ein Bogen und eine Armbrust aufgeschnallt, an jeder Seite trugen sie zudem ein Schwert und einen langen Dolch. Noch nie hatten die beiden ehemaligen Hofgardisten derart seltsam bewaffnete Soldaten gesehen.
„Halt!", rief der eine in der Sprache der Jäger, doch tönte sie anders als gewohnt. Larior dünkte es, als würde der Klang dem Eyilreáis ähneln. Sie hielten ihre Pferde an, worauf der grössere der beiden, welcher sie bereits zum Halten aufgefordert hatte, grüsste: „Willkommen in Dailron, Reisende. Dürfte ich erfahren, was Eure Absichten sind,

bevor ihr in die Stadt des grossen Bündnisses der Völker eintretet?"

Grendair suchte nach Worten, da er den genauen Grund gar nicht wusste, weshalb sein junger Kamerad das Wort ergriff: „Wir sind Hofgardisten aus Cammal, beziehungsweise Isula, mein Begleiter ist Grendair, mein Name ist Larior. Ich wurde aus Cammal verbannt und Grendair entschloss sich, mir hier hin zu folgen. Einstmals hat mir ein alter Mann namens Maral gesagt, ich solle, sobald ich mich fragen würde, wohin ich mich wenden könnte, nach Dailron gehen. Nun bin ich hier angekommen und würde gerne hier Fuss fassen, sofern mir dies gestattet wird."

Larior war selbst überrascht, wie er anfing, ebenfalls mit dem Klang des Eyilreäis, die Sprache der Jäger zu sprechen, als hätte er es schon immer so getan.

„Hofgarde? Maral? Alles grosse Namen. Seid Ihr Freunde Marals?", hakte die Wache weiter nach. Nun antwortete Grendair etwas nachdenklich, als würde er sich auf einmal kleiner vorkommen: „Ich selbst kenne ihn nicht so gut, doch Larior wurde nach dem Tod seines Vaters und seiner Mutter von Maral aufgenommen und lebte bei ihm, bis er zu den Volkssoldaten gehen musste. Er war es auch, der uns aus Salmarsat rettete, und so denke ich, wir können uns als seine Freunde bezeichnen."

„Das ist gut", entgegnete die Wache, „denn wie ich sehe, tragt ihr die Rüstungen der Hofgarde, was nur etwas Gutes bedeuten kann. Ihr dürft in die Stadt des Bündnisses der Völker eintreten."

Misstrauisch sah ihnen der kleinere der beiden Wachen unter seinem breiten Helm hervor nach. Die beiden Reisenden traten durch das Tor ein, und in der Abendsonne eröffnete sich ihnen ein Anblick, der sogar Periula bescheiden

aussehen liess. Vor ihnen lag die Strasse zwischen zahlreichen hohen Häusern aus hellem Stein, Häuser, wohl von Menschenhand errichtet, obwohl dies kaum möglich schien. Haus an Haus stand hinunter bis zum breiten Talboden, der sich durch das Hochtal zog. Hinter den Häusern im Talboden lag ein langer tiefblauer See und glitzerte feurig in der Abendsonne. Dahinter sah man verschiedenste Bauten, Bauten aus goldenem Stein, die vor Anmut nur so glitzerten. Sie waren hoch und von grünen und bunten Gärten umgeben. Dann wieder schwere Bauten aus silbernem Stein neben den Bauten der Menschen aus bläulich glitzerndem Stein. Die silbernen Bauten waren massiv, dennoch fein verziert und mit breiten Balkonen. Zwischendurch sah man Bäume mit grossen Hütten in ihren Kronen und dann wieder grosse Portale in den Berg hinein. Über den Portalen erkannte man in der Abendsonne glitzernd eine goldene Schaufel, die einen goldenen Pickel kreuzte. Doch dann sahen sie etwas, was ihnen den Atem verschlug. Eine mächtige Festung, die noch höhere Mauern besass und auf einem Vorsprung auf der rechten Talseite stand, fesselte ihren Blick. Die Dächer der Türme glitzerten golden, während die Mauern dunkel und mächtig waren und undurchdringbar schienen. Diese Festung war wohl selbst für die furchtlosesten Krieger uneinnehmbar. Auf einmal deutete Larior nach oben in den Himmel und rief ebenso erfreut wie erstaunt: „Sieh dort, das sind Greifs."
Tatsächlich, dort kreisten die Greifs mit ihren Löwenkörpern und Adlerflügeln über der dichtbelebten Stadt. Majestätisch stiegen sie in die Höhe und stachen dann immer wieder senkrecht herab, bis sie mit den letzten Sonnenstrahlen zu den Spitzen der gigantischen Berge hinflogen.

Grendair und Larior ritten dem glasklaren See entlang in Richtung der vielfältigen Stadt. Nun sahen sie, dass nicht nur in die Felsportale eine Art Wappen gemeisselt war, sondern auch in die silbernen Bauten, nämlich eine silberne Giesspfanne, aus der lodernde goldene Flammen emporstiegen, während an den Wänden der Häuser der Menschen das blaue Birkenblatt mit dem goldenen Schwert prangte und an den goldenen Bauten fünf goldene Sterne einen Kreis um einen blauen Stein bildeten. Dieses Wappen erinnerte Larior sogleich an das Armband seiner Mutter, dessen blauer Stein ebenfalls von fünf goldenen sternförmigen Edelsteinen umgeben war. Weit in der Ferne sahen sie hohe Rauchsäulen emporsteigen und in den Seitentälern viele jener Portale mit dem Pickel und der Schaufel.

Bald erreichten sie einen grossen Palast, umgeben von einem wundervollen Park voller blühender Blumen und zierlicher Tiere. Viele Tiere waren den Ankömmlingen fremd, ebenso wie unzählige der farbigen Pflanzen. Vor der breiten Treppe zum Eingang plätscherte ein hoher Springbrunnen munter vor sich hin. Hinter schlanken Säulen führte eine hohe Pforte in diesen glasgedeckten Palast hinein. Über der Pforte war ein Wappen in den massiven Stein eingearbeitet, der weisse vierzackige Stern auf rotem Hintergrund. Erst jetzt entdeckten die beiden Reisenden, dass auch vor dieser Pforte bis zu den Zähnen bewaffnete Wachen standen. Zu beiden Seiten der Tore standen fünf. Je zwei hielten ein Schwert in der Hand, je einer seine Hellebarde, je einer seinen Bogen und je einer seine Armbrust. Allein diese zehn Männer schienen es mit einer ganzen Streitmacht aufnehmen zu können. Larior sah die Wachen staunend und ehrfürchtig an. Jene Wachen, welche als die besten Soldaten weit und breit galten.

Um sie herum gingen viele Gestalten auf den Strassen umher, Larior konnte sie einzig aus den Büchern Marals heraus zuordnen. Danach waren es Menschen aus dem Volk der Polariä, Eyilreä, Gnome, Kobolde und Zwerge, wobei der Unterschied zwischen den drei Letztgenannten nicht immer klar ersichtlich war, schliesslich gehörten sie alle zu den Grimbold Völkern.
Die beiden Ankömmlinge machten sich daraufhin auf die Suche nach einem einladenden Gasthaus. Es gab mehrere an einer langgezogenen Strasse etwas abseits des grossen Palastes. Auch hier war alles sauber und gepflegt. Bald hatten sie eines gefunden, das ansprechend aussah. Es war eines der Menschen und trug den Namen *Nuincräi, Bergluft*.
Draussen sassen mehrere Männer und Frauen an den Tischen und redeten eifrig miteinander. Einige würfelten an einem langen Tisch und wieder andere warfen ihre Dolche auf eine Zielscheibe. Das Gasthaus besass eine hohe Schenke und zahlreiche Zimmer darüber. Der Wirt selbst leerte gerade draussen einen Krug Bier mit einigen seiner Gäste. Grendair und Larior traten ein und bestellten sich etwas zu essen, als unverhofft ein Mann zu ihnen herübertrat. Er war ein Recke, seine breiten Schultern trugen ein feines Leinenhemd. Er setzte sich zu den beiden Männern und begann mit klarer Stimme in der Sprache des alten Volkes: „Zwei Hofgardisten hier in Dailron? Woher seid Ihr beide?"
„Aus Isula", gab Larior zur Antwort, „doch sind wir keine Hofgardisten mehr. Mein Name ist Larior."
Daraufhin stellte sich auch Grendair vor, und der Recke entgegnete ebenfalls: „Ich bin Glirior, ich befehlige einen Trupp der Bündnisgarde. Ich habe von den Taten Eurer Hofgarde gehört, besonders von jenen in den letzten Jahren

im Krieg gegen die Skralgas. Da will ich Euch gerne mal kennen lernen. Zuerst würde ich gerne wissen, wieso Ihr beide hier seid."

Mit einer raschen Handbewegung bestellte er drei Krüge Bier, bezahlte sogleich für alle und schien dann bereit zu sein, die Geschichte zu hören. So nahm Grendair einen Schluck aus seinem Krug, den ihm die Schankdame hingestellt hatte und begann zu erzählen: „Nach dem Krieg gegen diese Bestien entstand ein Streit zwischen Cammal und Salmarsat um Helrendar, der zu eskalieren drohte. So wollte Arak, der Prinz Cammals, gegen den Willen seines Vaters, eine friedliche Lösung finden, was misslang, da Cammal, während wir zu Verhandlungen in Salmarsat weilten, den Hafen Salmarsats und dessen Flotte zerstörte. Wir hatten den Prinzen zusammen mit anderen Hofgardisten und Schlosswachen begleitet, und das wurde als Hochverrat angesehen, aber nicht mit dem Tode bestraft. Mein Kamerad hier hat ausserdem ziemlich starken Gefallen an der Prinzessin gefunden, was eine Verbannung mit sich zog. Da ihm einst ein Mann namens Maral geraten hatte, nach Dailron zu gehen, machte er sich auf den Weg hierher und ich begleitete ihn, da ich den Jungen ja nicht allein lassen konnte. Viele Tage waren wir zu dritt: Lakalt, Larior und ich. Dann holten uns zwei Palastwachen aus Peyirisula ein, die sich Sorgen um uns gemacht hatten.

An einer Kreuzung nach Salmarsat trennten sich unsere Wege. Lakalt, der verbannte Ritter der Hofgarde, und die beiden Palastwachen wandten sich nach Marsat und wir beide hierher."

Daraufhin musste Glirior bei einigen Sätzen Grendairs belustigt grinsen und wollte noch mehr wissen: „Was wollen die anderen in Marsat, wieso wollten sie nicht auch hierher kommen?"

„Lakalt will sein Erbe antreten, sein Vater ist Haldrior, der Sohn Berdiairs, dessen Vater Hakalt, der letzte Statthalter Marsats war", ergänzte Larior. Erstaunt zog Glirior die Augenbrauen hoch und meinte nun mit erfreuter Miene: „Ihr meint also, Marsat hat wieder einen Herrscher?"

Grendair nickte und Larior bejahte ebenfalls, was ein breites Lachen auf das Gesicht des Recken zeichnete. Einige Leute nebenan drehten sich neugierig mit hellen Blicken zu ihnen um und lauschten ihrem Gespräch. Daraufhin wurde das Gesicht ihres Gesprächspartners wieder ernst und er fuhr fort: „Ich bin, wie gesagt, in der Bündnisgarde Dailrons und führe dort einen Trupp an, jedoch sind vor kurzem mehrere Männer gefallen, und es lassen sich immer weniger davon begeistern, diese Gefahr einzugehen. Nun würde ich Euch beiden gerne einen Vorschlag unterbreiten, denn Ihr scheint mir tapfere Kämpfer und auch kluge Männer zu sein. Ihr seid dem Statthalter Marsats treu ergeben, was zeigt, dass auf Euch in der Bündnisgarde Verlass wäre. Nun, was würdet Ihr davon halten, Euch bei uns einzugliedern und an unserer Seite für das Gute zu kämpfen?"

Grendair blickte etwas nachdenklich drein, während sich Lariors Gesicht erhellte und er erfreut ausrief: „Ich hätte mir nie gedacht, dass es diese Bündnisgarde tatsächlich gibt. Ich hielt sie in Marals Büchern immer für ein Märchen. Ich würde gerne an Eurer Seite stehen. Ist es eigentlich wahr, dass Ihr einstmals quer durch die Lande gezogen seid und für Gerechtigkeit weitab Dailrons gesorgt habt?"

„Mich freut es dies zu hören", entgegnete Glirior, „was unsere Geschichte angeht, so ist es wahr, dass wir oft fernab Dailrons gegen das Böse gekämpft haben und dies

auch immer noch tun. Es war die Bündnisgarde, die Marsat an der Mallabasfestung und vor der Hauptstadt vor zweitausend Jahren zur Seite gestanden hatte und die daraufhin versucht hatte, auch die letzten Skralgas und Banditen aus Marsat zu vertreiben, doch waren wir zu wenige und Marsat zu schwach, um eine Ordnung wiederherzustellen. Bis sich die Jäger eingerichtet hatten, hatten wir versucht, einigermassen Sicherheit zwischen den noch bewohnten Städten herzustellen. Dieser Fall könnte sich wiederholen, sollten die Jäger, wie ich annehme, in den kommenden Wochen und Monaten zu einem grossen Teil nach Marsat ziehen. Möglicherweise werden dann einige unserer Männer in jener Gegend, von wo ihr beide herkommt, für Sicherheit sorgen."
„Nun habe ich das richtig verstanden, Ihr wollt uns in Eurer Truppe?", rief Larior begeistert aus und konnte dabei das Leuchten in seinen Augen nicht verbergen. Grendair hingegen schien dem Ganzen etwas kritisch gegenüberzustehen. Er nahm einen tiefen Schluck aus seinem dritten Bierkrug und meinte mit zweifelnder Miene: „Larior muss selbst entscheiden, was er machen will, doch ich brauche etwas Zeit, über Euer Angebot nachzudenken. Gerne würde ich an Eurer Seite kämpfen, doch habe ich mein ganzes Leben bisher als Soldat verbracht und ich weiss nicht, ob ich das weiterhin tun will. Möglicherweise suche ich mir ein friedliches Örtchen, wo ich mich niederlassen kann und nur dann in den Krieg ziehen muss, wenn die Pflicht ruft und unser Volk mich braucht."
„Nun gut", entgegnete Glirior und nahm ebenfalls einen kräftigen Schluck aus seinem Krug, „ich möchte Euch beide übermorgen in Eurer Kampfausrüstung vor dem Bündnispalast treffen. Ich denke, so zur zehnten Stunde wäre geeig-

net. Dann will ich Eure definitiven Entscheidungen hören und darüber bestimmen, ob Ihr geeignet seid, in der Garde der Bündnisstadt zu dienen, doch das seid Ihr bestimmt."
Lange sassen sie noch beieinander und sprachen miteinander, während sie einen Krug nach dem anderen leerten. Glirior fragte besonders nach Maral, was Larior einmal mehr wunderte und ihn dazu bewog zu fragen: „Was ist so aussergewöhnlich an Maral, dass er so weit herum bekannt ist? Ich weiss ja, dass er irgendwelche Zauberkräfte oder so was in dieser Art hat, doch würde er wohl nicht in einer Sumpfhütte wohnen, würde ereine solch wichtige Rolle spielen. Woher kennt Ihr ihn alle?"
„Das wisst Ihr nicht?", gab der Bündnisgardist überrascht zurück, „Maral ist ein sehr alter Mann, er ist berühmt, vor allem hier in Dailron, er war dabei, damals, als ..."
In diesem Augenblick kam ein Bündnisgardist hereingestürmt und unterbrach Glirior während seiner spannenden Ausführung. Der Bote keuchte, rang nach Atem und begann zu berichten: „Im Süden hat ein neuer Krieg begonnen! Glirior, du musst dich und deine Männer bereitmachen, sollte es irgendwo nötig sein einzugreifen, denn das Volk Isulas ist in Gefahr. Zudem gibt es bereits Gerüchte darüber, dass manche der Jäger, welche bisher für Ruhe und Ordnung in der Statthalterschaft gesorgt haben, die Statthalterschaft in Richtung Marsat verlassen. Soeben ist ein Bote von Brückstadt hier angekommen, er hat beobachtet, wie ein grosses Heer aus Salmarsat nach Helrendar gezogen ist."
„Ich habe es geahnt", rief Grendair wütend aus, „Salmarsat hat zu viele Männer, als dass es von Isula einfach eingenommen werden könnte. Wir haben auf unserer Flucht

dieses gewaltige Heer gesehen. Ist es denn bereits zur Schlacht gekommen?"

Daraufhin sah der Bündnisgardist Grendair überrascht an und entgegnete: „Ihr seid wohl aus Isula. Schon lange sind keine Leute mehr von dort hierhergekommen. Bisher sei es noch nicht zur Schlacht gekommen, habe ich gehört, doch sei das nur eine Frage der Zeit, bis dieses Heer die Vorposten Isulas zerstöre und zur grossen Brücke über den Mallabas vorrücke. Bereits an verschiedenen Orten in Helrendar soll Salmarsats Banner gehisst worden sein."

„Den Grossen Fluss werden sie kaum überqueren können ohne grosse Verluste hinnehmen zu müssen", warf daraufhin Grendair ein, „doch auch so können sie Helrendar für sich alleine einnehmen und mit dem Reich auch die Rohstoffe. Sie werden es schaffen, Cammal beziehungsweise Isula über einen anderen Weg zu schlagen. In Cammal selbst herrschen immer grössere Unruhen. Das wird Gelrad auszunutzen wissen. Mit den Rohstoffen aus Helrendar wird er möglicherweise die Banditen an den Strassen Cammals besser ausrüsten und das Reich noch unsicherer machen als es bereits schon ist. Irgendwann verliert Urak die Treue seines Volkes, und dann wird es für Salmarsat einfach sein, bis weit nach Süden vorzustossen."

Sie unterhielten sich noch eine Weile und es wurde immer später, bis Glirior schliesslich meinte: „Ich muss langsam nach Hause, wenn ich schon einmal hier in Dailron bin. So wie es aussieht, muss ich meine Frau und meine Kinder bald wieder alleine lassen."

Der Bündnisgardist verschwand stolz zur hohen Tür hinaus ins warme Dunkel der Sommernacht. Die Schenke leerte sich allmählich und Larior stellte fest, dass zwischen den zahlreichen Menschen auch kleine Gestalten mit straffen

Gesichtszügen anwesend waren. Als er diese neugierig musterte, erklärte ihm Grendair: „Das sind eben Gnome, während das dort hinten in der Ecke Kobolde sind."

Mehrere kleinere Gestalten sassen lachend um einen Tisch. Als die Schenke fast leer war, stimmten sie ein freudiges Lied an, und drei von ihnen begannen wild auf dem Tisch herum zu hüpfen. Der Wirt eilte sofort herbei und brachte die Gläser und Krüge auf dem Tisch in Sicherheit, bevor sie unter die klappernden Holzbodensandalen der Kobolde gerieten. Wild sprangen diese umher und tanzten Arm in Arm auf den gefährlich durchgebogenen Tischen, während sie lauthals sangen:

„Holdario Kobolde hoi
Mögen wir morgen liegen neben den Säu
Der Abend ist schön und die Nacht lang
Geniessen wir doch unsrer Stimmen Klang

Scherben bringen Glück Herr Wirt oho
Tanzt Kobolde auf dem Tisch bravo
Einen Krug, dann den nächsten
Sucht mich morgen irgendwo in den Ästen

Tische mögen splitternd bersten
Schuld daran ist das Gebräu aus Gersten
Hoch die Krüge stosst nun an
Seid nicht knausrig es gibt noch mal eine Kann

Morgen wird's wieder ernst im Leben
Doch soll heut Abend das Bier an unseren Lippen kleben
Feiert Kobolde im Gasthaus der Bergluft
Geniesst den Sommerabend schöner als des Zwergen goldene Gruft."

So sangen die munteren Kobolde noch, als Larior und Grendair schliesslich einige Stockwerke über der Schenke vom Wirt ein gemütliches Zimmer erhielten, wo sie den Gesang seiner fröhlichen Gäste nicht mehr hörten.

Es war zwei Tage später, als Glirior vor dem Bündnispalast mit sehr ernster Stimme Larior und Grendair nach ihrer Entscheidung fragte. Larior fiel die Zusage leicht, doch Grendair erwiderte: „Ich kann das nicht mehr tun, ich werde bereit sein, wenn mich Marsat braucht, doch will ich nicht in die Bündnisgarde aufgenommen werden. Mein ganzes Leben habe ich bisher mit dem Schwert in der Hand verbracht, ich will nun eine Weile zumindest einem gewöhnlichen Gewerbe nachgehen."
Glirior schien dies zu bedauern, doch zeigte sein Gesichtsausdruck Verständnis für Grendairs Entscheidung.
Das glänzende Wasser im Brunnen neben ihnen plätscherte fröhlich vor sich hin, während der Palast vor ihnen in der Morgensonne glänzte. Die Wachen davor standen stramm, doch hatten mehrere von ihnen die Augen auf sie gerichtet. Schliesslich blickte Glirior stechend in Lariors Augen und fuhr mit kräftiger Stimme fort: „Bist du bereit, durch alle Gefahren zu marschieren, um für das Gute zu kämpfen, bist du bereit, Schulter an Schulter mit deinen Kameraden zu stehen und im schlimmsten Fall Schulter an Schulter mit ihnen zu sterben?"

Er hatte erwartet, dass Larior bei der Gefahr des Todes etwas zögern würde, doch dieser liess sich nichts anmerken, woraufhin Glirior fortfuhr: „Bist du bereit, niemals aufzugeben und immer für das Gute zu kämpfen, auch wenn du dem Bösen ins Angesicht blickt? Bist du bereit, dann bis zu deinem Tode zu kämpfen? Bist du bereit, für das Bündnis der guten Völker zu leben und wenn nötig für dieses zu sterben?"

Als Larior immer noch nicht aus der Fassung gekommen war und alle Fragen mit Überzeugung bejaht hatte, meinte der Bündnisgardist: „Ich denke, du könntest unsere Truppe bereichern. Ich kenne dich noch nicht lange, doch scheinst du mir so ehrlich zu sein wie es nur wenige sind."

Sechzehntes Kapitel - Treueruf

Am frühen Morgen kamen zwei Männer in dunklen Mänteln den Hügel zur Sonnenfestung hochmarschiert und schritten entschlossen den Jägern entgegen, welche sofort Pfeil und Bogen bereithielten. Niemand von ihnen kannte die beiden, und sie warteten ab, während die Fremden gelassen näher kamen. Trendior sah den scharfen Blick des einen Mannes und schwitzte an der Hand, mit der er den Bogen hielt. Endlich erklang die Stimme des Fremden laut und deutlich unter seiner Kapuze hervor in der Sprache der Jäger: „Ich, Brikalt aus Marsat, spreche im Namen des Erben Marsats, welcher seinen Posten als Statthalter angetreten hat und der alle des alten Volkes auffordert, nach Marsat zu kommen. Ob ihr dem Ruf des gilai Marsat Folge leisten werdet, liegt in eurem eigenen Ermessen. Eure Rückkehr hierher steht euch danach offen, doch solltet ihr bereit sein, wenn die Pflicht ruft und ihr zur Verteidigung eurer Heimat gebotet werdet. Seid treu Eurem Volk und Euch selbst gegenüber, seid bereit, unseren Wiederaufstieg einzuläuten. Es waren Freiheit, Wohlstand und Frieden, die uns einst geraubt wurden und deren Vernichtung zum Zerstreuen unseres Volkes beigetragen hat. Es gibt wieder mehr von uns und wir sind bereit, unter unserem neuen Herrscher unsere alte Ordnung wiederherzustellen. Marsat selbst wurde bereits wieder teilweise bevölkert, und die Bauern bringen reiche Erträge, doch sind wir noch weit entfernt davon, aus dem Schatten unserer Vergangenheit zu treten und einen neuen Aufstieg zu beginnen. Unter der Führung unseres neuen Statthalters Lakalt von Marsat kann uns dieser Aufstieg gelingen. Die Linie des Königs mag erloschen sein, doch die Kämpfer von Marsat leben. Seid Euch Eurer Herkunft bewusst und setzt Euch für ein geeintes Marsat ein! Seid bereit, wenn Ihr gebraucht werdet, seid dann bereit, gegen das Böse zu kämpfen und für das Gute zu siegen. Ehrenvoll ist es, für unser Volk, die Freiheit und das Gute zu sterben, doch noch mehr Ehre bringt es Euch, wenn Ihr für diese Dinge lebt."

Staunend sahen die Jäger den Mann an, welcher inzwischen seinen Mantel zurückgeworfen hatte und nun in der glänzenden Rüstung der Hofgardisten vor ihnen stand, nicht in jener von Cammal, sondern in der alten glänzenden von Marsat. Sein Panzer schimmerte bläulich, allerdings konnte keiner der Jäger sagen, warum. Sie waren ziemlich verwirrt, sie hatten nicht erwartet, dass Lakalt sein Erbe so früh antreten würde und noch so jung. Nicht einmal Trendior hatte dies geahnt, obwohl er von seinen drei Gästen damals beim Angriff durch Mendrienos Söldner so einiges mitbekommen hatte. Umso mehr war er überrascht über die Aussagen. So fragte er auch sofort den Hofgardisten aus Marsat: „Weiss Haldrior bereits davon?"

„Das weiss ich nicht", entgegnete Brikalt, „doch muss euch das auch nicht mehr beschäftigen. Schliesslich hat er auf sein Erbe verzichtet, und deshalb nimmt Lakalt seinen Platz als Anführer unseres Volkes ein. Haldrior wird ebenso darum gebeten sich ebenso in Marsat einzufinden wie alle anderen auch, er wird weiterhin der Anführer der Jäger hier im Süden sein, sofern das Euer Wille und der seine ist, allerdings werden ihm keine Sonderprivilegien aufgrund seiner Abstammung gewährt."

Nun konnte sich einer der älteren Jäger nicht mehr zurückhalten und rief laut aus: „Lakalt ist in Cammal aufgewachsen, er ist noch keiner von uns. Er ist unter einem anderen Volk aufgewachsen, einem Volk, das uns einst verraten hat."

Mehrere der älteren Jäger stimmten lautstark zu, doch dann erhob Brikalt seine Stimme: „Während viele unseres Volkes hier im Wald lebten und Banditen bekämpften, stellte Lakalt seine Fähigkeiten als Feldherr unter Beweis und das mit grösstem Erfolg. Er ist ein grosser Feldherr und wird unser Volk zu neuem Glanz führen. Er ist unter den Hofgardisten Isulas aufgewachsen. Der Statthalter Marsats weiss, was er tut, kein anderer in unserem Volk könnte diese Bürde auf sich nehmen, ohne daran zu zerbrechen. Ihr habt das Recht an ihm zu zweifeln, ihm eure Gefolgschaft zu verweigern, ihn anzufechten, doch sein Amt ist er rechtmässig angetreten. Das Recht des Statthalters wurde seiner Linie von den Königen von Marsat, den Nachkommen der Hochkönige von Polaria, gewährt, deren Verdienst unser einstiger Glanz und die Freiheit jedes einzelnen Polariä war."

Nun gab es keine Widerworte mehr, worauf sich die beiden Hofgardisten verabschiedeten und wieder den Hügel hinab verschwanden, genauso ruhig und stolz, wie sie gekommen waren. Erstaunt blieben die Jäger zurück und blickten sich gegenseitig fragend an, denn keiner wusste so recht, was er nun denken sollte.

Zur selben Zeit sass Arak gemeinsam mit seinen Hofgardisten in einem Zeltlager an der Nordgrenze der Blaimhalbinsel und beriet sich mit Gawair über ihr künftiges Vorgehen.

Das Feuer prasselte fröhlich vor sich hin, während die Stirn des Prinzen von Sorgenfalten durchzogen wurde. Keiner von ihnen sagte ein Wort, sie alle dachten nur angestrengt nach. Doch auf einmal hörte der Prinz, aus seinen Gedanken hochgeschreckt, einen Tumult mitten im Lager und zog sofort sein Schwert. Der Tumult endete sofort, als man die Worte hörte: „Er ist ein Hofgardist, lasst ihn durch".
Auf einmal tauchte er vor Arak auf, er war ein Recke und mindestens einen Kopf grösser als alle anderen. Seine breiten Schultern trugen einen im Schein des Feuers bläulich schimmernden Panzer mit dem golden umrandeten Blatt. Der Mann kam ruhig auf Arak zu, der sein Schwert weggesteckt hatte und redete ihn in der Sprache der Jäger an. Diese klang für Arak beruhigend. Er verstand sie immer besser und konnte sie schon fast fliessend sprechen. Allerdings war ihm bereits zu Anfang aufgefallen, dass der Besucher keiner seiner Hofgardisten sein konnte und so ahnte er etwas, was sein Herz höher schlagen liess.
„Ich, Breiair, Hofgardist Marsats", begann der Ankömmling mit klarer stolzer Stimme, „bin im Namen Lakalts hier, dem obersten Statthalter des Königreiches Marsat. Hier treffe ich zahlreiche Mitglieder unseres Volkes an, zahlreiche erfahrene Krieger. Sie sollen sich alle in nächster Zeit in Marsat einfinden, wenn dies ihr Wille ist, so dass unser Statthalter die Stärke unseres Volkes beurteilen kann. Ausserdem sollen sie die Pracht unserer Vorfahren sehen und sich an diese erinnern. Die Rückkehr an ihre Arbeitsplätze oder an ihren Wohnsitz steht ihnen selbstverständlich frei, doch sollten sie bereit sein, wenn die Pflicht ruft, für das Gute und die Freiheit zu kämpfen. Unser Volk soll wieder auferstehen und sich der alten Stärke besinnen, denn das Böse wird trotz seiner Niederlage gegen die Statthalterschaft

Isula nicht zurückweichen, sondern umso mehr versuchen, alles und jeden zu beherrschen."

Erstaunt sah Arak den Hofgardisten aus Marsat an und entgegnete zuerst etwas stockend: „Aber Lakalt ist tot, er wurde von den Söldnern Mendrienos getötet. Wie ist es möglich, dass er uns solche Befehle erteilt?"

Nun begann sich die ernste Miene des Boten aufzuhellen und er erwiderte lachend: „Dann wären Hendrior und Kerior vermutlich im Meer ertrunken und die anderen beiden, die mit ihnen gereist waren, wohl ebenfalls getötet worden."

„Was", rief auf einmal Gawair neben Arak aus, „Lakalt lebt? Und die beiden Palastwachen sind bei ihnen und nicht ertrunken? Das sind wahrlich gute Neuigkeiten, wie wir sie seit Lakalts Verbannung nicht mehr gehört haben. Grendair und Larior sind in diesem Fall auch am Leben?"

„Ja", antwortete Breiair mit grosser Freude und wurde wieder ernster, „sie leben auch, doch wurde uns nicht mitgeteilt, wo sie hinzogen sind, auf jeden Fall sind sie nicht mit dem Statthalter nach Marsat gekommen."

Hocherfreut sprang Arak auf und auch die anderen freuten sich ausgelassen. Daraufhin fuhr Breiair in ernstem Ton fort: „Ausserdem sollt Ihr wissen, dass die Wahrheit, was die Informationen innerhalb Eures Reiches angeht, nicht gerade einen hohen Stellenwert hat. Zudem wüsste ich gerne, wer die Strassen Isulas schützen soll, wenn die Jäger dem Ruf der Treue und der Pflicht folgen. Das ist nur eine der Fragen, die ich mir auf dem Weg hierher gestellt habe. Ich kann Euch nicht länger aufhalten, denn wie ich sehe, plant Ihr Eure Verteidigung. Es ist die Pflicht der Hofgardisten Isulas, ihrer Statthalterschaft treu Dienst zu leisten, nicht aber dem Statthalter Cammals, der keinen Schwur vor

dem König Marsats oder dessen oberstem Statthalter abgelegt hat. Alle unseres Volkes sollen Marsat Treue leisten und die Verräter enteignen. So steht es Euch frei, die Hofgarde zu verlassen oder in ihr zu verbleiben. Der oberste Statthalter Lakalt hat mir ebenfalls befohlen Euch mitzuteilen, dass Urak nur dann weiter Statthalter bleiben soll, wenn er dem Reich Marsat seine Treue schwört, ansonsten wird Arak von Isula zum rechtmässigen Statthalter ernannt, dennoch will der oberste Statthalter vorerst keine kriegerischen Handlungen gegen Urak führen, sollte sich dieser an seinem Thron festklammern. Sein Augenmerk gilt einem weit grösseren Feind, den wir noch nicht genau kennen."
Staunend hörte Arak dem Hofgardisten zu und konnte den Mund kaum mehr schliessen, bis er endlich fragte: „Wie wollt Ihr Eure Autorität durchsetzen, da es so wenige vom Volk der Jäger gibt?"
„Wenige?", erwiderte Breiair, „wenige in den Augen unserer Vorfahren, jedoch nicht in jenen Eures Vaters. Alleine in Marsat leben nun wieder zwanzigmal tausend Männer, Frauen und Kinder. Wir gehen davon aus, dass es diesseits der Sonnenberge mindestens drei- bis viermal so viele des alten Volkes gibt. Jeder Mann beherrscht das Schwert und den Bogen besser als die Soldaten Cammals. Wir sind wieder zahlreicher geworden, vermutlich stärker als Isula und Salmarsat zusammen, doch sind wir noch in alle Winde zerstreut, was der eigentliche Grund meiner Reise ist. Zudem sind die besten Kämpfer von Cammal von unserem Blut, das seid Ihr, und ich hoffe, Eure Treue gilt dem rechtmässigen Erben Marsats und nicht dem Verräter aus Isula. Zudem glaube ich, dass das Volk Isulas Arak folgen wird un nicht Urak, möglicherweise würde das Ganze ohne Zutun Marsats ablaufen."

Bei diesen Worten waren die Hofgardisten rund um Breiair noch aufmerksamer geworden und hörten ihm gut zu. Gawair fragte daraufhin: „Ihr meint also, dass unser Volk wieder seinen Platz einnehmen kann, den es laut den alten Sagen einst hatte und dass wieder mehr Freiheit und Ordnung herrschen wird?"
„Das ist unsere Zuversicht und Überzeugung", antwortete Breiair zu Gawairs Freude, „doch ist es bis dahin ein weiter Weg, und unser Volk muss einig und sich selbst treu sein, um dieses Ziel zu erreichen. Möglicherweise werden auch wir dies trotz unserer grossen Lebenserwartung nicht mehr erleben."

Einige Tage später sass Urak mürrisch im Kronsaal, während draussen die Nebelschwaden vorbeizogen. In der Ferne sah man vom Meer her bereits die ersten Blitze eines aufziehenden Gewitters und der Donner liess die Kristallfenster erzittern. Der König wartete schon seit mehr als einem Tag ungeduldig auf eine Botschaft aus Helrendar, doch erhielt er diese immer noch nicht. Die Schlosswachen um ihn herum wichen jedes Mal zurück, wenn sie vom König giftig angestarrt wurden und machten sich klein. Die Miene des Königs erhellte sich erst wieder, als die Rückkehr von Ritter Gelak angekündigt wurde. Die Flügel der Pforte wurden aufgestossen, und der Ritter marschierte herein. Seine Kleidung sah furchtbar aus, sein schmutziger roter Mantel hing in Fetzen von seiner zerbeulten Rüstung. Über das Gesicht des Königs, welcher zuerst erfreut aufgesprungen war, legten sich nun tiefe Sorgenfalten, und Wut kochte in ihm auf. Gelak kam auf den König zu und begann erschöpft auf einen Stuhl gestützt zu berichten: „Eure Majestät, wir haben die Grenzen verloren, sie haben uns zurückgedrängt. Es scheint, als sei mindestens die halbe Armee Salmarsats nach Helrendar gezogen, gut sechstausend Mann, von denen nun tausend tot oder verwundet sind. Wir haben uns nach Brückstadt zurückgezogen, wo Ritter Haldak und Ritter Obelik nun eine Gegenoffensive vorbereiten. Den Vorposten konnten wir halten, doch sind wir zahlenmässig unterlegen. Von den dreitausend Männern, die ursprünglich in Helrendar stationiert waren, wurden achthundert getötet oder verwundet, weiteren fünfhundert wurde der Rückzug abgeschnitten und wir wissen nicht, was mit ihnen geschehen ist. Wir brauchen mehr Männer um Helrendar zu erobern und zu halten."

Zuerst wollte Urak wütend aufspringen, doch dann hellte sich sein Gesicht plötzlich auf, und er erwiderte mit einem hämischen Lächeln: „Nun, wenn das so ist, so hat Gelrad wohl voll auf Helrendar gesetzt und vergisst dabei unsere tatsächliche Kampfkraft. Sorgt dafür, dass es danach aussieht, als würdet ihr eine Gegenoffensive von Brückstadt aus einleiten. Feriak wird Salmarsat vom Seeweg her bedrohen, und Arak wird die Blaim verteidigen. Ihr, Ritter Gelak, und auch Ritter Obelek, werdet zusammen einen Grossangriff von Süden her und eine Belagerung von Karlonden vorbereiten. Achttausend Mann sollen aufgeboten werden, denn es war einst Karlonden, das Widerstand leistete und dessen Ritter als die besten Salmarsats gelten, dort wird Gelrad zuletzt einen Angriff erwarten. Sorgt dafür, dass dieses Aufgebot schnell geschieht und ihr Karlonden einnehmen könnt, während Salmarsats Truppen in der Hauptstadt, an der Blaim und in Helrendar sind."

„Zu Befehl, Eure Majestät!", antwortete der Ritter und wollte hinausmarschieren, als zwei Schlosswachen durch die hohe Pforte herbeieilten und einer von ihnen meldete:

„Graf und Ritter Mendrieno von Meerschlossfels schickt mich. Die Hofgardisten sind verschwunden, mindestens die Hälfte von ihnen hat das Lager verlassen. Wir wissen nicht, wohin sie gezogen sind. Jemand sagte, er hätte am Morgen des letzten Königstages ein Schiff davonsegeln sehen, ein Schiff, das weder zu unserer, noch zur Flotte Salmarsats gehöre. Es sei schneller und grösser gewesen als jedes Schiff unserer Flotte."

„Was!", schrie Urak wütend auf, „die Hofgarde verrät mich und mein Reich. Überbringt die Botschaft, dass jeder Hofgardist, der desertiert, hingerichtet wird!"

„Aber, Majestät, dann lasst Ihr unsere besten Männer töten", beklagte die Schlosswache kleinlaut. Sogleich schritt der König auf den jungen Mann zu und schlug ihm die Faust von der Seite her ins Gesicht, sodass dieser zurücktaumelte und sich nur noch wankend an einem Stuhl festklammern konnte. Daraufhin schrie Urak voller Zorn: „Wagst du es etwa auch, meine Befehle anzuzweifeln? Willst auch du mit den Verrätern hingerichtet werden? Nun gehe und befolge meine Befehle, bevor ich dich für einen Hochverräter halte!"

Sofort marschierte die Schlosswache mit schnellen Schritten aus dem Kronsaal und machte sich so schnell wie möglich hinter einer der breiten Säulen neben der Pforte davon. Der König nahm einen Kelch und schmiss ihn an die Steinwand, wo er zerbarst. Nun schrie er, während er wütend durch den Saal schritt und mit Gegenständen um sich warf: „Warum verlassen mich diese Verräter genau jetzt, wo man sie am nötigsten braucht? Warum fliehen sie, wenn sie keinen Grund dazu haben? Wo wollen die denn hin? Wo könnte es ihnen besser gehen als hier?"

Doch dann wurde der König auf einmal ruhiger und Greg kroch wieder unter dem Tisch hervor, unter welchem er in Deckung gegangen war. Erstaunt sahen alle zu, wie sich das Gesicht des Königs beruhigte, wie er langsamen Schrittes den Saal verliess und die verwirrten Anwesenden zurückliess.

Daraufhin rannte einer seiner Berater dem König nach und rief: „Was sollen wir tun, wenn der Feind unsere Grenzen überschreitet? Wie lauten Eure Befehle?"

Auf einmal drehte sich Urak um und erwiderte in selbstbewusstem klarem Ton: „Im Krieg gibt es keine Grenzen, im Krieg gibt es nur Fronten."

Die Zeit der Hochkönige
Ehre

Der junge Statthalter von Marsat stellt sich seinem Schicksal und rüstet sein Volk für den Kampf gegen das Böse.
Die Bündnisgarde aus der verborgenen Stadt sorgt nun anstelle der Jäger für die Sicherheit auf den Strassen Cammals.
Doch nicht nur das Gute entsendet seine besten Krieger in das einstige Isula, auch die mächtigsten Diener der Schwarzen Flamme tauchen auf.
Das Böse trennt die Liebenden und die Geschichte nimmt in einem fernen Reich namens Ekbar ihre Zukunft, wo die tapferen Tarkans gegen die Schergen der Schwarzen Flamme reiten.
Der Krieg um die Vorherrschaft über das Wüstenreiches scheint ein Nebenschauplatz zu sein, doch führt der Weg der Truppen der Schwarzen Flamme nicht über die saftigen Wiesen Ceyiemnias, sondern durch die kargen Landstriche Ekbars.
Die Tapferkeit führt die Bündnisgarde mithilfe mächtiger Verbündeter mitten in *sein* Machtzentrum, von wo aus sie beginnen, die verstreuten Polariä jenseits der Sonnenberge zu sammeln, dort wo sich einst ihr Kernland erstreckte.
Die Erfahrung in Grak Keresko und die Rückkehr nach Cammal offenbart ein Geheimnis, das sie sich selbst in ihren düstersten Vorstellungen nicht hätten träumen lassen.
Die Schwarze Flamme ist bereit, doch ist es Marsat auch? Gelingt es dem Statthalter von Marsat, sein Volk und dessen Freiheit gegen die Macht des Bösen zu verteidigen?

Luca C. Heinrich

Luca Curdin Heinrich wurde 1997 in Davos geboren. Schon früh begeisterte er sich für Fantasyliteratur. So baute er sich bald eine eigene Fantasiewelt auf.

Im Schreiben seiner Fantasygeschichten fand der junge ehemalige Leistungssportler und Eishockeygoalie seit seinem sechzehnten Lebensjahr einen Ausgleich zum Sport und eine neue Leidenschaft.

Der Freiheitsgedanke und das Streben nach individueller Freiheit, welches die Leitlinien in Luca Curdin Heinrichs gesellschaftlichem Denken sind, ziehen sich auch als roter Faden durch seine Fantasybücher.

Über Rückmeldungen freue ich mich jederzeit:
luca.heinrich@gmail.com

Neuigkeiten und weitere Werke auf:
www.polaria.ch